名家散文自选集

散文就是阿亲人谈心

# 将谓偷闲学少年

罗文华／著

民主与建设出版社

# 将谓偷闲学少年

## 目录

### 第1辑·书香

## 第3辑·艺品

## 第4辑·师谊

第1辑 · 书香

# 写给秋光中的略萨

这个奖，早就应该给他。

今天清早，注定不是一个平凡的清早。在起床后的半分钟内，我习惯性地打开当天的晨报，立即注意到头版导读栏里的一行小字："秘鲁作家获得诺贝尔文学奖。"不用看后面版面里新闻的详细内容，我就十分自信地脱口说出："是略萨！略萨获奖了！"翻到国际时事版一看，摘得桂冠的果然是马里奥·巴尔加斯·略萨。我于是不免责怪头版导读栏的编辑：你为什么不直接说"略萨获得诺贝尔文学奖"呢？"略萨"这个名字要比"秘鲁作家"响亮得多啊。

这是让所有文学爱好者瞩目的一件事。

还没到中午，我就发现，在卓越网上，《绿房子》、《胡莉娅姨妈与作家》、《潘达雷昂上尉与劳军女郎》等略萨名著译本的销售价格都已被升至八五折，而他的成名作《城市与狗》则已经售罄。多年来，我一直注意搜集略萨著作的不同译本，所以非常清楚这些书网售价格的变化。我还发现，卓越网为略萨设置了专门的网页，以"鞭辟入里的形象刻画"、"天赋如有神助的说故事者"、"结构写实主义大师"、"当代魔幻现实主义掌舵人"等评语吸引人们买书。精明的书商知道，这位文学大师的获奖，必然带来一场相关图书出版发行的盛宴。图书市场再萧条，书再不好卖，真正的读者也会舍得掏钱为真正的文学捧场的。

这是文学的胜利。

20世纪80年代，1983年，或许是1984年，也是一个像眼下这般气爽宜人的秋天的午后，我和我的几位同学聚集在北大32楼北面的核桃林里，举办一个自发的室外文学沙龙。当天的中心话题之一，是预测未来诺贝尔文学奖的得主。先是杨君武同学谈了自己对当时获得诺贝尔文学奖不久的加西亚·马尔克斯及其《百年孤独》的阅读印象，随后黄亦兵、臧棣（当时叫臧力）、阿忆（本名周忆军）、孔庆东等同学就此展开讨论，都认为当时对于中国来说还较为陌生的拉美当代文学，很快就会对世界当代文学特别是中国当代文学产生难以估量的影响。话题由此自然指向略萨——当时很多同学已经看到我们北大西语系的赵德明教授介绍略萨的文章，读过赵老师组织翻译的略萨作品，对略萨并不陌生。讨论气氛活跃，涉及拉美当代文学中以马尔克斯为代表的魔幻现实主义、以略萨为代表的结构现实主义和以博尔赫斯为代表的后现代主义。最后，在那缀满果实的秋天的核桃林里，大家一致认定略萨应该排在诺贝尔文学奖候选人之列。事情已经过去20

多年了，我们这几个同学算是略萨获奖的较早预测者吧。就在今天，我看到当年核桃林里的预测者之一、现为北大中文系教授的臧棣在接受媒体采访时说："略萨受法国存在主义影响较重，相对马尔克斯，他和西方的关系更为密切，而在中国80年代的时候，他的作品在校园非常流行，影响了很多作家。"现在看来，预测略萨能够获得诺贝尔文学奖，实在不需要太高的智商——或早，或晚，一种热情的或者温情的文学期待终究是要兑现的。

这是文学在文学意义上的胜利。

对于诺贝尔文学奖，略萨自己期盼了多久，我们不得而知；然而，我们对略萨获奖的期盼，毕竟绵延了长达四分之一个世纪。20多年来，我和各地几位比较喜欢外国文学的同龄作家朋友，如青岛薛原、海口伍立杨、长沙吴昕孺（本名吴新宇）、北京止庵等，多次通过面谈和笔谈，聊起略萨，聊起略萨与诺贝尔文学奖。就在十来天前，吴昕孺还说，他正在读略萨的《潘达雷昂上尉与劳军女郎》，非常喜欢这本书，因为它体现了略萨天才的叙事能力；同时还讨论了略萨获得诺贝尔文学奖的可行性。得知略萨获奖的消息，吴昕孺特别高兴，深有感触地说："前些年，诺贝尔文学奖剑走偏锋，把莱辛、勒克莱齐奥等一干'亚一流'作家扶上台面；略萨的获奖，能否传递这样的信息——诺奖将重新重视那些产生过经典作品的作家？若如此，那米兰·昆德拉、奥兹都能看到曙光了。"众所周知，关于诺贝尔文学奖的价值取向及其对中国文学的重要性的讨论，已经有很多年了；此次略萨获奖，可以看做是对文学应有价值的一种肯定与尊重。

行文至此，又在网上看到赵德明老师对略萨获奖的看法："过去没有得这个奖，人们并不会因此而忽略他的重要；得了这个奖，也不会抬高了他的地位。"赵老师是第一位将略萨介绍到中国的学者，我曾在北大听过他的课，认为他对略萨与诺奖关系的这个评价很客观，但又觉得换一个说法，用两个"归"字——名至实归和众望所归，来评价略萨获奖，似乎更多一些积极的意味。

现时正是北半球的秋天，收获的季节。得知获奖消息的一刻，正在北半球的一所大学里授课的略萨，"很开心，很激动"。作为略萨作品的一名忠实读者，谨以此文，祝贺在秋天里收获成就感的略萨，祝福世界文学收获更丰硕的黄金般的果实。

2010年10月8日

# 食读，性也

前些日子很多媒体都搞了纪念改革开放30年的征文，其中有几家报刊不约而同地推出了类似"读书改变人生"、"读书改变命运"这样的专栏，几乎每位作者都说自己在这30年中因为刻苦读书，起先穷后来富，起先低后来高，起先孬后来好……更有些文章将读书的作用上升到理论层面，小到使生活富足，大到使国家振兴……这些故事确实感人，这些道理确实正确，不能否认，很多人读书都张扬着或潜藏着可爱的目的性，读书也恰恰能够成为改变他们生活的最初动力，但是我却担忧，如果过分地强调读书的功利性，总是让一些成功人士用成功的事例说明读书与人生存在着那么直截的利害关系，那么读书与人生便都会因易于满足而变得庸俗。这种功利性所导致的庸俗，终将诱使读书达到止境，人生随之封顶。

当我们读了太多太多的中国当代文学作品后，发现当代难出经典的巨著，难出真正的大师。究其原因，固然非常复杂，但其中有一点不容回避，就是很多当代作家从事文学创作的起点不高，或者出发点有问题。我一向认为，如果一个人觉得一旦成为诗人就可以脱离工厂的繁重生产，或者一旦成为作家就可以免除农田的艰难耕作，那么，他很可能只是一个拈轻怕重的劳动的逃兵，而不会有对文学抱有起码的尊重和敬畏。这样的人为达到自己的目的，肯定也要读书，但他们读书往往采取的是实用主义的态度，浅尝辄止，自己觉得够用就打住。由此，他们写出来的书，水平可想而知。写书的人自己不读书，已成中国当代文坛一大风景。从根本上说，当作家是文人的事、读书人的事，不是工人的事、农民的事，也不是官员的事、商人的事。难怪有外国学者说，世界历史上任何时期都没有中国当代涌现的作家多。评价一本好书的标准其实很简单，看它是不是读书人写的。要想自己写的书拥有读者，就先要老老实实地做一个合格的读者。一个把读书看得比写书更为重要的人，他写出来的书大抵是不错的。

我在上大学时接触过王力、朱光潜、冯友兰、季羡林等先生，研究过他们的读书历程。他们读书，如山如海，不可方物，不是读书改变了他们的人生，而是他们的人生改变了读书的理念。

我在编辑工作中接触过孙犁、汪曾祺、张中行等先生，也研究过他们的读书历程。他们读书，则恰恰与"读书改变人生"、"读书改变命运"形成悖论，他们一方面坚守生命方式，一方面通过随缘自适、随遇而安来调剂人生。

我还接触过启功、朱家溍、王世襄、周汝昌、吴小如、钱君匋、谢稚柳、柯灵、黄裳、何满子等先生，同样研究过他们的读书历程。他们读书，各有各道，是真正的成功者，但回望他们走过的征程，似乎也很难以"读书改变人生"、"读书改变命运"来概括。

对于我自己来说，读书就是生活不可或缺的一部分。我的酸甜苦辣、喜怒哀乐，全在其中。一定要算得失，那也是有得有失，最多是得失相抵，归于零。读书，在我眼里从来就不是梯子之类的东西。

上大学时，我和同学们想方设法读钱钟书、徐志摩等当时还未受到重视的作家的书，积极宣传他们的文学成就，要求老师在课堂上讲他们的作品，给他们以应有的文学地位。与我同室的阿忆（后来成为著名电视节目主持人）几乎每天都在宿舍里朗读《围城》的精彩片段，吟诵《再别康桥》和《沙扬娜拉》，充满了感情，感染了大家。与我同室的孔庆东（后来成为著名学者）曾经说过，是我们这些北大中文系的学生把这几位作家抬进了文学史，这话不算夸张。回忆起来，在这种非功利性的读书背后，涌动着的是求真的热流。

如今，我的藏书已有三万多册。有朋友替我计算过，我这20多年来用于买书的投资，可以换十几辆汽车。可我家里至今还未买过一辆汽车。为了买书，我家经历过多次寅吃卯粮的日子，真是一言难尽。1991年，我住的平房拆迁，没有周转房，书籍和家具只好分存在亲戚家里。那时我的孩子刚满周岁，就不得不随着我们夫妻到处打游击，借房住，颠沛流离，苦不堪言。在已经没有自己的"家"的情况下，我每天下班依然要逛书摊，借以驱除心中的烦恼和忧愁。一天傍晚，竟然在西马路边道的小书摊见到一本钱钟书的《旧文四篇》，十几年前出版的，我久寻不到，遂立即以五角钱买下。我淘得这本品相上佳的薄薄的大著，如获至宝，高兴了好几天。就这样，多少艰难，多少失意，都被读书冲淡了，化解了。这种境况下的读书，幸福，却又悲壮。

像这样的私人阅读史，饱含着岁月的沧桑，浸透了人生的无悔。这样的读书，得耶？失耶？没有答案。

那天我乘火车去南方，在我对面的下层卧铺上，是金发碧眼的一男一女。他们看上去20多岁，像是一对热恋的情侣，又像是出门旅游的新婚夫妇，两人长得都很漂亮。男的始终倚靠在车窗旁，一只手搂着女的，女的也一直头枕在男的怀里，着衣不多的身体仰卧着，显得非常亲昵。这样的场面在虽然早已开化的中国，也仍然算得上是"西洋景"了。然而，没有人会把这当做"西洋景"看，因为男的始终在给女的朗读着一本书，女的也一直在专注地倾听着，整个上午始终这样，一直这样，偶尔两人交换一下眼神，发出会意的微笑。我从未见过一对中国人在列车上能有这么长时间的朗读与倾听，不得不对这两位欧洲青年肃然起敬。

尽管男青年朗读的声音很小，我还是分辨出他说的是德语；快到终点站时，我拿过男青年刚才朗读过的书，一看果然是一本德文小说。我便用英语问他：你们是德国人？男青年见我能认出德文，先是惊讶，后是惊喜，用英语连声回答：我们是德国人，德国人！

下车前，这对德国青年让我在那本书上写句话，我就用英文在书的最后一页写了两句话："德国是一个热爱读书的国度。读书真好！"

女青年接过书，马上就在我的话下面也用英文写了两句话："读书真好！读书是我们的生活常态。"

随后的日子里，我常常想起那对漂亮的德国青年，想起他们亲密读书的情景。读书，被他们呈现得极为普通，而又极为美好。

我又想，或许，读书本来就应该是我们的生活常态，是人生根本的欲望，还是不要把它跟生活富足、国家振兴挂得那么紧吧。

列车在前行，时光在转换，生活在变化；不变的，是读书。

归结到本文的标题，是我私改了《孟子·告子上》中的一句名言，变成"食读，性也"，意思大家都明白。倘若有人觉得不合适，那么换一句《礼记·礼运》中的名言，私改一下亦无不可："饮食阅读，人之大欲存焉。"

2009年5月8日

# 杂树生花

我一向喜欢"杂树生花"这个成语。

但"杂树生花",是本应写做"杂花生树"的。它描写的是江南的春景:"暮春三月,江南草长。杂花生树,群莺乱飞。"语出《与陈伯之书》,南朝丘迟写的,千古传诵。至于在什么时代、由什么人、依据什么理由,把"杂花生树"改成了"杂树生花",我觉得其实那并不重要。"杂树生花",很多人都习惯于这样用,因为大家都是这样理解的——各种各样的灌木中夹杂生长着各种各样的花,挺通,挺好。

我喜欢"杂树生花"这个成语,因为我总是借用这个美丽的景语来掩饰书房的凌乱。

当年我蜗居斗室的时候,不要说没有一间自己的书房,屋里就连一张专用的书桌都摆不下。那时高为、刘运峰、倪斯霆诸兄是寒斋的常客,大家一边围坐桌边品茗赏书,一边叹息于文人读书藏书空间之局促逼仄,盼望着我未来能有一个宽敞的书房,至少能把所有的藏书打开,以方便取阅。13年前我买了现在住的房子，比原来的斗室大了四五倍，专门设置了三间书房，占了整整一层楼；书柜打了十几个，每个柜子里面分七格，每格放两排书。本以为众书能够各归其位，大功告成，从此可以轻松地坐拥书城了，但时过不久，太太便连呼上当，说房子还是买小了——原来存的书尚未安排妥帖，新书又以每年上千册的速度涌入，书柜超饱和，柜顶和地板上堆满了"无家可归"的书，屋里成了书库，满坑满谷，自然显得狭小而凌乱。我最对不起的就是高为、刘运峰、倪斯霆诸兄，13年来我没有请他们中的任何一位来家里坐坐，只因我觉得我的书房实在凌乱得难入他们的法眼。有时回忆起来，往昔大家围坐桌边品茗赏书的情景，恍如流年梦影。不光是他们，13年来我从未主动邀请任何一位朋友光临寒舍。2005年春夏之交，苏州王稼句，南京薛冰、徐雁、董宁文，北京止庵等著名藏书家来津参观全国书市，同时也想看看我的藏书。作为地主，我陪这些难得一聚的好友走走逛逛，也理应邀请他们到家里喝茶观书，但考虑到书房一时难以整理好，在这样的环境里待客反而显得不礼貌，便以孩子中考在家复习为名，与他们在茶楼、饭馆里大侃一通，就蒙混过去了。这样的行为，如果须找理论依据，有梁实秋在《雅舍小品》里说过的话："书房的用途是庋藏图书并可读书写作于其间，不是用以公开展览藉以骄人的。"

除了怕家里来人，还怕别人让我找书。依我所见，画家的画室大多凌乱，而文人的书房则大多整洁。我曾经参观过苏州王稼句先生和天津章用秀先生的书房，其硬件与我差不多，也是三四间书房、几万册书，可是他们的书房就非常整齐规范，找书极为便捷。不像我家，一套《莎士比亚全集》，竟"分居"在好几个书柜里。尤其是近几年，太太不忍看那些"无家可归"的书长期堆在地上蒙尘，就寻来几十个纸箱，硬给它们"安家落户"。这样一来，等于给它们判了"无期徒刑"，找起来就更麻烦了。有时为找一本书，轻则夜以继日翻箱倒柜，重则夫妻反目大吵一场。此外，由于书房缺乏管理，既不梳整，又无书账，心里没数，重复买书现象时有发生。太太曾多次提出两本一模一样的书，就像福尔摩斯侦破了疑难命案一般得意，高门大嗓通报全家，然后将这两本书在书房最显眼的地方摆上十天半月，以此公示我的糊涂与健忘。有的朋友懒得去图书馆，动辄让我查书，随口找我借书，实是不知我之苦衷。

2010年，我被评为"天津市十大藏书家"。评委会主任罗澍伟先生对我的评语是："十大藏书家当中，你的藏书量是最大的，但就是书放得有点儿乱。"

书房的凌乱，固然由于书多，但似乎也可归咎于书杂。与其说是凌乱，倒不如说是杂乱。杂乱之"杂"，实与我的经历和爱好有关。

我幼年好学，但适逢动乱岁月，斯文扫地，教育低迷，只好抓到什么书就看什么书，邻居、亲戚、朋友中谁有学问就跟谁学，在读书学习上吃的是"百家饭"、"杂粮"。"文革"后期，1972年《地理知识》《文物》杂志复刊，1973年《化石》杂志创刊，当时我只有七八岁，还未上小学，就成为它们的第一批读者。童年闲览之杂，由此可见一斑。从小学到大学，有幸屡遇名师，皆为渊博之士，所学课外知识远远多于课内。北大之"大"，可作"博杂"解，20世纪80年代中期我负笈未名湖畔、博雅塔下，自是如鱼得水，如鸟投林。对王力、朱光潜、冯友兰、季羡林等先生，我或聆听讲座，或课余讨教，久而久之，便深切体会到：大师之"大"，依然重在"博杂"二字。他们"博杂"的一面，对我影响最大。

在报社工作了24年，干的其实也是"杂活儿"。这24年中，我当过5年记者、4年夜班新闻版编辑、15年副刊编辑，先后编过九个版面，都是既编又写，连踢带打，真是京评梆越昆，生旦净末丑，唱念做打舞，手眼身法步，样样都要会两手，想不杂也不行。茅盾和秦牧好像都说过，写文章要"多几副笔墨"。这"多几副笔墨"用在办报上，同样是大有好处的。

经历如此，爱好也如此。我不仅喜欢收存各种版本的书籍，而且喜欢搜集一些实物，像各种釉彩的陶瓷，各种木质的家具，各种材料的玉石，等等。这些东西不一定都有多么高的经济价值，但我能够通过它们体会历史的源远流长、文化的丰富多彩，并在对它们的欣赏和把玩中得到愉悦和休憩。这些书本以外的瓶瓶罐罐、盆盆碗碗，分布在书柜的里里外外，书房之乱就是名副其实的"杂乱"了。

有不少朋友问我：你不过40多岁，怎么就出了这么多书？今后你还能写些什么？倘若他们看了我的书房，自能找到答案。我总觉得，书生不是商贩，不能现趸现卖、捉襟见肘。要写，必须先读；但读了，未必就写。例如中医药书和佛教书我各存有上千册，但我至今几乎还没发表过一篇关于中医药或佛教的文章。我在不断地发表、出版，同时我还在不断地积累、充实，今后写作的题材会是无穷无尽的。

"杂树生花"的书房，虽然杂乱，但它能促使我们在读书、写作的时候，增加一些逆向思维、多向思维、边缘思维和立体思维；对人、对事、对别人的作品，多一些宽容和体谅。唯有这样的书房，才能成为如上海藏书家陈子善先生所说的"独立思想得以萌生的策源地"、"自由精神得以休息的理想场所"。

写至此，又想起丘迟《与陈伯之书》中的那句景语。我在书房外的露台上栽植了很多花木，榕树盆景、茉莉、仙人掌、牵牛花、葫芦、丝瓜、豆角，一片乱绿。清晨，喜鹊、麻雀、蝴蝶和蜻蜓们，上下其间，欢叫飞舞。这不正是"杂花生树，群莺乱飞"吗？

我就在这杂乱的书房里，感受着缤纷的世界。

2011年9月11日

# 旧书市，新感觉

俗话说"铁打的营盘，流水的兵"，世代绵延的旧书市好比是"铁打的营盘"，我们这些书虫自然就是那"流水的兵"了。书市映照世事，世事亦如流水，我们置身其中，总会随之流动出新的感觉。

在天津的快乐生活之一，就是逛旧书市。在这样的快乐生活中，天津产生了许多重量级的藏书家。在中华书局最近出版的苏精所著《近代藏书三十家》（增订本）中，与天津密切相关的大藏书家就列有卢靖（木斋）、李盛铎、章钰、陶湘、傅增湘、梁启超、周叔弢等。此外，现当代大藏书家阿英、黄裳、姜德明，以及近些年涌现出来的著名藏书家韦力，都与天津旧书市有着很深的渊源。久居津门的文学大师孙犁，特别喜欢藏书，他晚年发表了大量书话作品，广受读者喜爱，他的很多藏书，都来自天津的旧书摊、旧书店。天津的旧书市，实是造就藏书家的沃土。

像逛旧书市这样的快乐生活，捉襟见肘的穷书生愿意过，著作等身的大学者也愿意过。实际上，很多穷书生就是因常年泡在旧书市里寻寻觅觅，挑挑拣拣，翻翻看看，写写记记，逐渐提升了自己，终于成为大学者的。天津的旧书市，就是这般的成事、养人。近代以来，天津的旧书摊、旧书店和旧书市十分繁荣，是海河岸边一道引人注目的文化风景线。新中国成立以来，特别是改革开放以来，天津的旧书市旧貌换新颜，为丰富广大市民的精神生活发挥了特殊的作用，也为外地游客提供了一个观光淘宝的好去处，光大了天津的城市文化形象。

我自幼喜欢买旧书，对天津旧书市充满了感情，也熟悉新中国成立以来天津旧书业的行进历程。近20多年来，我作为《天津日报》的文化记者和副刊编辑，尤其是在编辑"书林"和"收藏"这两个与旧书相关的副刊的过程中，通过常年的采访和调查，亲眼目睹了改革开放以来天津旧书市发展变化的每一个细节，同时也多次在天津旧书市发展转折的关键时刻予以及时报道，引起有关部门和广大市民的重视，促使旧书市摆脱困境，健康发展。

大约在世纪之交前后，坐落于河东区天津市历史博物馆院内的旧书市，由于场地的原因，要被撤销。当时它是天津最大的以连环画为主要特色的旧书市场，我在报道中称之为"民间藏品交流区"。在这里，曾经举办过颇具规模的天津市连环画收藏展，吸引了全国各地的爱好者。因此处离我家不远，所以几乎每到双休日上午我都要逛逛。这天，我在历史博物馆院门口看到书市被撤销的告示，同时看到一些摊主不得不挪到院外路边摆摊，买书的人依然不少。了解情况后，我很快就在我编的"收藏"版上以头条位置发表了一篇报道，呼吁社会各界关注此事。所幸有关领导看到报道后非常重视，不到一周，问题就得到圆满解决，书市移至与历史博物馆仅有一墙之隔的天津市第二工人文化宫，继续经营。我马上又写了一篇跟踪报道，把这个好消息告诉广大市民，同时也对积极解决问题的有关部门提出表扬。摊主和读者们对我为解决这个问题所做的工作也给予高度评价，纷纷给报社寄来了感谢信和表扬信。

我是一个真正在旧书市里摸爬滚打出来的编辑、记者，了解旧书市的明明暗暗、里里外外。尤其是看到很多摊主都是老弱病残和下岗职工，生活比较艰难，全家人靠摆旧书摊吃饭，我的心里就充满了同情。我在旧书摊买书，很少划价，只要自己喜欢、有用，就觉得买得值。其实这里面也包含着对摊主劳动价值的理解和尊重，以及对他们生活状态的体贴和安慰。久而久之，很多书摊主人都成了我的朋友。他们很懂书，也以能助人买书为乐。这样的摊主，是有益于社会和谐的。我坚持认为，对路边的旧书摊，包括那些违章占道的旧书摊，不能只是一轰了事，一扫而光，要想办法，要给出路。引导重于取缔，疏通重于堵塞，才是更接近人性化的做法。20世纪八九十年代，天津小海地、八里台等处盛极一时的夜书摊，其满足广大市民业余文化生活的有益作用，是难以否定的。

改革开放以来，天津旧书市的面貌不断在变化：从小海地、八里台到历博、二宫，从文庙、三宫、新世纪广场、沈阳道、鼓楼南街到古文化街，从路边自发摆摊经营，到固定场地规范经营，再辅以越来越活跃的网上经营，给人的感觉是越来越新鲜。20多年来的天津旧书市，熏陶和滋养出了一大批中青年学者、艺术家，知名的如章用秀、阎纂业、姜维群、刘运峰、倪斯霆、高为、李鸿钧、王勇则、缪志明、曲振明、王振良、张元卿、邵佩英、黄雅丽等。他们都是旧书市的常客，是我的书友，也是《天津日报》的作者。近年兴办的古文化街文化小城大型旧书市场，是新中国成立以来天津条件最好的旧书市场，让人们看到了天津旧书市的美好前景。我经常陪同全国各地著名藏书家、学者逛天津旧书市，如徐雁、薛冰、王振羽、董宁文、王稼句、止庵等，他们都有一个共同的感受：与国内其他大城市相比，天津的旧书价格比较便宜，这一方面说明天津文化积淀深，旧书货源多；另一方面也说明天津人厚道，不愿漫天要价。因此，在天津逛旧书市，除了能获得"得来全不费工夫"的喜悦，还能感受到一种浓重而温馨的人情味。这种诱人的软环境，使得天津的旧书市常逛常新，魅力无穷。

2009年9月8日

# 津门百衲"二十四史"

　　我的"二十四史",是最常见的中华书局出版的32开点校本,并不是商务印书馆在20世纪30年代选用多种不同善本拼配影印的"百衲本二十四史"。但是,我的这套"二十四史"又确实像一件补缀很多的百衲衣,通过不同的购买途径,由不同版次印次的分册"百衲"而成。

　　高中时,我最喜欢学历史,特别想买一套"二十四史"。那时是20世纪80年代初,一套"二十四史"大概需要二三百元,简直就是天文数字。1984年初,我刚上大学,就买了一套《史记》,花了10元零1角,相当于10天的伙食费,但非常欢喜,似乎看书真的能够代替吃饭。我的大学毕业论文即是关于《史记》的,当时就在学术刊物上发表了。大学期间,我买书很多,其中就有"前四史"和《明史》。1987年我工作后,买书更狠,总想购齐"二十四史"。有好几位朋友为我提供线索,帮我买"二十四史",但因当时天津的书店并不常备"二十四史"的每一种,所以我始终没有机会买全"二十四史"。

20世纪90年代初，天津出现了一阵可喜的买书热。旧书和特价书尤其受欢迎，特价书店生意兴隆，旧书摊在夏天的晚上一摆就摆到十一二点。我在买书时发现了一个问题，就是几乎每家书店都有不成套的书，即"失群"的散本。造成这种现象的原因，一是过去同一套书中的各册往往不是同时出版的，而且各册的印量也不同，书店订了上册却忘了订下册，或上册订了二百册而下册却只订了一百册；二是计划经济后遗症，书店之间互不沟通，散本只好长期"守寡"，同一套书，上册在甲书店，中册在乙书店，下册却在丙书店，难以团聚。针对这种情况，我以《何不调配成套》为题，发表文章，呼吁让"死书"变"活"。这篇文章受到很多书店的重视，其中古籍书店动作较大，将各门市部积压的散本集中起来，统一调配后再以特价出售。烟台道古籍书店门市主任纪玉强先生知道我需要买齐"二十四史"，就主动提出帮我调配，让我开列所缺书单。这样，书店可以处理一批积压的书，我也可以因特价而减轻一些买书的负担。但配齐这几十本书并不是一件容易的事，需要从好几间库房的书中一一寻觅。每次我去书店，都看到为我配书的房黎虹小姐带着套袖，不停地翻书、搬书、拭书。至今回想起来，仍然十分感动。

半年以后，我的"二十四史"终于配齐了。这是一套真正的"百衲本"：241册书的书脊，不仅《明史》与《宋史》的颜色不同，前者偏新，后者显旧；而且《宋史》中的每册颜色也不同，有的偏绿，有的显黄。新旧绿黄，述说着印刷年代的不同。好在它们版次不同而内容未变，虽然是"凑"齐的，却丝毫不影响查阅。

然而，买"二十四史"的故事并未就此结束。过了七八年，1999年初，我搬到现在住的地方。寒舍稍宽，便将散存各处多年的书籍聚拢过来。书柜做好后，我首先安排"二十四史"，将它们按顺序装在一个朝阳的书柜里。虽然新旧绿黄，但却整整齐齐，看着心里就舒服。看着看着，我突然发现缺了一册《宋书》第六！到处找，也找不到。想一想，可能是当初根本就没配齐，差一册而不知觉；也可能是搬家次数太多，搬丢了一册；还有可能就是没丢，但因藏书太多，疏于整理，一时找不到。虽然我并不着急查阅这一册，但心里总是系着个小疙瘩，感觉美中不足。

一晃，又是四五年过去了。今年春节，鞭炮声刚刚响过，寒气未退，冷风犹威，我便迫不及待地去逛沈阳道古物市场，希冀在新春伊始淘到一件称心如意的宝贝。路过哈密道一家专售文物图书的小书店时，我习惯性地踱了进去。一个不起眼的角落使我眼前一亮，几册"二十四史"散本中居然有一册《宋书》第六！高兴之下，不知是怀疑自己的眼睛，还是怀疑自己的记性，我竟先往家里打电话，请太太核实。半分钟后，太太回电，给我的当然是肯定的回答。佳节巧遇好书，一了多年心愿，用范伟师傅的话说，缘分啊！书店老板刘玉华先生是真朋友，见我如获至宝之情状，不但没有像很多古玩商那样趁机"宰"我一刀，要个高价，而且替我高兴，将书包好，慨然相送，分文不收。

算来，我买"二十四史"，整整花了20年的时间。搜购这套书，我经历了辛苦和等待，也感受到喜悦和满足。梁任公先生曾说："二十四史非史也，二十四姓之家谱而已。"诚为一家之言。但我每次捧读这套书中的任何一册，总是觉得沉甸甸的。沉甸甸，并不因为它是重要的史书或"家谱"，也不因为它承载着那么多的帝王将相和刀光剑影，而是因为它是来之不易的"百衲本"。它百衲的，是书友的浓浓关爱，是津门的郁郁书香。

2005年5月22日

# 申城淘书小记

本文题为"小记",可主人公却几乎都是著名的"大蔓"——薛冰,南京市藏书状元、南京市藏书家协会主席;沈文冲,江苏省十大藏书家;阿滢,山东省十大青年藏书家;王振良,天津市推荐的首届全国"书香之家";朱晓剑,四川省推荐的首届全国"书香之家";舒凡,湖南省推荐的首届全国"书香之家"。其余如韦泱、董宁文、卢礼阳、方韶毅、谭宗远、冯传友、吕浩、夏春锦、安武林、汪应泽等,都是各地读书界的名人。初冬季节,我们这些来自天南海北的书友,利用参加第十一届全国民间读书年会的间隙,集体在申城淘书。

2013年11月29日,我们一行八人起个大早,六点半从会议地点淮海中路南鹰饭店出发,在韦泱先生的引导下,打车来到闸北区临石路聚奇城旧书市场。韦泱先生是上海著名藏书家、书话家,曾写过一本《跟韦泱淘书去》,我对书友们说,这次我们真有福气,能够亲自实践一把"跟韦泱淘书去"。聚奇城的旧书市场有两层,中间是书摊,四围是书店,人气很旺。总的印象,书摊的旧书很便宜，而书店则比较贵。我在一个固定书摊上买了一本1998年上海古籍出版社出版的《外国银币丛谈》，还是作者朱鉴清的签赠本，只花了20元。这本书定价30元5角，但早已售缺，在孔夫子旧书网上标价都是100多元到200来元。

书友们如入宝山，收获颇丰。薛冰先生买到一本20世纪50年代初中国百货公司上海市公司纸张样本，收有数百种中外纸张样品，每页上除纸张规格和生产厂家信息外，另有流行的政治口号。此册对于辨识当时出版物所用纸张，极有帮助。摊主起初索价100元，薛冰先生几次还价，终以30元收入囊中。此外，他还淘得商务印书馆民国元年初版《汉英辞典》、中国青年出版社1954年初印世界民主青年联盟理事会北京会议图册、1983年上海—横滨美术作品展览筹备委员会编印的上海美术作品展览图册。这些书资料难得，所费却都不多，可见姜还是老的辣，薛冰先生确是淘书高手，但其背景还是他深厚的学养。

来自北京的著名儿童文学作家安武林先生兴致勃勃，什么书都想买，但不明白上海的行话。后来有人告诉他，摊主说5毛，其实是50元；如果说5元，那就是500元。他听了，倒吸一口凉气，觉得这地方的书太贵了，便不敢轻易下手了。他看上一本《外国黑白木刻选集》，杨可扬主编，上海人民美术出版社1979年一印，要价150元。他从30元起开始砍价，没想到老板一口咬死，如果你喜欢，50元，不还价。得，正符合他的心理价位，成交了。

因为书友们出来得早，都没吃早点，待提着大小口袋出了聚奇城，就在附近的一家面馆吃汤面，边吃边聊淘书的感受，同时翻阅欣赏着朋友们的"猎物"。随后步行至不远处的另一处古玩市场，韦泱先生带我们进了海燕书店。这家著名旧书店的老板瞿永发先生，是上海市十大藏书家，他知道我是天津市十大藏书家，十分热情，合了影，还告诉我另一位天津市十大藏书家陈景林先生前不久也曾到海燕书店淘书。书友们在海燕书店一边喝茶，一边听瞿永发先生滔滔不绝地讲着上海滩的书人书事。我在书店里转了几圈儿，发现其中民国书刊确实不少。我买了一本1990年上海古籍出版社出版的《古钱》，作者孙仲汇是上海著名钱币研究专家，瞿永发先生只收了5元钱，算是朋友价。

在海燕书店，书友们都买了不少书。薛冰先生买了一些20世纪50年代出版的书刊，如《乐府群珠》、《红楼梦研究资料集刊》、《戏剧研究》等。女中豪杰舒凡，买了两千多元书，请书店帮助打包寄回湖南株洲。午饭后她独自回到海燕书店，听说又买了几千元书。午餐是瞿永发先生在附近一家十分热闹的饭店请的，饭菜很好，量也很大，书友们酒足饭饱。瞿永发先生的祝酒词体现了辩证法：作为生意，你们花钱买书；作为朋友，我请客吃饭。

12月1日，是个周日，早晨六点半，我们一行十几人从南鹰饭店出发，分别乘地铁、打车到上海文庙淘书。适逢上海马拉松开赛，出租车绕道而行，耽搁了一些时间。文庙坐落在上海老城厢，闹中取静，古色古香，庭院宽敞，交通便利，作为旧书市场非常合适。文庙七点半开门，开门之前，书商满载旧书的三轮车、摩托车早已挤满门前的街道。心急的淘书人已在开始翻阅车上车下的旧书刊，成交率很高。在天津旧书市场，这叫"买头轮书"。一个女摊主亮开嗓门喊"两元一本啦，两元一本啦"，来自山东新泰的著名作家万志远先生便选了一本2009年上海辞书出版社出版的王冉冉著《奇情聊斋》。万志远先生多年来致力于研究《聊斋志异》，刚刚在我们《天津日报》副刊发表了系列文章《聊斋》新读。与万志远先生同行的阿滢先生，看到书摊上摆着一些署名"丰一吟"的册页、扇面等，因他与丰子恺先生之女丰一吟女士很熟悉，就拉住我悄悄地说，这些画都是仿的。

文庙七点半准时开门，书商的小车蜂拥而入，在大成殿前的庭院中各自摆设摊位，码放书籍。淘书人购买一元门票后进入文庙，几乎每个书摊前都是人头攒动，讨价还价之声不绝于耳。

来自浙江桐乡的年轻"书迷"夏春锦先生十分活跃，共淘得二十多本书，其中有吴小如《古典小说漫稿》、冯骥才《秋天的音乐》、邵燕祥《无聊才写书》、徐铸成《报海旧闻》、高亨《商君书注译》及周振甫编注《鲁迅诗全编》等，虽然出版时间不算太长，但都是好书好版。浙江温州著名学者卢礼阳先生淘得一册江苏文史资料，他看中了其中近代"浙江大儒"陈黻宸的后人谈昆剧的一篇文章。来自内蒙古包头的著名藏书家冯传友先生买书一向出手大气，我看上几本旧画册，觉得要价太高，就放下了，等转一圈回来再看，都已经被冯传友先生买走了。薛冰先生买的旧书刊真是物美价廉，有民国版《曲学入门》、《乐府杂录》，20世纪50年代版《十八—二十世纪俄罗斯绘画展览会》、《剧孟》等，都是十几元二十元淘得。

书友们都是满载而归，夏春锦先生买的书太多，以致回程中提箱的手拉杆都断裂了；王振良先生叫来快递员，打了两大包书寄回天津。上海著名学者、藏书家陈子善先生作了一首打油诗，发在微博上："大佬捡破烂，废纸当作宝……"哈哈，这个陈先生，还敢讽刺书友们，这么多年来他要不是"废纸当作宝"，他家里的书能多得如同汗牛充栋吗？

2014年1月2日

# 在长崎逛书店

有轨电车徐徐驶来，在小河畔的桥头停了一站。这座小桥就是浜町商业街的一个进出口。浜町商业街是长崎最大规模的商业街，有好几百家店铺，主要经营百货、家电、化妆品、工艺品等。街道上的建筑都不高，上空有统一设置的防雨防晒的罩棚，使整条街呈现出规整而封闭的状态。

刚走进浜町商业街，就看到一家书店，门前摆着《文艺春秋》杂志。见到书，我的脚便挪不动了。同行的十几位朋友中，只有我学过日文，于是他们继续前行购物，我独自留下来逛书店。

这家书店占地面积不是很大，比不上中国各大城市的图书大厦，但它地上地下也有四五层的营业空间，估计在长崎算是一家大书店。店里的商品大约三分之二是影视光盘和电子书，可能如果不这样做它也难以生存。余下的纸质图书，门类倒是比较齐全，很像在中国常见的综合性的新华书店，但书架上数量最大的还是漫画书、流行小说和生活类图书。书店里读者进进出出，以年轻女性居多，老年人也有一些。我观察了一下，也是看的多，买的少，但是没有端起一本书看半天不动地儿的读者。随后又逛了这条街的另一家书店，店面略小一些，但图书种类和读者情况大体相似。

日本图书装帧上似乎不尚豪华，轻便的小开本"口袋书"所占比例很大。像《傲慢与偏见》这样篇幅不算很长的文学名著，也被分印成上下两册。装帧考究、印刷精美的书我也浏览了几本，是关于日本私人藏书和图书馆藏书的，图片里个性化的藏书风景十分诱人。这样的书售价大致相当于二百元人民币，厚厚的一本，也不算贵。

时值中日关系敏感期，我在书店里特意翻阅了日本出版的多种日本地图、中国地图和世界地图，查看关键部位；还翻阅了日本出版的各种历史教科书及历史著作，了解它们对一些世人关注的重要历史事件的描述和评论。

将至商业街尽头，坐落着一家旧书店。该店只有一层门面，但书很密集，一排排书架间隔狭仄，顶天立地，像图书馆一样。说是旧书，其实也没有太旧的，顶多是二三十年前出版的，书页略微泛黄，但书的品相都洁净完好。浏览这些装帧整齐划一的旧书，强化了我的一个印象：日本出版图书，能成套的尽量成套，能归入丛书的尽量归入丛书。这个出版习惯在日本已经有大几十年了，所以现在拿来一堆不同时期出版的旧书，如果将它们排成一列，竟也好像是同一套丛书。

在日本逛旧书店，不禁回忆起自己买日文书的经历。十几岁时，我每个周日的早晨都要乘无轨电车到天津滨江道外文书店，购买《赤旗报》等有限几种日文报刊。随之，也在京、津等地的外文书店买了一些日文书。后来又对日文旧书产生兴趣，转到古旧书店去淘，当时光是《源氏物语》的旧版本就搜罗了好几种。大约20年前，天津佟楼外文书店旁开有一家很小的书店，里面的日文书几乎占了一半，我买过几十册。近些年，时常逛天津古文化街文化小城一家很有名的旧书店，里面有几架日文旧书，我也买过一些。可是前些日子我看到该店的日文旧书全都下架了，我还没来得及问书店老板其原因，但估计十有八九与时事有关。

世人提起长崎，首先想到的总是原子弹爆炸，所以一到长崎就去看和平公园。但长崎还有比这更重要的身份，它是名副其实的历史文化名城。尤其在中日交往史上，它的地位极为特殊。在日本古代漫长的锁国时期，它是与中国进行贸易的唯一城市。此次我们从海上乘船到日本，将长崎作为第一个上岸的城市，或许这是这艘皇家加勒比国际游轮"海洋航行者号"的美国老板的特意安排吧。我在浜町商业街逛的几家书店里，都有长崎历史文化图书专柜，足见长崎的悠久与厚重。因为长崎是距离天津最近的日本城市，两者又都是著名的大码头，我遂将专柜上的几十种书籍粗翻一过，试图找到一点长崎与天津的渊源，可惜没找到。但是不无发现，长崎也有木版画和妈祖庙，将来有时间可以与天津进行比较研究。

这次到日本，我有意识地搜寻和欣赏自己感兴趣的东西，如茶具、漆器、铜墨盒、笺纸、古籍旧书等，结果如我所愿，看到不少实物，添加了印象，增长了见识。但遗憾的是，在长崎逛书店时没有买到这些领域有价值的图书。最失望的是，在长崎的书店没有见到任何关于长崎贸易钱的书籍。所谓"长崎贸易钱"，是中国清初时期日本长崎地方为了与中国贸易而铸造的仿宋朝钱，中国沿海地区时有发现，近些年我搜集了不少，很想从它们的故乡了解到更多的情况。如果真的没有这样一本书，日本学者不写，中国学者也应该写。

关于长崎贸易钱的书没见到，长崎贸易钱的实物也没在长崎本地见到。那些钱或许都已经在几百年前流通到中国了吧？很有可能，我认为。这次我也到了韩国，但没能在当地买到朝鲜古钱，心中不免有些怅惘。然而，就在回国后的第三天，我逛天津古文化街古玩城时，一位熟识的摊主拿出一小兜古钱，说是已为我留了多日。我打开一看，竟全是朝鲜古钱，是十二枚钱背文字不同的常平通宝当五。高兴买归，灯下把玩，赏研之际，忽然开悟：它们同样是在几百年前就流通到中国了，因我有所追寻，所以今日特地结缘于我。

2013年8月26日

# 吴小如先生旧著购读记

2013年9月8日，是个星期日，上午我照例逛天津古文化街。先逛了古玩城，待逛到文化小城旧书市场时，已至正午，摊主们纷纷收摊，小广场逐渐清静下来。我正准备回家，忽然瞥见摊上躺着一本眼熟的旧书，是吴小如先生所著《中国小说讲话及其它》。说眼熟，是因为吴小如先生在改革开放后出版的著作，他大都赠给过我；"文革"前他出的书，我也买过，包括他与高名凯先生合译的茨威格写的《巴尔扎克传》，也包括这本《中国小说讲话及其它》。

吴小如先生在中国文学史、古文献学、俗文学、戏曲学、书法艺术等许多方面都有很高的成就，用段宝林老师的话说，吴先生是"多面统一的大家"。但从他几十年从事研究和教学的角度看，他的专业还应是中国古代文学，特别是中国古代小说。上海出版公司1955年出版的这本《中国小说讲话及其它》，是他出版的第一部著作，也正是他青年时代从事专业研究和教学的成果。

《中国小说讲话及其它》，是上海出版公司"中国文艺研究丛书"之一种。该书11万余字，分两辑。第一辑为"中国小说讲话"，有五讲，从古小说讲到晚清谴责小说，实际上就是一部简要的中国小说史。第二辑是几篇专文，有对《儒林外史》等作品的研究，也有对胡适研究方法和观点的批判，其中有一篇是作者与王瑶等四位先生合写的，里面的内容自然不可避免地打下了时代的烙印。

这次我在旧书摊上遇到的《中国小说讲话及其它》，品相较好，而且是上海出版公司1955年初版本（此后有上海古典文学出版社1956年新版本）。询诸正在忙着收摊的摊主，答曰十元拿走。心里想买的书，总觉得价格不贵，于是付款成交。

老版的《中国小说讲话及其它》我20多年前就买过，这次又买了一本，其实重要的不是书本身，而是我想借此表达一下自己对作者的一种敬意。整整30年前，我考入北大，有幸聆听过吴小如先生精彩的讲课。大学毕业20多年来，吴小如先生是北大老师中与我联系最多的一位，也是为我所编副刊赐稿最多的一位。师生之谊加上作者与编者之谊，我们的感情确实非比寻常。吴小如先生是学界泰斗、教坛大师，不仅桃李满天下，而且他的几代学生中成为社会名流、学术大家者数不胜数，但先生却偏爱像我这样无籍籍名（有人写成"籍籍无名"，更适合我）的学生，令我十分感动。

前两年，吴小如先生小中风，从此手不能书。一生执笔而被迫不得不放下手中的笔，他的痛苦可想而知。去年，北京大学出版社出版了《学者吴小如》一书，收录了数十篇吴先生的学生和朋友们写吴先生的文章，也收入了两篇拙文。今年年初，孙玉蓉女士编注的《周作人俞平伯往来通信集》出版，我考虑到吴小如先生与周作人有过交往，而俞平伯先生是吴先生的老师，便请孙女士寄给吴小如先生一本。没过几天，孙女士即回信说，吴先生见到书后，转天就打来电话，谈了对此书的十几条意见。得知先生近况很好，我非常高兴。我的儿子今年考上了南开大学中国古代文学专业研究生，我想带他进京拜见吴先生，当面请教。天津市实验中学（原天津工商附中，吴小如先生的母校）的领导也多次让我与吴先生联系，想去看望这位老校友。如果今秋吴先生方便的话，我们打算一同成行。

我买的这本《中国小说讲话及其它》，在封面、封底和扉页上一共有三个图书馆的藏书章。按照书脊标签的覆盖情况，可以推断大致的年代先后，分别为"女十四中图书室"（不知是哪个城市的）、"北京市164中学图书馆"和"泗村店镇初级中学图书馆"（在天津市武清区）。看来，在将近60年的生涯中，这本书也曾辗转多处，有着自己丰富的"阅历"。现在好了，它终于在它的作者的一个学生的家里住下了。

携着《中国小说讲话及其它》归家，晚上得闲，灯下翻阅。读了几页，忽然想起，今天应是吴小如先生的生日呀。生怕自己记得不准，急忙上网搜查，果然，吴先生出生于1922年9月8日，今天恰好是他老人家91周岁大寿之日。我说与妻儿听，他们亦十分感叹，连说你们师生真是有大缘分啊。好，那就顺此天意，敬祝当今北大研究中国古代文学最高龄的教授、全国研究中国古代文学最高龄的著名学者、我的老师吴小如先生健康快乐、寿比南山吧。

2013年9月10日

# 在湘江边逛旧书摊

　　湖南株洲，我以前乘火车曾经路过多次，但没有留下什么突出印象，只知道它是一个重要的铁路枢纽，市里住着一位著名的作家聂鑫森。株洲走进我的视线，是在几年前，经山东新泰书友阿滢先生牵线，株洲阳卫国先生寄来他主编的《书香株洲》一书，该书分"书香土地""书香故事""书香快乐""书香卷册""书香季节"五辑，汇集了株洲人与书的故事，这无疑是我非常感兴趣的书。看了书，我了解到，主编阳卫国先生是中共株洲市委副书记，他本人喜欢买书、读书、藏书，是一个资深"书虫"。书里文章的作者，有专业作家、大学教授、媒体记者、政府官员、企业职工、独立书店负责人……不同的职业，不同的年龄，不同的身份，却有一个相同的称号——爱书人。在这本以书为主题的书中，他们分别讲述着自己真实的爱书故事。最打动我的，是宋才逢写的《竹书架》一文，作者讲述了自己的一段经历：20世纪70年代初，他与妻子从县城到长沙游玩时购买了一个竹制书架，回家时，因带着书架公交车不让上，他与妻子便扛着书架步行到火车站。然而，因书架体积超标，火车也不让上。两口子没办法，只好效仿铁道游击队去爬货车，幸好遇到了一位好心的守护货车的列车长，让他们坐上了货车的尾车。下车后，两口子又抬着书架走了十几里夜路，午夜回到家。妻子去做饭的工夫，丈夫已经擦好了书架，把家里那些心爱的书摆到书架上了……读了这本书、这些故事，我对株洲人肃然起敬，还有几分真诚的羡慕。

去年初冬在上海参加第十一届全国民间读书年会时，结识了株洲新闻网总监舒凡女史。她也是一个资深"书虫"，前不久，她家与我家都被国家新闻出版广电总局评定为首届全国"书香之家"。她多次打来电话，发来邮件，代表聂鑫森先生和阳卫国先生热情地邀请我参加今年在株洲举行的第十二届全国民间读书年会，还特意告诉我，在株洲的湘江边，有我喜欢的旧书摊。我爱逛旧书摊，长期以来也关注城市书摊现象，研究书摊文化，舒凡的话，对我确实是一种诱惑。

今年10月下旬，我来到暑意未消、花红树绿的南国株洲，在参加全国民间读书年会之余，和与会的朋友们多次逛旧书摊。年会的主办方株洲新闻网、株洲市图书馆考虑得非常周到，特意组织一些摊主将旧书摊摆在会场门前，供与会者选购。主办方还让每位与会者在一个书摊上免费自选一本旧书，我选了一本《华君武漫画（1981——1982）》。此外，我买了一本《中国铜元大集》，戴晓波编著，介绍了广东、福建、江南、湖北、湖南五地的机制铜元，比较实用，值得翻翻。还买了一幅1959年印行的《广州市交通图》，品相好，信息量大，花了50元。同行的天津藏书家王振良先生看了一眼，立即说"好"。回来上网一查，有两家网店卖这幅地图，一家标价260元，但品相不好，图上有几个破洞；另一家的品相好，标价3000元。看来，这回我算是又"捡漏儿"了。

连续三个晚上，我和苏州来的王稼句，上海来的陈子善、陈克希，北京来的安武林、谭宗远、赵国忠，沁源来的杨栋，济南来的自牧，新泰来的阿滢，包头来的冯传友，福州来的卢为峰，西安来的崔文川，长沙来的吴昕孺，成都来的朱晓剑，石家庄来的张维祥，南京来的董宁文，桐乡来的吴浩然，十堰来的李传新等书友，在舒凡的引领下，来到慕名已久的湘江边的旧书摊，边淘书，边聊天。著名旧书版本鉴定家陈克希先生十分活跃，他主动帮助朋友把关，淘了四种版本书。他认为株洲的旧书价格比较便宜。几位书友逛到晚上10点多，各有所获，十分惬意，步行回到宾馆。

著名的"湘江边的旧书摊"，在株洲湘江风光带的一段边道上，由几十个书摊组成，一字长蛇排开，总共有数百米。对此，株洲市领导非常重视，市委副书记阳卫国经常来逛摊淘书，提出"要向法国巴黎塞纳河边上的旧书摊学习"，"株洲的旧书摊也要常规化，摆出名气来才好"，要求相关部门保护和引导市民的读书热情，维护好风光带的正常秩序、设施安全。"湘江边的旧书摊"自2011年形成以来，已成为株洲一道独特的人文风景。

我曾看到过一位网名"书剑飘零"的朋友写的几句感慨："我很庆幸，生活在一个有旧书摊的城市，生活在一个旧书摊能苟活的城市。来株洲工作已经八年，因为爱书，走遍了株洲城大大小小的旧书摊，认识了一个又一个爱书的人们。在我看来，一个旧书摊，不管其规模，不管其质量，它们就是株洲这个城市的一个文化因子，游荡在钢筋水泥、灯红酒绿的高大楼宇之间，为株洲保留了一丝书卷气……一群爱书的人，一群四处流窜的旧书摊，在新闻网的支持下，走到了一起，准备着用那发自内心的真诚、那绵薄之力为我们生活的城市增添一道靓丽的风景——湘江边的旧书摊……湘江边的旧书摊，在读书人的眼中，就是一个城市的最光彩的名片。"在一些城市，管理者视旧书摊为洪水猛兽，他们真应该读一读"书剑飘零"这段话，这是一位普通市民的心声。

聂鑫森先生写过《株洲红火旧书摊》一文，对书摊现象认识得更为深刻。他说："我在一个旧书摊上，购得北魏贾思勰的《齐民要术》。此书我当然早有收藏，但这是团结出版社1996年12月第一次印刷的版本，岂可错过？旁边一位年轻人问：何谓'齐民'？我说：'齐民'就是平民。《史记·平准书》云：

'齐民无藏盖。'如淳作注：'齐等无有贵贱，故谓之齐民，若今言平民也。'我突然悟到，我购《齐民要术》，是'齐民'这两个字，让我怦然心动。河西湘江风光带的书市，前来卖书、买书的人，不论职位高低，不论行业贵贱，不论男女老少，都是爱读书、喜藏书的人，'齐民'之乐，全付于书！"

在湘江边逛旧书摊时，认识了也来摆摊的株洲读者书屋老板宋林云。他个子不高，看上去朴厚而精干，待人热情而诚恳。他邀请我们到他的读者书屋去看看。读者书屋开设在湘天桥步行街，在株洲众多卖旧书的书店中，它大概是存书最多的了，两万多册书把十几个大书架撑得满满的，还堆了一地，窗台上也堆着书。其中有"文革"时期的各种报刊，还有一些小人儿书。听舒凡等株洲朋友介绍，宋林云最让人佩服的一点，是他的勤奋、能吃苦、肯动脑筋。他只要掌握到一点旧书方面的信息，就会跑去收集，不论远近。他常常租货车去邻近的小城市和县城收书。本市的旧书摊、废品店、垃圾站他都跑了个遍。旧书业不好干，他店里的生意常常很冷清，收益甚微，但他依然苦苦撑持。读者书屋被誉为株洲最好的旧书店，被评为株洲十大书店之一，在网上也颇有名气。

我在宋林云的读者书屋和书摊上选了几本旧书，有刘凌沧等插图的《中国古代科学家的故事》、法国加布里埃尔·埃斯凯著《阿尔及利亚史》、"五角丛书"中的《超时代的发明》，里面夹着一张重庆旧公交车票的《中国地图册》，还有介绍福州文史风貌的《三坊七巷》。书友们一共挑了几十本旧书，结账时宋林云硬是一分钱也不收。双方争执了半天，宋林云说书友们回家后如果有自己写的书寄来一两本就好了。

在株洲参加全国民间读书年会期间，得到来自五湖四海的朋友赠送的书刊近百册，我都浏览了一遍。离开株洲前，我将大部分书刊都交给会务组，希望它们能在今后株洲建设书香城市中发挥一些作用。我只带回陈子善先生签赠的新著《纸上交响》、聂鑫森先生签赠的新著《话说名宅》、吴浩然先生签赠的新著《我在缘缘堂（初集）》、卢为峰先生参与编辑的《严复书法（一）》、崔文川先生设计的《长安笺谱》等几种图书，还有《湘水》《越览》《泺源》等民间杂志的创刊号。买的几本旧书，则全部带回家，作为在湘江边逛旧书摊的记录。

2014年11月5日

# 乙未端午淘书记

　　端午前一天傍晚，儿子罗丹的手机响了，罗丹未接，告诉我是贾叔叔打来的，可能是找我的。贾叔叔者，古文化街老贾书屋老板、著名连环画收藏家贾世涛也。天津卫自古有一个好风俗，就是想送给朋友东西，却不直接找这个朋友，而是通过这个朋友的儿子送；即使当面将东西送给朋友，也要说是送给朋友儿子的。天津人就是这样谦虚、低调、讲礼数、讲面子。我用自己的手机给老贾打回去，老贾说，他这次真是找罗丹，明天让罗丹到老贾书屋选书，是老贾刚收的一批书。

　　乙未年端午节，适逢周六，天气也好，古文化街自然是熙熙攘攘，热闹非凡。恰巧罗丹的好友今天结婚，罗丹一早就去帮忙，我只好自己逛古文化街。先到文化小城地摊，取走一枚2006年天津地铁一号线恢复运营试乘邀请券，罗丹收藏旧票证，这是我为他打电话预订的，网上早已售罄；在另一摊上取走一枚大韩光武九年（1905）一钱铜币，品相极佳，是我前几天在"钱币天堂"网上看到后，让店主预留的。随后走马观花，又选购了十几枚外国硬币，包括两枚1968年德国5马克纪念银币，一枚1990年苏联5卢布纪念铜镍币，提袋里叮叮当当的，颇有收获。

临近中午，天津市连环画收藏协会会长、著名藏书家李鸿钧兄来电，说他在摊上买了一本旧书，是抗日根据地印的抗战木刻集，想让我给鉴定鉴定，在老贾书屋等我。我即到老贾书屋，看到鸿钧兄刚买的抗战木刻集，翻阅一遍，谈了自己的看法。鸿钧兄买书一向肯下本钱，这本书人家要价一万二，他花了六千元拿下。

鸿钧兄走后，老贾让我看他新收的旧书，有好几百册，码放在一个玻璃柜里。老贾让我随便挑，说就算是他送给罗丹的。我翻腾了一通，发现这些书原先大多是本市一个文化单位工会的，从书后的借书登记卡看，借阅过的人不多，所以书品都还不错。我为罗丹挑了几本：北京大学中文系古典文献专业译注的《中国古代寓言选》，人民文学出版社1981年出版；鲍善淳著《怎样阅读古文》，上海古籍出版社1982年出版；陶君起（南开大学文学院中国古代文学教授陶慕宁的父亲）著《京剧史话》，中华书局1982年出版；《杂技与魔术》编辑部编《魔术大观园》，北京师范大学出版社1989年出版。我为自己挑了一本《红小兵报》社编《我们的班长李小芳》，上海人民出版社1972年出版，这本少儿小说集里有很多带有"三大革命"内容的插图。

我还为自己挑了一本聂鑫森的中短篇小说集《太平洋乐队的

最后一次演奏》，湖南人民出版社1984出版，是这位作家的早期作品。我与聂鑫森先生交往20年，联系密切，去年秋天我在湖南株洲参加第十二届全国读书年会期间，特意到聂先生府上拜访，参观了他丰富的藏书。聂先生不仅在小说、散文、诗歌、文史研究等领域成果丰硕，著作等身，而且书画俱佳，多才多艺，在我眼中，他是真正的文化大家。这本《太平洋乐队的最后一次演奏》所收中短篇小说，有好几篇我都很喜欢，如《凌风阁》《藏画》《神医顾伯钧》《蓬莱居印人》等，写得既有书卷气，又有民俗味。近些年聂先生还在写这种类型的小说，我在《小说选刊》上读过几篇，耐人咀嚼，令人回味。从书后借书登记卡的签名看，这本书只有一位读者借阅过，她是天津一位著名女演员，我见过西哈努克亲王与她握手的照片。

老贾不仅把这些好书送给我和儿子，还端来一杯他特制的冰镇酸梅汤，让我消热解渴。这个端午，伴着书香，过得充实，过得舒心。

2015年6月23日

# 为书摊求饶

　　年前，书友们纷纷相告：古文化街文化小城不让摆书摊了。赶到书市一看告示，得知市场要改造，书摊确是不能摆了。为此，很多书友这个年就没过好，一见面就为书摊的命运叹息不已，几次小聚大家都愁得咽不下饭。著名旧报刊收藏家侯福志先生在给我写的信里动情地说："读书人离不开旧书摊，就像鱼儿离不开水啊……"年后，我多次到古文化街探访，发现实际情况比原来预计的稍稍乐观一点儿：文化小城空间最大的小广场不让摆书摊了，只有几条小巷里还摆着不少书摊，但因地窄摊密，十分拥挤，淘书的环境远不如从前了。

　　古文化街文化小城书市，是天津目前唯一的大型旧书市场，是辐射全国的连环画交流中心和旧票证交流中心，是众多外地游客喜爱的观光淘宝场所，是天津重要的文化窗口。这里最近出现的令人遗憾和忧虑的状况，自然使已经沉寂了数年的关于天津旧书市场命运的话题，被重新激起，被广泛热议。

　　2009年，我参加了"新中国巨变60年"征文活动，本来可写的题目有好几个，但我觉得自己体验最多、感触最深的还是天津旧书市的发展变化，于是写了《旧书市新感觉》一文，表达了"在天津的快乐生活之一，就是逛旧书市"的心情；其中写了改革开放以来天津旧书摊群从小海地、八里台到历博、二宫，从文庙、三宫、新世纪广场、沈阳道、鼓楼南街到古文化街的不断迁移，特别提到"近年兴办的古文化街文化小城大型旧书市场，是新中国成立以来天津条件最好的旧书市场，让人们看到了天津旧书市的美好前景"。时至今日，相关部门和单位都应该珍惜天津旧书市场来之不易的安定而繁荣的局面，并且积极创造条件予以巩固和扩展，使之逐步形成像巴黎塞纳河左岸那样闻名于世的书摊文化风景，千万不能再做任何有损于它的事情。

米兰·昆德拉在《笑忘录》中说过："消灭一个民族的第一步，就是要消除有关这个民族的记忆。"我们是否可以换一种说法："强大一个民族的第一步，就是要强壮有关这个民族的记忆。"旧书就是民族的记忆，旧书市就是民族记忆的载体，它们可以唤起记忆，可以勾起对过往的怀想，形成一种特殊的依恋感，并拥有一种归属感。有学者指出，当人们失去了自己所熟悉的事物，对一个人来说就意味着从熟悉的环境所唤起的记忆中被流放并迷失方向，威胁着人们丧失集体身份认同，丧失他们身份认同的稳定性和可持续性。旧书，以及旧书的流通，是学术传统的承续，而更为重要的，它是民族记忆的保鲜；倘若漠视它们，忽略它们，那么其对社会产生的潜在危险是可想而知的。

我曾在孙犁的书房里，见过一些《四部丛刊》、《丛书集成》的零本。旧时，这类书卖得并不贵，但却能有效地助人增长知识。孙犁年轻时喜好逛旧书摊，因为书摊的书便宜，尤其是几部著名丛书的零本，许多人对此不屑一顾，而他认为这样的丛书买全了没有多大的用处，买零本则可以选用，"所费无几，是一种乐趣"。除了捡便宜书外，逛旧书摊的乐趣还在于通过精神漫游而得到心灵滋养。每次逛罢书摊，虽然腿也遛乏了，眼也寻倦了，但回到家中，掌上明灯，沏上热茶，细心摩挲一遍淘来的收获，就如同戴望舒先生在《巴黎的书摊》中说的那样，"倒也是一个经济而又有诗情的办法"。正是在这样的情境中，天津的旧书摊成就了当代文化大家黄裳、周汝昌、姜德明……

书摊不妨碍任何人的利益，好像也没有人故意难为书摊；然而，多年来一些城市的旧书市场四处流浪、难以稳居的曲折经历，十分真实地映射出文化发展与城市建设之间的尴尬关系。城市地价日益昂贵，开发项目越来越多，一有商机，盈利上处于弱势的书摊便天然地成为被牺牲、被驱走的首选对象。在很多城市中，酒楼、饭店、娱乐城、洗浴中心、大排档和烧烤摊越开越多，就是没有一处旧书摊的容身之地。

还听说，有的地方的旧书市场突然被取缔，是由于市场里有人卖了不该卖的书。市场需要管理，不该卖的东西当然不能卖，但是应该谁违法处理谁，而不应该搞"连坐"，殃及无辜，因个别人违规而取缔整个市场。试想，如果菜市场里有一个菜摊出现质量问题，那么管理部门肯定不会让市场里所有菜贩一律停业下岗的。在那些主事者眼里，蔬菜是百姓生活所必需的，而作为"精神食粮"的书籍则是可有可无的。

20世纪40年代，《大公报》主笔王芸生先生曾著文《为国家求饶》。近读青年学者熊培云先生新著，见其中亦有一文《为情侣求饶》。我没有前者那么巨大的企望，也没有后者那么高妙的境界，我只是套用一下他们的标题，自撰小文，为书摊求饶——别再折腾可怜的书摊了。

2011年4月6日

# 小人书摊

年近八旬的著名画家杜明岑先生，深知我喜欢连环画，特意画了一幅《津沽小人书摊》，让我欣赏和回味。

杜明岑先生年轻时曾从事连环画创作，对小人书充满感情。他花了将近20年心血创作的白描长卷《寒秋津卫图》，为了解和研究天津近代经济、文化、地理、民俗等提供了宝贵的形象资料，在创作这件巨制的过程中，他也精心地搜集过关于天津老小人书摊的素材。他的作品以速写见长，而这幅《津沽小人书摊》正是一幅具有速写意味、洋溢着生活情趣的国画作品。画面中，一条板凳上坐着三个不同年龄的小朋友，正兴高采烈地一起看着一本连环画；另一条板凳上一名儿童正痴迷地看着一本连环画，他的后背倚着他的父亲，而他的父亲也同样在痴迷地看着一本连环画；在简易的书架前，上了年纪的摊主正热情地为一名背着书包的学生寻找着他想看的书……一个典型的小人书摊，被画家生动地再现出来，激活了我们的记忆，仿佛回到了那个物质虽然匮乏但人们渴求知识的年代……

　　自幼喜爱连环画的高伟先生和章用秀先生，如今都是60多岁的老人，也都是知名的文化人，他们小的时候同住在天津的一条胡同里，现在他们经常聚在一起，总爱回忆过去的老人老事，而记忆最深的就是胡同里一位"赁书"（出租连环画）的雷大爷。那时在天津的闹市及大街上有不少小人书铺，而在曲曲弯弯的小胡同里则往往依靠专门"赁书"的手推车将小人书送到各家各户。高伟先生家隔壁的雷大爷就是"赁书"的专业户。雷大爷家里外两间屋子的炕上地下摆满了大小书箱。雷大爷有"三件宝"——铜铃、推车、电石灯。一个木柄的大铜铃，光可照人，那是雷大爷每日出车时用的"报君知"。清脆、缓慢的铃声在哪个胡同响起，哪个胡同里的人群就会立刻将小车包围。那个装书箱的手推车把盖在上面的木板向四外打开，就变成了一辆加宽加长的手推车，一个个装满小人书的大纸盒子摆在车的两侧。雷大爷每天傍晚出车，转完十几条胡同，回到家已是十点多钟，胡同里没有路灯，用以照明的灯具是一盏电石灯。雷大爷每天起床后就在炕上修补小人书，将残破的书页用粉连纸粘补整齐。为租赁公平，雷大爷把三本较薄的书合为一册，用牛皮纸把合成册的小人书装订起来，在书背上写上书名……高伟先生对雷大爷"赁书"的回忆，也是对天津老小人书摊历史细节的重要补充。

　　20世纪80年代，城市街头重新出现了小人书摊，且大多摆在

电影院附近。我记得，天津市河西区琼州道下瓦房影院门前就曾
有过小人书摊。为什么小人书摊大多摆在电影院附近呢？我想原
因大致有三，一是电影观众在等待检票入场前可以看看连环画解
闷儿，二是电影观众在观影后可以找到与影片同名的连环画再次
欣赏，三是供给在电影院门前逛街歇脚、消暑纳凉的人们闲览。
摊主选择有大树阴凉的地方，在地上铺几块塑料布，将几百本连
环画整齐地摆好，周围放上几个小板凳，读者看一本交二分钱，
在偏远地区的一些小城镇里只要一分钱。

　　天津市连环画收藏协会副会长、古文化街老贾书屋经理贾世
涛先生，是一位资深"连友"。20世纪80年代中期，他曾经在河
北区建国道民主剧场（一度叫民主影剧院）旁边的小胡同口摆过
小人书摊。据他回忆，那时民主剧场附近一共有四个小人书摊，
一般都是下午出摊，摆到晚上收摊。那时人们最爱看的电影是
武打片，如刘晓庆主演的《神秘的大佛》、李连杰主演的《少
林寺》等，连环画也是武打题材的最吃香。应一些读者的强烈
要求，贾世涛先生曾专程到石家庄，高价买了两本热门的武打
连环画《小龙云怒打洋力士》、《铁臂扫群奸》，这两本定价
只有一两角钱的连环画，每本却花了20元，回津后摆在摊上，读
者看一本要交两角钱。这样经营下来，摊主每天最多可以挣到两
元钱。

　　那些滋养了几代儿童心灵的老小人书摊，那些打发了几代

市民寂寞的老小人书摊，连同它们的背景——那些老街、老电影院、老小胡同、老树，一起遁入历史的深处，刻印在人们的记忆中。

2013年3月13日

# 忆昔开架售书始

记得是在我1981年到海河中学上高中不久，发现离学校不到一站地有一家书店悄然开架售书了。这家书店坐落在解放北路与开封道交口，是一座看上去非常结实的小洋楼，高台阶，看门口的牌子知道是天津市新华书店河东河西区店办公的所在。这里并不是正式的书店门市部，当时也没有"开架售书"一词，但它却是我所接触的改革开放后天津最早开架销售新书的书店。

说它"悄然"开架售书，是因为看上去这里的日常业务是给所属各书店门市部、图书馆和单位资料室配书，并不以零售为主业。那时的新华书店都是闭架的，所有新书的样本皆摆在将读者与营业员隔开的玻璃柜台里，还有营业员身后的书架上，读者想看什么书必须劳烦营业员取来，匆匆翻阅几十秒，如果不买再客气地请营业员放回去，很不方便。读者倘若浏览了两三本书还不买，那么遭到营业员白眼、拒绝等冷遇便算是自找的。而在这家书店里，图书全部开架，店堂中间有几个桌案，新书平躺着摆在上面，四周是一圈靠墙的书架。读者在里面可以任意翻阅，没有专门的营业员盯着。好在知道这个地方的人不多，我每次去最多也只看到过两三个读者，十分安静。读者只看不买也没关系，如果买书的话，营业员会主动给读者开一张发票。如今回想起来，这家书店这样做，可能是想在服务机关的同时增加一些零售量，也有可能是有意识地对开架售书这种"新生事物"进行尝试。

我在课余时间经常到这家书店看书，以至同学有事到家里找我未遇，家人便马上到这家书店找我。20世纪90年代，随着小白楼商业区大规模改造，这家书店所在的看上去很结实的建筑也被拆除了。

烟台道古籍书店是在20世纪80年代初我上高中时开业的，是天津较早正式实行开架售书的最有影响的书店。古籍书店对新书较早实行开架销售，可能与它经营旧书和特价书有关。旧书和特价书因为有版本、品相等特殊因素，只能让读者自选，所以它们应该是改革开放后最早被开架销售的书籍种类。烟台道古籍书店地处市中心，周围文化单位多，本身具有中等书店的适当规模，图书品种既全又精，在对除画册、大型工具书以外的新书实行开架销售后，便迅速成为文化人云集、知名度很高的书店。我有幸成为这家书店最早、最忠实的读者之一，30多年来与我联系密切的天津著名藏书家、学者、作家和书画家，大多是当年在这家书店相识，或者曾经常常在这家书店相遇的。在我的朋友圈里，如同一说沈阳道就是指古物市场一样，另一说烟台道也就是指古籍书店。

在闭架售书时代，读书人都以认识书店营业员为荣，因为那样可以在计划经济时期新书供不应求的情况下，能够及时从书店内部买到自己需要的书。书店实行开架售书后，方便了读者自选图书，所以新书销售量明显上升，有些新书刚一上架便很快售罄，所以供求关系有时显得更为紧张。20世纪80年代后期我到报社工作后，在烟台道古籍书店大量购书，在营业员们的眼里简直就相当于后来所说的VIP。该店门市组长刘熙刚师傅很是细心，记住我的阅读取向，怕我错过买好书的机会，于是该店一进高水平的文化学术类书籍，他就留存几套，随后推荐给我，还有本市高校和科研、文化单位几位著名的书迷。如当时中华书局出版的《宋高僧传》，古籍书店总共进了不到十套，刘师傅给我留了一套，其中还有一套是他留给我们报社的副总编辑、著名艺术评论家朱其华老师的。刘师傅有一套令人难忘的招牌式动作，就是他从书柜里取出给我们留的书时，无论书皮上有没有灰尘，他都要用胳膊上戴的套袖使劲儿在书上掸拭两下。

印象中，天津是较早实行开架售书的城市。开架售书，以及后来的网上售书，在我们这些爱好买书、读书、藏书、写书的人眼里，实在具有革命性意义。

2016年7月14日

# 母爱于书

　　我从小就喜欢买书。对于我买书，母亲时常表示出一种不大鼓励的态度，或者说一种有所保留的态度。原因很简单，一是怕花过多的钱，影响过日子；二是怕书多，家里没地方放。好像家庭主妇都有这个习惯，我结婚后，妻子差不多也是这种态度，只不过这些年来第二个原因所占比例越来越大了。

　　所以我小的时候，开始是祖父给我买书最多，后来是父亲给我买书最多。其中有两件小事，我记得特别清楚。

　　一天，我在祖父家斜对面的文具店里看到一本连环画《祝福》，很感兴趣，便问营业员书价。营业员顺带告诉我，要买赶紧买，店里只剩这一本了。我出了店门，一口气跑到祖父家，找祖父要钱买书。祖父问我，"祝福"是什么意思。我说人家营业员也不让小孩翻书看，我不知道书里的内容，只是看封面画得好。祖父犹豫了半晌，便问二叔《祝福》这本书怎么样。我买书心切，眼睛紧盯着二叔，等他表态。好在二叔说，这本连环画应该是根据鲁迅先生小说原作改编的，可以给孩子买来看看。我高兴地跳了起来，终于遂了买书的心愿。

还有一个星期天，父亲带我乘无轨电车到劝业场对面的新华书店滨江道门市部买书，我看上了两本连环画，而父亲却只给我买了一本。我有些失望，闷闷不乐，在回家的无轨电车里一句话也不说。父亲发现我不高兴，下了车，虽然已经到了家门口，但还是领着我重新坐了六站车，返回滨江道书店，把另一本连环画给我买了回来。我真是又高兴，又惭愧，一直觉得对不起父亲。

而在我的记忆里，母亲则从来没有给我买过书。父亲每次带我买书，回家前，都嘱咐我：先把书藏起来，别让你妈妈看见，省得她不高兴，又叨叨个没完。20多年后，我父亲带着我的儿子、他的孙子出门买玩具，回家前，依然嘱咐孩子：先把玩具藏起来，别让你奶奶看见，省得她不高兴，又叨叨个没完。看来，父亲顺着孩子，又畏惧母亲，几十年来已经形成了习惯。

母亲一向朴素，节俭。"文革"开始，一位亲戚为表现积极，放出话来，打算举报我家存有"封、资、修"的东西。父母得到消息，心惊肉跳，赶快行动，忍痛将有可能招来麻烦的家中物品全部上交，包括进口的电表、自行车等。母亲最心疼的是她的一枚金戒指和一对银镯子，当时她结婚才两年，都没怎么戴，就交出去了。我们兄妹三人工作后，多次想给母亲购置些首饰，却都被母亲劝阻了。母亲说：过去的就让它过去吧，我不稀罕了；你们日子过得好，是我最高兴的。

虽然母亲不大支持我买书，但对我的学习要求极严，甚至到了恨铁不成钢的程度。我还在上小学的时候，母亲就提醒我一定要好好学习，将来有机会要上大学。那时尚在"文革"后期，没有人知道中国会不会恢复高考，何时会恢复高考，难得母亲有这样的先见之明。

1979年，我上初一、初二，时值改革开放初期，国人热衷于学习日语，母亲觉得我在学校学的东西不够多，便为我请了日语家教。一天，母亲告诉我，她托同事找外文书店的熟人，给我订了一本《日汉词典》。还说，怕书来了书店不给留，就把书款预付了。大约过了半个多月，一天傍晚，母亲下班回家，一进门就从包里掏出一本大厚书，比砖还厚很多。我一看，正是《日汉词典》。再一看书的定价，我格外惊讶，是13元，那几乎相当于母亲一月工资的三分之一啊。在此之前，从没有人给我买过这么贵的书；在此后的几年里，直到我上大学，我也没买过这么贵的书。母亲买书，不买则已，一买即成豪举。该花的钱她毫不吝惜，她不是个财迷的人。

我是中国改革开放后第一个上家教的学生，也是第一个学二外的中学生。母亲为我买的这本《日汉词典》，就是最真实的见证。

在我如今数万册藏书中，我对母亲为我买的这本书格外珍爱。它是母亲对我的期待。

2013年5月9日

# 温暖的书衣

孙犁暮年，我在他静谧整洁的书房里，看到那些高高低低的书柜里，很多书都包着书皮儿。

书皮儿里包着的，除了书，还有人生的甘苦，岁月的沧桑。1956年以后，孙犁"十年荒于疾病，十年废于遭逢"，不能为文。20世纪70年代初，他身虽"解放"，但意识仍被禁锢，生活中仅有的乐趣就是包书皮儿。他在《书衣文录》序中写道："曾于很长时间，利用所得废纸，包装发还旧书，消磨时日，排遣积郁。然后，题书名、作者、卷数于书衣之上。偶有感触，虑其不伤大雅者，亦附记之。"写作的春天来了，他将这些写于书衣上的文字略加整理，汇集发表，总题为"书衣文录"。他的这些书皮儿文字，在读书界不胫而走，广为流传。

其实，在孙犁包书皮儿的年代里，我也在包着自己的书皮儿。

20世纪70年代初，我的藏书多半是连环画。在我住的那条大街上，在我幼儿园和小学的同班同学中，我拥有的连环画是最多最全的。我家床下，有两个大箱子，里面装满了连环画。我从小养成爱护图书的习惯，这些连环画本来是无须包书皮儿的，但那时的书阅读率很高，弟弟、妹妹要看，邻居、同学要看，乃至弟弟的同学、邻居的亲戚也要看，一本书借出去，十天半个月后转回来，已经有三五个人看过了，弄得不是卷了边儿，就是掉了皮儿，破损污脏，遍体鳞伤。母亲见我常为此事烦恼，就从厂里找来一些废弃的牛皮纸和统计报表，将家里的连环画逐一包上书皮儿。这样，对书本身是一种保护；单调的外衣包裹住了花花绿绿的漂亮封面，借书的人自然也就少了。书皮儿上的书名，大多是母亲用圆珠笔誊写的，书写的风格是她自己的，介乎颜、黄之间，字很大，很有骨力。现在回想起来，母亲为我包书皮儿，不仅是在保护书，而且是在呵护儿子的那颗爱书的心。

渐渐地，我就自己动手包书皮儿了，并且形成了习惯。我喜欢用过期的挂历纸包书皮儿，量体裁衣，细折慢叠，把书衣弄得整整齐齐、熨熨帖帖。每学期学校发的新课本，当天回家都要包上书皮儿，转天上课老师检查时，总是夸我的书皮儿包得好。我不免沾沾自喜，私下里说："无他，但手熟尔。"那时，人们居住空间普遍狭仄，没有专门的书房，吃饭、睡觉、读书都在一间屋；尤其到了冬天，室内点上取暖的煤炉，做饭、烧水就在这炉上，散发出来的灰尘、水汽很容易侵害屋里的书籍。因此，给书包书皮儿是非常必要的。在寒风凛冽的冬夜，听着火炉上水壶里咝咝的蒸汽声，半躺在橘黄色灯光下的被窝里，看着一本包着书皮儿的干干净净的书，身心都觉得温暖。

上高二时，我的同学吴震薇小姐发现我的数学较弱，就提出帮我补数学，发愿让我考上北大。同时，她也让我帮她复习历史和地理。当时我家另有一间空闲的小屋，离她家也不远，于是我和她每天一放学就到那间小屋，一起复习。尽管高考复习非常紧张，一天时间恨不得当三天用，我也没有放弃看闲书。我常去离学校不太远、开业不久的烟台道古籍书店买书，几乎几天就买一本，多为普及古典文学和历史方面的书。吴小姐每次都把我买的书带回自己家，用较薄的外文画报纸精心地包好书皮儿，转天再给我带回来。我从未亲眼见过她包书皮儿，不知道她怎么能把书皮儿包得那么可丁可卯，严丝合缝。据百度百科介绍，吴震薇小姐如今已是享誉大洋两岸的"世界杰出女性、海外优秀华人"了，但谁又会想到，少女时代的她，曾经是那么的精致，那么的细腻呢？

20世纪80年代末我结婚后，家里有了专门的书柜。妻子是学图书馆学的，又在书店工作，出于专业和职业的习惯，也为求书柜美观，更为方便我找书，她就把家里所有书的书皮儿都撤了下来，让它们通通露出了庐山真面目。从此以后，除了儿子的课本，我家的书再也没有包过书皮儿。到20世纪末，家里的书已经占了满满一层楼，而且一直以每年至少一千多册的速度不断地增加着，就是想包书皮儿也包不过来了。

然而，真正让我放弃包书皮儿的原因，还是社会的开放，文化的多元，以及由此而衍生的图书装帧的丰富多彩，琳琅满目。今天，畅观自己的书房，饱览自己的书架，我们便可从千万种书封和书脊间发现，图书装帧已经成为交流与理解的艺术。在图书内容与读者之间、各种信息与观念之间、多种文化与视觉审美之间，设计者通过书衣来游走，来统摄，最终显示出地球的万千气象，人类的无限风情。

如此，优秀的书衣，便公然成为一件绝美的艺术品。南京书衣坊工作室主人、两次荣获"世界最美的书"的设计者朱赢椿先生，就是一位著名的优秀书衣设计师。南京的大藏书家薛冰先生曾说过，朱赢椿"常常是以为女儿做嫁衣的心情，来为图书做装帧的"。我出版过二十多种著作，其中在南京出版的《与时光同醉》、《七十二沾花共水》两种，就有幸出自朱赢椿的设计。书友们看了都说，这样的书，凝结着设计者对每一个完美细节孜孜以求的创意，它们是多么的温柔、可亲，它们除了让人阅读之外，也是供人把玩的。

我曾经编发过姜维群先生的美文《包书皮儿》，记得里面有这样一段话："我喜欢包书皮儿，甚至不论是什么书。只要它印成铅字，就有一种神圣的感觉。眼睛的直视流露心底的爱，然而对手的触摸却以为是亵渎，然而读书离不开手，于是书皮儿隔绝了亵渎，在心灵留给它一席圣洁的位置，这是一种钟情，也是一种爱。"对我来说，书皮儿以及包书皮儿的事，早已遁入历史的山林，但书皮儿里包裹着的爱，却将永远陪伴着我，温暖着我。

2010年5月25日

# 书柜的变迁

我3岁开始读书，但时逢"文革"，能读的书少得可怜。那时天津家庭中有书柜的实在不多，一是由于各家各户普遍人多房小，一间屋子半间炕，只能放衣柜碗橱，根本没有放书柜的地方；二是人们也不敢摆放书籍，怕给自己惹来政治风险，所以书柜作为家具就只能下岗了。我姥姥家有一个半人多高的老式书架，不知何时在前面钉了一个布帘，当成了碗橱。

孩童时代我常住奶奶家，奶奶家的阁楼是睡觉的地方，挨着墙放着几本书，我晚上爬上阁楼睡觉前，总爱看看那些书。后来时兴小青年自己打家具，二叔极为投入，一下子打了好几件桌子柜子，也顺手做了一个小小的书架，单层的，仅能立进去十几本书，便把它摆在一个矮柜上。恰巧老姑得到一套八本的《马克思恩格斯选集》，就都插在这个小书架里，我没事就抽出一本来翻阅，久看成诵，所以迄今40年过去，马、恩著作的主要内容我依然记得清楚。

我自己家有一个吊楼，实际上是一个薄木板拼成的顶棚，上面不能放较重的物品，父母就将不想让我看的《红楼梦》之类的书藏在上面，因为家里没有梯子，我无法取下那些书。我家床下有两个大箱子，里面装满了连环画，那才是我的藏书。我上高中和大学时，买的书越来越多，妈妈就将衣柜腾出来给我放书。直到我结婚前，二叔找人帮我打了三个书柜，虽然比较简朴，但却十分结实。家庭中分量最重的物品就是书，所以结实是书柜的首要标准。

20世纪末我搬家后，专门设置了三间书房，占了整整一层楼。小区物业公司帮我打了十几个带玻璃门的书柜，每个柜子里分成七格，每格放两排书，容量很大。然而，原来存的书尚未安排妥帖，新书又以每年上千册的速度涌入，书柜超饱和，柜顶和地板上堆满了"无柜可归"的书。这么多书，即使再打几十个书柜恐怕也放不下。读书人爱书如命，更视自己的书柜为宝库。家里书多了，书柜多了，就有了浓郁的家庭文化氛围。2010年，我被评为"天津市十大藏书家"；2013年，我家被推荐为首届全国"书香之家"。

从20世纪80年代后期到90年代中期，以我亲眼所见，陈骧龙、华非、章用秀、华梅、倪钟之、林希等天津文化人的藏书都是非常多的，他们家中的书柜也都是比较"壮观"的。我为什么要选择从20世纪80年代后期到90年代中期这个时期呢？因为那个时期在天津图书可以随便买，但住房还很少有人买卖，而且绝大多数家庭只有一套住宅，所以谁家书多、书柜多，谁就肯定是爱读书、爱藏书的人。不像后来有些"大款""土豪"，买了大房子，也会买些精装套书做成装饰墙，还声称自己有多少多少个"书库"，其实只是附庸风雅而已。

　　近些年我在拍卖会和私人博物馆看到过不少明清时期的黄花梨、紫檀书柜，但从未在爱书的朋友家里看到过这么高档的书柜，可见自古书生多寒士，这是一时难以改变的。遂想起一生爱书的孙犁，他家的书柜也是高高低低、普普通通的。他的书柜毫不张扬，他对藏书也是低调，书柜门上的玻璃或是糊了白纸，或是遮着绿布。渴望走进孙犁书房的人，都想把他看明白；可是当发现孙犁的书柜难以窥探后，却越发感到他的深不可测。有人分析说，孙犁这样做是因为他有洁癖，为了更加有效地防御北方冬季常有的风沙；但我总觉得，在孙犁的书柜里一定窖藏着许多不为人知的秘密，也许那书柜里就寄放着他的灵魂。

2014年2月9日

# 与宁宗一先生聊"亲自读书"

日前，在天津师范大学举行了天津市红楼梦研究会成立、《红楼梦与津沽文化研究》创刊暨曹雪芹逝世250周年纪念大会，来自全国各地的著名学者纷纷发言，内容十分丰富。其中最有亮点的是南开大学教授、著名中国古典文学研究专家、天津市红楼梦研究会名誉会长宁宗一先生的发言，其主旨是"亲自读书，走进文本"。这不仅对今后的《红楼梦》研究具有推动作用，对更多的读者也会有启示作用。

近一个时期，宁宗一先生多次在文章和讲座中强调"亲自读书，走进文本"的重要性。前不久他为《天津日报·满庭芳》撰文，提出要"大力提倡'亲自读书'，不全靠电脑的检索去成文成书，努力把握曹雪芹至微至隐之文心"。有精明的记者在报道天津市红楼梦研究会成立大会的消息时，特意以宁宗一先生在会上的发言为重点，突出他提出的"亲自读书，走进文本"主题。一度被热谈的"死活读不下的作品"排行榜中，中国古典四大名著之一《红楼梦》居然高居榜首。对此，宁宗一先生认为，应该对《红楼梦》进行通俗而又有意味的解读，把普及与提高恰到好处地结合起来。他根据长期从事古典文学教学的经验，从三个层面开出自己的阅读"秘方"。他说，自己曾试着从"回到青春期""进入心灵世界"和"回归人性"这三个层面去解读这部文学巨著，获益匪浅。其一，《红楼梦》作者曹雪芹的言说方式首先是通过十几岁的"孩子们"的眼睛观察世界，以青少年的口吻对人生给出符合他们年龄段的思维方式、价值取向和审美标准；其二，《红楼梦》以心理描述形式剖析人物复杂的内心世界；其三，曹雪芹以宽厚的胸怀发掘隐蔽在人生苦难和生命缺憾背后的那份令人感动的温情。希望更多的学者能够像宁宗一先生这样，重视阅读经验的总结与传授，或许可以使那些"死活读不下"名著的朋友，逐步把握作品的精髓，从而能够真正"读下去"。

在天津市红楼梦研究会成立大会休会间隙，我陪宁宗一先生在天津师范大学校园里散步，继续聊着读书的话题。宁先生已是82岁高龄，却依然身体矫健、精神矍铄、思维敏捷、谈吐风趣。他生动的话语总能给年轻人以潜移默化的教益，在微有寒气的初冬季节，我感到如沐春风。

聊到"亲自读书"，宁先生说，这是北京大学教授陈平原先生提出来的，因为"亲自读书"现在已经成了一种奢侈，即使是职业的读书人，也未必都能做到"亲自读书"。我告诉宁先生，我也与陈平原先生聊过这方面的话题，陈先生特别忧虑于当前阅读的概论化、摘要化、简介化趋势，提出要警惕数码时代的"全文检索"对阅读体验的取代。陈先生认为亲自阅读虽然是一份苦差事，但只要带着问题读，带着趣味读，以较少的功利心态对待阅读，读书还是一件好玩的事儿。我对宁先生说，如果"亲自读书"被电子化、电脑化、手机化所取代，那么"人力"就逐渐会被"机力"所取代，实质是人被"机"弱化、矮化、贱化，最终导致人的无用化。

宁先生说，要"亲自读书"，就必须"走进文本"，"我是文本主义，主张小说文本，就是多做点审美和形象的研究，无聊的考据只会授人以柄。"他从衣袋里掏出一份文摘报给我看，上面有一篇介绍新书《李清照的红楼梦》的文章。我曾看到过关于《李清照的红楼梦》的报道，说作者在书中表达了一个"令人耳目一新"的公式：《红楼梦》=《风月宝鉴》+李清照，即《红楼梦》是曹雪芹在自己早年小说《风月宝鉴》的基础上，引进李清照的大量素材而完成的以林黛玉为主人公的文学作品。有人认为该书的观点是"21世纪'红学'研究之重大文化发现"。而宁先生在谈到"走进文本""尊重文本"的时候特举此书为例，他的态度是不言而喻的。

我对宁先生谈了自己在读书、看稿中的一些感受，觉得在《红楼梦》研究、鲁迅研究等文学研究领域，文学专业出身的学者还比较重视文本，而有些学者则喜欢撰写和讲授作品以外的东西，可能因为他们认为那些东西对读者和学生更有吸引力。一名小学语文教师，仅仅凭着自己对作品本身的熟悉，就可以把课文给学生们讲明白，讲生动，因为他立足于文本；而一名大学教授、博导，虽然具备高深的理论水平，掌握最新的学术信息，但讲起课来却使学生们听得如堕五里雾中，因为他迷失了文本。

20世纪80年代我在北大上学时，著名中国古代小说研究专家侯忠义老师就多次向我介绍宁宗一先生的学术成果。20多年来，我多次在讲座和座谈会上聆听过宁先生的高见。宁先生也长期关心我的读书和写作，予以热情指导。前不久，宁先生将他的新著《心灵投影》赐我，我认真拜读，深感书中颇多创见，嘉惠学林。南开大学教授、著名历史学家来新夏先生在为该书所作序言中，一语道破宁先生治学奥妙："宁先生之所以在学术上能老而不衰，稍加分析，即可知其得益于凡研究探索皆从原著切入，直奔心灵，并身体力行以求其效。"

似我辈年轻读书人，应该学习宁宗一先生，波澜不兴，潜心不变，矢志不移，读自己想读的书，做自己想做的学问。

2013年12月2日

# 书友老马

书友老马,名叫马恩福,是天津市北辰区一所中学的书法教师,课讲得好,他自己的书法作品在本市和全国一些展赛上多次得过奖。老马带着宜兴埠口音,不修边幅,大大咧咧,但他喜欢古籍旧书,喜欢字画,喜欢连环画,还喜欢老照片,是个充满乐观、富有情趣的人。

很多年来,我每到周六或周日,都要逛逛天津古文化街的旧书市,老马也爱逛,彼此经常打头碰脸,再加上天津市连环画收藏协会几位骨干如李鸿钧、李卫兵、贾世涛诸兄的介绍,于是很快就熟识了。老马爱买书,还爱问我问题,我们之间说话直来直去,总是谈得很投机。记得第一次谈正事,是老马收藏有一套《大公报》在天津经营时期的老照片,留影者包括吴鼎昌、张季鸾、胡政之等名人,其中好几幅照片我也从来没见过,觉得颇有史料价值。我劝老马可与香港《大公报》联系一下,或请报业史专家研究一下,先别出手,免得散失了;也可以先在我们《天津日报》上披露一二,看看反响再说。老马很是拿这套老照片当宝贝，至于后来是上拍卖会了，还是一直珍存在家里，我也没再关心。但由此我更加相信，老马手里有好东西。

2011年暑假开始，老马在古文化街文化小城朋友租的一间连环画店里套租了一个柜台，收售起连环画和旧书来。玻璃柜台紧贴门口，后面有一个书架倚墙而立，这局促的空间就是老马的小天地了。好在上午的阳光正照在这片小天地上，柜台、书架和里面的图书都显得很古朴，很温馨。老马平日要在学校教书，只是周六和周日到店里坐上半天，打理生意。我每逛书市，必要到老马店里望一眼。有时老马不在店里，我到别处去逛，他得知后必定打手机叫我回到他店里。有时老马听说我在书市，打手机叫我又因人声嘈杂我听不见，他就满书市找我，找到后定让我到他店里坐坐。我看到他生意不忙时在店里与人打扑克，便不客气地批评他应该拿出时间来整理整理书架上的书。我支持老马租这个柜台，因为有了固定摊位，才能见到、收到很多意想不到的东西。老马说，总想独立开个店，弄得像模像样些，给书友们提供一个宽敞些的沙龙，但始终没有找到合适的店面。

老马肯于花钱，也肯于让利，做生意大进大出，很有气魄。一天，一位客户送来三本旧画册，他花三千元买下，别人都说买贵了，但不出一个月，老马就在拍卖会上卖了一万五千元。老马能赚钱，为人却极厚道，对朋友只求薄利，甚至义务帮忙，因而口碑很好，生意也愈来愈好。我多次见过一位从河北省霸州市胜芳镇来的小伙子，他做着小生意，酷爱连环画，每过一两个月就开车来津一趟，专程到老马店里买走几千元的连环画，成了老马的固定客户。每次小伙子都给老马带些土特产，每次老马也都请他吃饭，他们成了好朋友。

我在老马的柜台前翻书时，老马总是说，罗老师要是看得起我，就别客气，喜欢哪本就拿去看。我陆续挑过几本连环画，还有几本旧书刊，老马坚决不收钱，弄得我十分不好意思。有两次，聊到中午，老马还拉着我和几个书友到宜兴埠他家附近的一家餐馆，品尝了美味的贴饽饽熬小鱼。老马还说过好几次，宜兴埠有一家早点铺云吞特别好，邀我周六或周日早晨去吃早点，然后再和我一起去逛古文化街书市，但我早晨惯于懒床，宜兴埠又太远，所以一直没去吃。

老马有时给我打电话，告诉我他遇见了感兴趣的旧书或画稿，问我该不该买。我都仔细考虑，认真答复。有时见到他因莽撞而买错了东西，我也毫不留情，予以指明。多年的收藏经验和近一年的练摊实践，老马的眼力得以不断提高。一次在店里聊天时，我偶然提到早期的《装饰》杂志其实很有观赏价值，有机会应该搜集一下，老马立即从柜台最底层翻出十来期早期的《装饰》杂志，让我拿回家去看。过了两三个星期，老马告诉我，他到北京潘家园又买了很多期《装饰》杂志，几乎将早期的《装饰》配齐了，而且比给我的那些本品相还要好。《装饰》杂志始创于1958年，是当时全国唯一的工艺美术综合性学术刊物，早期的参与者张光宇、张仃、沈从文、丁聪等均是中国文化艺术界重量级人物。杂志以"装饰"为名，寄托着老一辈艺术家对美化人民生活，为繁荣和深化工艺美术、艺术设计和艺术理论建设服务的美好愿望，值得收藏。老马成功地集藏了《装饰》杂志，是他长期受书画艺术和中国传统文化理念熏陶的结果，也得益于他对旧书市场的熟悉。

2012年暑假，老马给我打来个电话，说有件好事要告诉我。我以为他又发现什么好书了，就问他究竟有什么好事。他说："医生发现我脑袋里长了个小瘤，要做个小手术，切了就好了。这不是好事吗？"他还笑着吩咐我："罗老师有时间别忘了到医院来看我啊。看我不用买东西啊。"过了几天，我估计老马的手术做完了，就打他的手机，告诉他我要去医院看他。可他的手机却总是关机。我很担心，就连续给医院、老马的学校和书友们打电话，急着询问情况。转天，书友李卫兵兄终于帮我打听到了，说老马进了抢救室，现在去医院也不让看。过了几天，我和李卫兵兄等几个书友一起到医院看望老马，见病床上的他瘦了很多，但精神很好，说话还是那么乐观。

秋天到了，我突然又接到老马一个电话，他说他已经出院了，身体恢复得不错，想请书友们吃顿饭。我听了自然很高兴，但定了去宁河县开会，就婉谢了老马。过了些天，一个星期六的上午，我在逛古文化街旧书市时，远远地看到老马在小广场站着喊50元一件。我估计是老马不再租柜台了，要处理一批图书字画，就没过去看看。将近中午，我和太太、儿子逛街累了，便在古文化街老贾书屋小坐，喝茶。过了一会儿，老马来到老贾书屋，我见他确实恢复得不错，就嘱咐他要多注意身体。老马仍然很乐观地说："大难不死，必有后福。谁让我的名字叫'马恩福'呢。"书友们要到饭馆聚餐，我请老马一起去，老马说自己要注意饮食，就不去吃饭了。老马与大家一一握手道别，我太太悄悄地对我说：老马的手怎么这么凉啊。

初冬的一个早晨，书友李卫兵兄给我打来个电话，说老马夜里去世了。我还是感到十分意外，进而感到万分惋惜，惋惜老马才44岁，惋惜我们少了这样一个喜欢书的朋友。

2012年12月30日

# 我们的高地

我不晓得将《开卷》称为"同人刊物"合不合适。因为根据历史的经验，"同人刊物"之称本身是很容易引起争议的，它很容易使人联想起小集团、帮派什么的。但就这个刊物本身的个性魅力，以及它的编者和作者所富含的独特的人风、学风和文风来说，又实在都具有积极意义上的共同性。因此，将《开卷》称为"同人刊物"，也未尝不是一个文化评价的角度。

把《开卷》与《新青年》相比，也许很不恰当。但八年前南京几位夫子创办《开卷》时的热情，总是让我摹想我的北大前辈改造《新青年》时的深沉与潇洒。

1917年9月10日，胡适到了北京。那天本来是北大开学的日子，但由于张勋复辟，推迟了。当天下午，胡适去北大拜访蔡元培，没有人。幸好陈独秀在家，两人高兴地谈了一下午。

陈独秀与胡适、钱玄同商量，想把《新青年》办成"同人刊物"。陈独秀说："我现在忙着文科学制改革，一个人办《新青年》，着实忙不过来。"钱玄同立即表示赞同："众人拾柴火焰高，办'同人刊物'好，现在适之来了，守常、半农来了，加上尹默、一涵、豫才、启明，光北大就有七八个同人了。"胡适即将回家乡完婚，近来喜气洋洋的，他说："文学革命不是一个人的事，有大家齐心协力，我们把火再烧旺些。"

1918年年初，陈独秀在北大召集李大钊、刘半农、钱玄同、沈尹默、鲁迅、周作人等同人开会。陈独秀说："去年《新青年》发行了一千多册，书社仍嫌其过少，将《新青年》改为'同人刊物'，一定会有大的发展。"于是，改办"同人刊物"，实行轮流编辑、集体讨论制度，《新青年》成为"五四"新文化运动中影响最大的刊物，在中国现代史上占有十分重要的地位。

"不是一个人的事，有大家齐心协力"，这是所有优秀"同人刊物"的共性。但是在"同人刊物"的定性上，《开卷》与《新青年》还是有所区别的。第一，《新青年》的编辑都是北大同人，而《开卷》编委会成员虽然都是南京的文化名人，但他们并不在同一单位。第二，《新青年》"所有撰译，悉由编辑部同人共同担任，不另购稿"，而《开卷》的作者则是全国各地的文化精英，虽然够得上这种"精英"的只有这么几十位，其中骨干作者也就这么二三十位。书画家、《收藏家》编辑部主任唐吟方先生则更为直接地对我说：全国能写的，也就是这么些人，再多发现一个都很困难。因此，《开卷》的"同人"，实是这些位志同道合的中国文化精英。因为其数量毕竟极为有限，所以视为

"同人"亦不算过分。

"同人"的《开卷》，没有正式刊号，不能上市销售，全部免费赠送读者，寄给外埠朋友还要搭上邮费；"同人"的《开卷》，没有一分钱进项，成本全靠凤凰台饭店有限的经济支撑；"同人"的《开卷》，没有一个专职人员，一切事务靠大家义务劳动来完成；"同人"的《开卷》，稿酬不高，然而稿源不断……在许多文化刊物日渐式微，或停刊或转向的今天，《开卷》能长到八岁，不能不说是一个文化奇迹。作为一个民间刊物，能创造出如此奇迹，最重要的原因就是它聚合着一群志趣相投的文化"同人"。

但是一定要说得清楚些，《开卷》的"同人"虽然都是各地的文化精英，圈子里外的人大多知道他们，但他们却又都不是那些被媒体炒得通红的那些"名人"。记得《开卷》的铁杆支持者、成都学者和藏书家龚明德先生好像说过这样的话：有真才实学的人在单位里往往不吃香。《开卷》的"同人"自然包括一批"不吃香"的人，他们往往人在体制内，而喜欢做体制外的事情；他们取得的成就，往往是体制内与体制外磨合的产物。

《开卷》究竟是不是应该定义为"同人刊物"，其实并不重要；重要的是，八年来，它一直是我们的高地——我们的文化高地，我们的精神高地。

喜爱这个高地，因为它比起那些正式出版发行的刊物来，具有一种不同于世俗的力量和意义，能让我们通过民间性质的读书，更加自由地表达自己的思想和情感，或者说让我们表达自己自由的向往和要求。在这个高地上，我们拥有了广阔的视野，可以最大限度地释放出生命的能量，从而实现阅读与写作的超常价值。我们这些人毕竟与文字打了这么多年的交道了，给全国同类刊物写稿几乎可以做到百发百中，但我们更喜欢把自己最得意的稿子交给《开卷》。

喜爱这个高地，因为它比起其他一些民间刊物来，办刊做事的品位很高，让作者觉得很受尊重，很自然，很亲切。不像有些民间刊物，内容很一般，做事很俗气，办刊者醉翁之意不在酒，总想利用刊物换些名利，向名家讨要些墨宝什么的。

真正喜爱的，是站在这个高地上的人。《开卷》的作者，多半是我的师长和朋友，都是我钦敬的高人。高人太多，就以苏州作家、学者和藏书家王稼句先生为例吧。前年春夏之交，我到苏州游玩，当天晚上，我和同行的天津朋友以及他们的苏州朋友，约王稼句这位苏州大才子在观前街吃饭，席间，大家谈兴颇浓。座中一位苏州大款朋友大概不知道王稼句写过《姑苏食话》一书，便大侃起苏州美食来。我知道稼句兄亦善谈，就悄悄地拽了一下他的衣袖，示意他不要在意对方说得对与错，任其畅所欲言，免扫大家酒兴。稼句兄有酒量，当然也有容人的雅量，不以为忤，只是微笑着倾听。翌日，当这些朋友和我一起参观了王稼句的书房，并得知只有48岁的王稼句是苏州第一届和第二届藏书状元时，惊叹不已：在苏州这座享誉世界的历史文化名城中，这个年轻的"状元"实在来之不易。

这样的王稼句，延续了苏州两千五百年的文脉。这样的王稼句，就是苏州的名片，就是苏州的魅力。这样的王稼句，有文刊于《开卷》，自然也就为《开卷》增添了魅力。

在很多人只相信权位、金钱和享乐的时代，我们所坚守的高地，显得孤独，显得悲怆，也显得神圣。

徐雁（秋禾）先生是第一位向我推荐《开卷》的朋友，王稼句是第一位寄给我《开卷》的朋友，董宁文（子聪）先生是第一位使我的文字刊于《开卷》的朋友。我感谢他们，是他们让我感受到《开卷》那朴素而雅致的纸页里透出的温馨，那是一种家园般的温馨。

《开卷》是我精神上的奢侈品。多少年来，每收到一期《开卷》，我都会度过一个最惬意的夜晚。

2008年3月11日

# 遭遇明偷暗盗

　　2002年4月，北京蓝天出版社为我出版了一本文物艺术品市场研究专著，名叫《字画好看好赚钱》。初版印了12000册，2003年3月又加印了5000册。这本书出版时，适逢天津图书大厦开业，经营者专门在一楼为它设置了一个展示架，摆上数十本，陈列了好几个月。香港中华书局门市部也很重视，为它打出了繁体字广告。时至今日，虽然这本书已经出版两年半了，但《收藏》、《收藏界》、《中国收藏》等几家著名的收藏类杂志的图书广告专栏仍在宣传它，数十家网上书店还是把它当做热门图书来推销。蓝天出版社正在进行发行该书海外版的谈判。我也收到了大量的读者来信，有的远自美国、日本、菲律宾等国的华人华侨。所有迹象都表明，它是一本畅销书。

　　说它是一本畅销书，还因为不仅有很多知其名的和不知其名的朋友在做正面的推销和宣传，而且有另外一些目前尚不知其名的"朋友"以自己特殊的方式"帮忙"，他们造成的社会影响同样能起到推销和宣传的作用。这些"朋友"的技法，一是明偷，一是暗盗。

先说暗盗。2003年7月17日，浙江杭州《钱江晚报》发表该报记者采写的通讯《谁在拿图书开刀》，报道杭州庆春路购书中心进来看书的人多了，被破坏的图书也越来越多。其中提到："一本名为《字画好看好赚钱》的图书被人挖空撕页，已是面目全非。"见到这个消息，我除了知道自己写的书已经到了个别读者喜欢得不惜冒着风险割盗的地步外，也着实想批评这位"朋友"一通：您写封信或打个电话或发个电子邮件来，我给您寄去一本就是了，何必出此下策？！去年，山东济南一位素不相识的朋友寄钱来，要买这本书，并让我签上名。我前脚把书寄去，我太太后脚就把钱给退回去了。

再说明偷。虽然是明偷，但同样抓不着。上周四上午，我逛天津沈阳道古物市场大集，在一个专卖古玩书的地摊前，偶然发现一本《怎样收藏字画》。我对这类书很感兴趣，拿起来一看，作者竟是"罗文华"，出版者是"蓝天出版社"。我立刻意识到，自己的著作《字画好看好赚钱》被盗版了。我决定买一本回去"研究研究"。摊主虽然不清楚我是谁，但知道我总逛沈阳道，还对我挺"照顾"，主动告诉我这本《怎样收藏字画》是盗版书，定价32元，他只要我15元。我自认"便宜"，买了一本，已无心再转琳琅满目的各种古玩摊，钻过熙熙攘攘的觅宝人群，专找书摊看。果然，其他几个书摊也都赫然摆着这本盗版书，而且还真有人买走。

回到家里，十分感慨：以前每次逛沈阳道回来，都是研究买来古玩的真伪；而这回呢，却要研究自己著作版本的真伪。伪书《怎样收藏字画》出版日期标为"2004年10月"，印数标为"5000"册。真书《字画好看好赚钱》为大32开本，封面为绿地，配有清代李鳝《城南春色图》；伪书《怎样收藏字画》为小32开本，封面为红地，配有五代南唐顾闳中《韩熙载夜宴图》局部的真赝对比。在内容上，伪书基本照录真书，但错字较多，图片也模糊。此外，伪书还"穿靴戴帽"，前面加了几页真赝对比的彩色字画——自己印假书却告诉别人怎样认假画，真够"黑色幽默"了；后面则加了二十多篇文章，是从著名收藏家章用秀先生的著作里摘录过来的，而且内容"扩大"到古籍、佛像、瓷器、家具等，错字更多，如"钱钟书"成了"钱锤书"、"张大千"成了"张大干"、"赵之谦"成了"赵之廉"、"梁崎"成了"染崎"，令人哭笑不得。这种典型的"移花接木"，不仅侵犯了我的著作权，而且侵犯了章用秀先生的著作权和名誉权。

有人曾形象地把盗版比喻为出版界的牛皮癣，是难以治愈的顽症。比起这种明目张胆的盗版行径，在书店里挖空撕页只能算是小偷小摸了。小偷小摸者尚存恐惧心理，而大肆盗版者会不会还在大摇大摆呢？有朋友劝慰我说：盗版书仍然印上你的名字，说明你在这个领域还有被利用的价值。然而，我端详着盗版书上印着的我的名字，觉得似曾相识却又不相识，只能发出一声无可奈何的叹息。

2004年11月28日

# 自买盗版书

　　读书遭遇盗版，如同买菜找回假币，于今已是家常便饭。就在前几天，我在鼓楼附近的一个书摊上，见到一本中华书局出版的《于丹<论语>心得》，系央视"百家讲坛"丛书之一种，近来炒得挺火，想翻翻，就买下了。回家静心一读，发现有些不对劲儿，如"不好犯上，而好作乱者，末之有也"，书中很多"未"字都排成了"末"。虽然此书封面、环衬、纸张、印刷看上去做得都很规范，但中华书局出的书绝不会有这么多错字，当属盗版书。读着别人的盗版书，不禁又想起自己出的书的相同遭遇。

　　前年，我曾就拙著《字画好看好赚钱》被盗版之事，写了一篇《遭遇明偷暗盗》。文章发表后，一些朋友来信来电，除了表达对盗版者的愤慨和对我的同情外，更多的是对目前十分猖獗的盗版行为表示出一种无奈。我想也是，像我这样的作者实在没有时间和精力去举报和参与调查，出版社方面大概也觉得打盗版官司非常麻烦而且得不偿失，所以双方就都只好自认倒霉了。

　　然而，事情的发展并不以善良者的愿望为收束。那些不知隐藏在哪个山洞里的盗版妖魔们，竟把我写的书当成了唐僧肉，个个都想吃上一口。自盗印拙著《字画好看好赚钱》的伪书《怎样收藏字画》2004年10月出版后，我在逛图书市场时又陆续发现了好几种侵犯我的著作权的盗版书。在此仅举出三种，或许可以帮助读者在购书时加以识别。一种伪书是《字画鉴定与收藏》，著者标为"叶子"，出版社标为"上海人民美术出版社"，出版日期标为"2006年3月"，印数标为"10000"册。这本书分三个部分，其中第三部分"书画的收藏技巧"全部盗自拙著《字画好看好赚钱》。此书定价36元，我是花10元买的。另一种伪书是《收藏名家话收藏》，主编者标为"王敬之"，出版社标为"文物出版社"，出版日期标为"2006年4月"，印数标为"5000"册。这本书分八个部分，其中第一部分"罗文华说紫砂壶"全部盗自拙著《罗文华说紫砂壶》。此书定价39.80元，我是花12元买的。再有一种伪书是《紫砂茗壶鉴赏》，著者标为"罗文华"，出版社标为"上海古籍出版社"，出版日期标为"2006年5月"，印数标为"13000"册。这本书除更换了几页藏品彩图外，全部盗自拙著《紫砂茗壶鉴赏》（初版时名为《紫砂茗壶最风流》）。此书定价32.80元，我是花12元买的。这三种假货，代表了三种不同的盗版手法和目的：一是盗你的版，却不署你的名，因为怕你发现；二是盗你的版，也署你的名，但插在另编的一本书里，鱼目混珠，让读者难辨真伪；三是既盗你的版，也署你的名，就是想借你的名气赚钱。

　　不管出于什么理由，买盗版书就等于给盗版者捧场，所有读者都明白这个道理。我自身深受盗版之害，本来更不应该买盗版书，但又不得不买下这几本与自己有关的盗版书。原因很简单，一些买过我出版的正版书的读者，不小心误买了这几本盗版书，阅读时发现它们与我出版的正版书内容相同，并且图片模糊不清，还有大量错字乱码，于是大有上当之感，却又不知道它们是盗版书，便兴师问罪于我，有的当着面讽刺挖苦，有的在电话里大发雷霆，指责我为什么重复出书，自己多赚一笔稿费，却让他们白掏一次腰包；针对他们的质问，我就要结合我买下的这几本盗版书的情况，告诉他们那些书是盗版书，并指出正版书与盗版书的区别，以便洗清自己。因此，我自买盗版书，实在是不得已。

　　顺便提一句，有人盗我的书，还有人仿我的画。读者若不信，现在就上一下"翰墨网"，便会看到上面正在卖"罗文华"的画，并且清清楚楚地注明了我的身份。上面正在卖的两幅国画，每幅标价2000元，还标明"取自画家本人"。后面有"翰墨画廊"郑重其事的承诺："1、本画廊书画作品标价为实价……谢绝还价，敬请谅解。2、本画廊所售作品……100%保真，如经权威鉴定机构、国家级鉴定家或艺术家本人确认为赝品，作品可随时退还本画廊，画廊全额返还价款并付10%赔偿金……"读者如果在该网站上前前后后点击几下，很快就会发现，仿我的画价位可不算低，与上面一同展示的阮克敏、史如源、孙贵璞等津门著名画家的作品价位几乎不相上下。连我的假画一幅都能卖2000元，看来今后我要多画些画发财了。

我把这些盗书仿画之事与一位德高望重的文化老人说了，他笑曰："王国维在《人间词话》中说：古今之成大事业、大学问者，必经过三种之境界：'昨夜西风凋碧树。独上高楼，望尽天涯路。'此第一境也。'衣带渐宽终不悔，为伊消得人憔悴。'此第二境也。'众里寻他千百度，蓦然回首，那人却在，灯火阑珊处。'此第三境也。当今文艺创作及影响，也可以分为'三境界'，第一境是书能写，画能画；第二境是书有人读，画有人看；第三境是书有盗版，画有仿作。达到前两境，尚可以靠自身努力；而达到第三境，却是最难，因为它全靠那些不知其名的'朋友'以特殊的方式'帮忙'。如今难得你已达到了第三境，还要感谢那些'朋友'的'帮忙'呢。"

老人的话虽有调侃，但暗含机锋，对悟现实，深觉不失为读书一趣。

2006年12月17日

# 系友书缘

今年是中国高校第一个中文系——北京大学中国语言文学系建系100周年。10月23日上午，我和近两千名北大中文系系友及嘉宾相聚在北京大学百周年纪念讲堂，参加了建系100周年庆祝大会。会后，我阅读《北京大学中文系系友名录（百年版）》，从中看到许多我熟悉的系友的名字，遂油然联想起他们与我之间由系友之情而产生的深厚书缘。

广义的"系友"，包括同学，也包括从本系毕业的老师。老师之中，将自己的著作赐赠给我最多的，是吴小如先生。吴先生青年时代上过京津两地的四所大学，1949年毕业于北大中文系。在《北京大学中文系系友名录（百年版）》中，1945级本科生名录里有"吴同宝"，那是吴小如先生当时的名字。吴先生今年88周岁，已臻米寿，然而宝刀不老，依旧笔耕不辍，我最近收到的他的新书，是《吴小如手录宋词》和《吴小如录书斋联语》。

再看同学，我们北大中文系1983级学生毕业后写书出名者众，真可谓群星璀璨。仅与我同住过一间宿舍的，就有孔庆东、阿忆（本名周忆军）、臧棣（本名臧力）、王怜花（本名蔡恒平）、张志清等同学，或为社会公众所熟知，或是各自研究领域的顶尖人物，都是鼎鼎大名。其中的张志清是我在北大图书馆借阅线装古籍时相遇最多的同学，如今他已是中国国家图书馆副馆长、国家文物鉴定委员会委员。1984级的吴晓东、王芫等，也是当代治学著书的高手名家，上学时便与我切如如磋，交往密切。此外，同学中还涌现了一批优秀的图书编辑，如现任北京大学出版社副总编辑的张凤珠等，他们也时常将自己编辑的好书送我，洵为书缘与友情的另一种映现。

狭义的"系友"，即除了同学及从本系毕业的老师以外的系友，也是通常意义上的系友。已故的老系友中，生前将自己的著作赐赠给我最多的，是张中行先生。在《北京大学中文系系友名录（百年版）》中，1931级本科生名录里有"张璇"，那是张中行先生的学名。张先生去世后，我在重读他题赠给我的那些书之余，常常这样想：名牌大学的中文系，培养出一些写作名家，并不稀奇；但像汪曾祺先生〔见于《北京大学中文系系友名录（百年版）》1939级本科生名录，时称西南联大中文系〕六七十岁出了大名，张中行先生七八十岁出了大名，张充和先生〔在《北京大学中文系系友名录（百年版）》1934级本科生名录中，她的名字是"张旋"〕八九十岁出了大名……这些大器晚成的典型人物，在改革开放以来的中国文坛逐一亮相，而且几乎都能形成旋风般的气势，在读书界引发影响持久的阅读热潮，这可不可以视为北大中文系所特有的一种系友现象？这种现象值不值得重视与探究？

20世纪50年代，是北大中文系历史上招生最多的时期，这几级的系友与我以书结缘的也最多。例如1955级的沈金梅先生（笔名金梅），曾任《天津文学》副主编，他当编辑时，上班读别人的稿，下班写自己的书，几十年下来，他出了几十本书，仅他编著的与孙犁直接相关的书，就出版了六七种。20多年来，他不断地送给我他的新著，像《文海求珠集》、《傅雷传》、《创作通信——文学奥秘的探寻》、《孙犁的现实主义艺术论》、《悲欣交集——弘一法师传》、《理想的艺术境界——傅雷论艺阅读札记》、《寂寞中的愉悦——嗜书一生的孙犁》等。他写的关于李叔同、傅雷等文化名人的传记，屡印屡罄，经久不衰。我在全国各地的众多书友，没有不知道金梅其人的。再如与沈金梅先生在1955级同学的吴泰昌先生，曾任《文艺报》副总编辑，也是著作等身。就在前些天，我一下子收到了他写的三本书《我知道的冰心》、《我亲历的巴金往事》（修订本）和《我认识的朱光潜》（修订本）。这些卓有成就的前辈系友，长期对我鼓励帮助，是我十分近便的学习榜样。

在《北京大学中文系系友名录（百年版）》中，还列有几届作家班的名录。这些作家，后来有不少都成为我所编报纸副刊的作者，有的还成为交往更深的书友。如1984级作家班的聂鑫森先生，早已是湖南的著名作家，写书之余，酷爱藏书、读书。不久前，他寄来三部新著《中国老游艺说趣》、《中国老兵器说谜》和《溯源俗语老典故》，皆是我极感兴趣的题材。毋庸置疑，我们之间的深厚书缘和友情，自然与我们都曾在未名湖畔、博雅塔下浸润过燕园的书香，有着很大的关系。

那天，在从天津去北京参加北大中文系建系100周年庆祝大会的路上，与我同行的是两位年轻的系友鲍国华和石祥。鲍国华君已出版《鲁迅小说史学研究》一书，目前他正在与石祥君合作进行"鲁迅辑校古籍研究"。在京津城际列车明净的车厢里，我听到他们一直在小声而认真地讨论着这个课题的进展情况。我知道，很快，我的系友书缘就要再续新篇了。

2010年10月25日

# 我心开放

诗人北岛说过："回想80年代，真可谓轰轰烈烈，就像灯火辉煌的列车在夜里一闪而过，给乘客留下的是若有所失的晕眩感。"我怀念80年代，因为我在"若有所失"中"实有所得"。在那个开放的年代里，我的心是开放的，最直接的表现就是学习外语。

80年代初，我十五六岁时，经过两轮课外学习，日语达到初级程度，可以翻译日本报刊上的短文，也能用日语写千字文。虽然是初级程度，但我学的是北京大学东语系日语专业的教材。这套教材的第一册，我学习的时候尚买不到，日语老师就让我把他用的那本教材全部抄了一遍。1983年我考进北大没几天，就到北大出版社服务部买了一本原书，以作纪念。和我们一起听中文课的，有几位日本留学生，有的还到宿舍找我借听课笔记，有时我就与他们在课间休息时进行简单的日语对话。

我的大学室友孔庆东，来自哈尔滨，学的是俄语。他在近年出版的《醉侠孔庆东看北大：千杯不醉》一书里选录了几段他的大学日记。1983年9月，大一开学不久，他记道："开得俄语买书证，给罗文华也买了一套。"当时我是想和孔庆东一起学俄语的，但是没想到他的俄语水平高得出奇：他一个中文系的学生，与俄语系的学生一起上课，但每次考试成绩都比俄语系的学生高，最后俄语系决定让他免修一年俄语。我每天在宿舍里听孔庆东读俄语，也跟着练习打嘟噜。大学毕业后，我试着自学俄语，喜欢选读些文学名篇名段。

我喜欢法国文学，喜欢深了，就特别想学法语。80年代末，与在大学里教外语的高为先生结为书友，他鼓励我学习法语，还把他自己用的一本《法英双语词典》送给我。其实，不光是法语，那些年，我一听说电台或电视台要播出外语教学的节目，就赶紧买来教材跟着学习。学了一段时间，由于工作忙、家务多，实在没能跟上，就等待下次播出时再买新教材跟着学。因此，在我的书柜里，保存着我用过的许多不同年份出版的德语、意大利语、西班牙语、葡萄牙语等语种的教材，以及相关读物和大小词典。但对法语，我确实更偏爱些。

读外国经典作家写的书多了，总觉得拉丁文十分重要，但在80年代，我不仅找不到一位拉丁文教师，就连一本简单的拉丁文教材也买不到。一天，我太太一位在医院图书馆工作的同学打来电话，让我太太带着我赶到她所在的图书馆，从该馆即将处理掉的旧书中挑走几本我有用的。在熏染着医院消毒水味道的泛黄的旧书堆里，我一眼就看到了一本薄薄的《医用拉丁文》，如获至宝，拿回家后翻来覆去看了好几天。后来，无论看什么书，只要书中有译自拉丁文的引文，我都要设法查查原文，因为我知道那些原文不是警句就是睿语。

80年代后期，天津市世界语协会十分活跃。该会负责人高成鸢先生积极动员我参加活动，并指定专人帮助我提高世界语水平。那个时期，我几乎每个周末的晚上都去马场道市社联参加世界语交流活动，在明亮的灯光里深深地感受到天津"世界语者"们的热情与友好。高成鸢等先生还举荐我成为中华全国世界语协会会员、天津市世界语协会常务理事。我也根据大家的意见写过内参，为世界语能够成为天津市职称考试语种做出努力。

英语是我的第一外语，从小学到大学，我在课堂里学了十来年，其中大部分时间也在80年代。我大学的几位女同学，中文好，英语也好，后来到国外深造，现已成为美国、加拿大等国大学和研究机构中知名的汉学权威。对于我来说，与很多同龄的中国知识分子一样，学英语肯定是投入大于产出，但我从不因此而后悔。我觉得，英语不只是一种语言，它还是我们放眼世界的窗户。离开80年代已经20多年了，有个习惯我却没有变：在我每年购买的图书中，英文书都要占有一定的比例。

瑞典诗人特朗斯特罗默有这样的诗句："我受雇于一个伟大的记忆。"如果说记忆是时间之神的赏赐，那么20世纪80年代就是无尽的历史对我们有限的人生的赏赐。回顾自己学习外语的点滴琐事，记住这样一个时代，不仅仅是为了缅怀过去，更重要的是，它能帮助我们永远葆有一颗开放、进取的心灵。

2011年11月26日

# 读书的好处

"古今来许多世家，无非积德；天地间第一人品，还是读书。"

前不久，得知我家被国家新闻出版广电总局评定为首届全国"书香之家"，忽然就想起这副旧时百姓耳熟能详的对联来。这副对联的原作者是何人，实在难以考证了，但是它裨益身心，流传既久，因此在清代金缨（兰生）所编《格言联璧》中被列为全书第一条。

喜欢买书、藏书、读书、写书，不知不觉间已近知天命之年，却还是浑浑噩噩。回想起30年前在北大读书时，买的书太多，无处可放，只好堆在宿舍床上，夏天压着半边凉席，到了秋天，也没法收拾，竟倚着书睡了一冬的凉席，真应了那句歇后语"傻小子睡冷炕——全凭火力壮"。此次获得首届全国"书香之家"称号后，各地新闻媒体多来采访，皆问我爱书事迹、读书经验、著书成就，我回答，我不是什么作家、学者、藏书家，只是个"书低"。此典出自《笑林广记》之《书低》一则："一生赁僧房读书，每日游玩。午后归房，呼童取书来。童持《文选》，视之曰：'低。'持《汉书》，视之曰：'低。'又持《史记》，视之曰：'低。'僧大诧曰：'此三书，熟其一，足称饱学。俱云"低"，何也？'生曰：'我要睡，取书作枕头耳。'"像《文选》《史记》这些经典，数十年来一直是我的床头书、案头书，每一种书我随口都可以背诵出几十篇来，虽然如此，仍觉常读常新，永无止境。我辈对于名家名作来说，难道不是"书低"吗？

读书是人生的一门大学问。一千个人读书，就会有一千种读法。如《六祖坛经》所记六祖慧能告诉众人的话："法本一宗，人有南北；法即一种，见有迟疾。何名顿渐？法无顿渐，人有利钝，故名顿渐。"常听中小学教师启发学生说"书是死的，人是活的"，其实也是这个道理。有些人读书没有进展、没有收获、没有体悟，不是没有名师指点，就是缺乏方便法门，或是自身不够精进，需要反躬自省。迷人渐契，悟人顿修，倘若以顿、渐之别论读书，我自己若能做到小顿长渐，就很知足了。

我向来反对读书无用论，同时也反对读书实用论。我说过，面对文化浮躁和青年人追求茫然，眼下最需要警惕和抵制的，就是将"知识改变命运"纯然功利化。功利之于知识，是最大的贬损。那些以功利性的眼光看待知识，并以知识为跳板，合用其他法术，较为顺手地达到了某些现实目的，成为既得利益者，反过来又洋洋自得地将"知识改变命运"作为真经传授给青年的人，其背后必藏有一副小人得志、穷人乍富的嘴脸。在这个问题上，我提供给青年人做镜鉴的，永远是司马迁《报任安书》中提到的那些例子："盖文王拘而演《周易》；仲尼厄而作《春秋》；屈原放逐，乃赋《离骚》；左丘失明，厥有《国语》；孙子膑脚，《兵法》修列；不韦迁蜀，世传《吕览》；韩非囚秦，《说难》《孤愤》；《诗》三百篇，大抵圣贤发愤之所为作也。"这些名人，包括司马迁本人，包括后来的陶渊明、李白、杜甫、苏轼、关汉卿、顾炎武、王夫之、黄宗羲、曹雪芹、鲁迅等，都与知识有关，都与读书有关，都是中国历史上第一流的知识分子，而他们个人的命运又是怎样的呢？如果任由那些貌似"青年导师"，实际最高不过是"精致的利己主义者"的人，现身说法般地宣扬"知识改变命运"，那么这个世界上追求并能够实现升官发财的人可能会增加些许，而从屈原到鲁迅将会沉沦不复。

　　但读书有好处，则是可以肯定的。"读书即未成名，究竟人高品雅；修德不期获报，自然梦稳心安。"收在《格言联璧》中的这句话，也常被人们做成楹联，我曾在山西祁县乔家大院里见到过一副。我欣赏这句话，这就是读书的好处。

2014年10月18日

# 读书，从春天开始

直到我写这篇文字的时候，这个冬天的天津也没有降下一场像模像样的雪。但是春节毕竟过了，元宵节也过了，冰河悄然融化，万物萌发生机，人们已经在盼着春分的雨水，在做着春天的打算。

大年初一，爸爸妈妈送给我一把古旧的瓷壶。这把茶壶出自清末民初，压盖，双穿孔耳环配熟铜软提梁。令我最感兴趣的，是壶身所绘的浅绛彩人物读书图，是任伯年或钱慧安那路的，画中的书人、书卷，儒雅古朴，可敬可爱。我想，这或许是父母对我的一种鼓励和提示，让我在新的一年里切勿慵怠，潜心读书。

新春的几个节假日，我都在书肆、书摊间徜徉。数日前，在古文化街文化小城旧书摊见到一本《重辑渔洋书跋》，中华书局1958年一版一印。渔洋（王士禛）以诗负盛名，然其文亦条达顺畅，题跋之作，尤直抒胸臆，耐人寻味。蔡元培先生在《我的读书经验》一文中提到："我记得有一部笔记，说王渔洋读书时，遇有新隽的典故或词句，就用纸条抄出，贴在书斋壁上，时时览读，熟了就揭去，换上新得的，所以他记得很多……"当代学者钱仲联先生曾为王渔洋纪念馆题诗："蟠胸万卷笔如神，至竟诗人是学人。我诵《渔洋读书记》，天龙才许见全身。"王渔洋是真正的读书人，所以能够写出传世的书跋。《重辑渔洋书跋》我已有2005年上海古籍版，读后印象颇深，今见旧版，顿生怜意。摊主亦是熟人，持书询之，答曰只要一元；待结账时，竟说只管拿去，连一元也不用给了。数日后上网浏览，偶然发现这个旧版本网上拍卖竞价已至70多元。《重辑渔洋书跋》是我今年淘得的第一本旧书，这或许也是对我的一种暗示，让我好好向渔洋先生学习，在新的一年里珍惜光阴，时时览读。

一年之计在于春。我们强调春的宝贵，歌颂春的创造力，自然也会想到"至乐无如读书"。读书，能够带来春天般充满生命力的快乐，这是一种智慧之乐、和美之乐。"春读书，兴味长。磨其砚，笔花香……寸阳分阴须爱惜，休负春色与时光……"春读这首《四季读书歌》，感觉是那么的朗朗上口，意味深长。

近日，在鼓楼东街博学书店买了一部文物出版社出版的《小莽苍苍斋藏清代学者法书选集》。赏读之余，想起小莽苍苍斋主人田家英，也是个典型的书虫。身为毛泽东的秘书，田家英工作之余的最大乐趣，就是淘书、读书。"爱书爱字不爱名"，是田家英在一首诗中的自我描述。毛泽东的部分书房就在田家英的院子里，这与田家英爱读书、淘书，并帮助毛泽东置办图书有关。由于田家英常去琉璃厂淘书，那里古旧书店的老师傅都跟他熟了。他的这一行踪，后来连毛泽东都掌握了，有几次临时有事找他，就让卫士直接把电话打到琉璃厂。眼前这部《小莽苍苍斋藏清代学者法书选集》，便凝结着这位书生多年的心血。博学书店的老板告诉我，这部书虽然价格不低，但是进了两次货都很快售罄。他把购书者的姓名透露给我，其中光是我认识的就有十几位。可见，天津懂书、爱书的朋友确是不少。他的话，使人真觉得春光明媚，春意盎然。

春天的好消息接踵而来，薛原先生所编《如此书房》一书已由金城出版社出版，并得到各地书迷的追捧。收在该书中的各地的书房，书房主人的职业和生活各有不同，但在对待书房的态度上却基本上一致，这也反映了中国知识分子价值观的稳定。事实上，在网络时代，纸本书的阅读仍是不能由网络阅读和电纸书阅读来替代的。一间多余的书房，其实更是一个梦想的载体，这样的"奢侈"也是生活品质的提升。

《六十种曲》中有一种《白兔记》，其《牧牛》一出有云："一年之计在于春，一生之计在于勤……春若不耕，秋无所望……少若不勤，老无所归。"借着春光，乘着春色，为自己做个读书规划吧。千万不要等到给自己作"年终总结"的时候再慨叹："唉，一年才读几本书！"

　　读书，谈论有关读书的话题，让我们从春天开始。

2012年2月10日

第2辑 · 藏趣

# 泉　缘

今年5月21日至25日，天津问津书院承办了第十三届全国读书年会。来自全国各地的60多位著名读书人汇聚津门，交流读书体会，共同为推动全民阅读活动献计献策。我曾经参加过在淄博、上海、株洲等地举办的多届全国读书年会，此次受年会东道主委托，与著名作家、学者、藏书家陈子善、王稼句等先生一同担任会议主持人，并配合承办方接待各地书友。5月21日是会议代表报到日，傍晚，山西著名作家、藏书家杨栋先生风尘仆仆地赶到代表所住的饭店，他刚刚卸下行囊就找到我，郑重地送给我一个红色的纸包。我接过来，觉得沉甸甸的，打开一看，里面是四枚古钱。

这是孙犁曾经收藏的四枚古钱。

钱，在古代别称为"泉"，两字谐音，亦取"泉"流通之意。古泉学，是中国传统金石学的一个分支。历代文人与钱币结下不解之缘，他们喜欢收藏钱币，研究金石，李斯、皇象、欧阳询、苏轼、米芾、赵佶、戴熙等人更是留下了为钱币书写文字的史实或传说。

　　孙犁爱读书，读书多，对金石类图书也有很浓的兴趣。他在1987年9月写过一篇《我的金石美术图画书》，其中写道："钱币也属于金石之学。这方面的书，我买过《古泉拓本》《古泉杂记》《古泉丛话》《续泉说》等，都是刻本线装，印刷精致。还有一本丁福保编的《古钱学纲要》，附有历代古钱图样，并标明当时市价，可知其是否珍异。"但他随后写道："我虽然置备了这些关于古钱的书，但我并没有一枚古钱……进城后，我曾在附近夜市，花三角钱，买了一枚大钱，'文革'中遗失了，也忘了是什么名号，我只是从书中，看收藏家的趣味和癖好……"

　　当时20多岁的山西青年作家杨栋，酷爱孙犁的文学作品，十分仰慕孙犁，孙犁对他也非常器重、爱护，十几年间两人通信百余封，孙犁还多次给杨栋寄书、题字、题写斋名。杨栋得知孙犁对金石学、古泉学感兴趣，便将自己家乡山西沁源早年出土的一些古钱寄给孙犁，供他在读书写作时参考。对此，孙犁在《我的金石美术图画书》中写道："大概是前年，一青年友人，用一本旧杂志，卷着四十枚古钱，寄给我，叫我消遣。都是出土宋钱，斑绿可爱……"文中的"前年"，指1985年。

　　孙犁对人、对事、对物一贯认真。他写道："为了欣赏，我不只打开《历代纪元编》认清钱的年代，还打开《古钱学纲要》，一一辨认了它们的行情，都是属于五分、一角之例，并非稀有……"《历代纪元编》，清代李兆洛编撰，收录了自汉武帝到清代前期各政权的年号。《古钱学纲要》，民国时期丁福保编著，书中所录古钱皆标注了参考价格。得到实物后，及时查阅专业工具书，做出自己的评价，这足以体现孙犁对这些古钱的重视程度。

孙犁又总是能以一种达观的态度处理事和物。他接着写道："但我心里还是有些不安，小大属于文物的东西，我没有欲望去占有。我对古董没有兴趣，它们的复制品、模仿品，或是照片，对我来说，就足够了。我只是想从中得到一点常识，并没有条件和精力，去进行认真的研究……我决定把这几十枚古钱，交还给那位青年友人。并说明：我已经欣赏过了。我的时光有限，自己的长物，还要处理，别人的东西，交还本人。你们来日方长，去放着玩吧。"

1994年12月5日，孙犁在《古泉丛书》的"书衣文录"中写道："山西杨栋，过去送我四十枚铜钱，我早想还给他。今秋，他来看我。我第一件事，就是还他铜钱。结果，翻遍木匣，一次，二次，第三次方才找到。甚矣，老年之忙乱善忘也……"

关于此事，在杨栋所写《与孙犁先生的一次谈话》（1994年11月1日）中亦有反映：

杨栋：还是那些古钱吧。你别找了，我拿回去也没用处的。

孙犁：杨栋，你不要不听我的话，别和我争论，我怎样安排，你就怎样办。我再给你带两本书。你等着，我找找那些古钱，你带回去做个纪念。事情办不妥，我会好几天睡不成觉。这些古钱，我已写进文章里了，你也看过。我给你装了个盒子，连盒子送给你。这些古钱，我保存了10来年，一个不少，以后你看到，总是我收藏过的东西嘛，有些纪念意义。我现在不需要收藏什么东西了，连一些孩子们送我的东西，我外甥送我的小东西，我都退回给本人了……

就这样，1994年秋天，在天津孙犁家里保存了10来年的四十枚古钱，又由它们原先的收藏者杨栋带回到千里之外的山西沁源。

由于共同喜爱孙犁及其作品，共同喜爱读书、藏书和写作，我与杨栋先生有着近30年的交往。1995年我的散文集《槐前夜话》出版，朋友们看到封面上孙犁老师题写的书名，直观地体会到他对我的关爱与期待。2002年孙犁逝世，遗体告别仪式那天，天气炎热，太阳暴晒，我忽然发现有个人蹲在北仓殡仪馆院里一排矮矮的松树后面偷着抹眼泪。有人告诉我那人是杨栋。此前我只见过杨栋一面，现在终于辨认出来了。杨栋说，他是换了几次车，连夜赶来送殡的。事后回想此事，我觉得孙犁没看错人，杨栋此人很重感情，他是带着自己的心来的。我对天津的朋友们说：孙犁爱杨栋，他老人家走了，我们一定要继续好好待杨栋；谁若慢待杨栋，谁就是"人走茶凉"。我们报纸的文艺副刊每举办全国性的征文活动，我都想着约杨栋写一篇。2013年孙犁百年诞辰之际，春风文艺出版社准备推出两卷本《杨栋插图孙犁散文经典》，我帮助出版社与孙犁家属联系版权事宜，促成该书及时出版，这也是孙犁与杨栋和我的缘分在延续。

杨栋身处远山僻壤，执著于藏书写作几十年，极为不易。他现为国家一级作家，曾担任沁源县文联主席，被评为山西省十大藏书家，已出版包括六卷本《杨栋文集》在内的各种著作数十种。他在家乡建的"梨花村藏书楼"，名扬海内。

近些年，我和杨栋在北京、上海、天津等地开会相聚，多次畅谈。杨栋看到我写的百余篇关于钱币研究和鉴赏的文章，便告诉我，他家乡原来出土的古钱并不少，有一次村里出土了几大麻袋，村人当废铜出售给农产品公司的收购站。当地有个金属配件厂，专门制作自行车气门芯，就把铜钱都收集来熔化做铜材了。送给孙犁的古钱，是他和几个朋友在收购站花钱买的。但自从20世纪80年代将那些古钱寄给孙犁后，他再也没在当地买到过古钱。去年10月，在株洲参加第十二届全国读书年会期间，杨栋认真地对我说："那些在天津孙犁家里保存了10来年的古钱，回到我这里又有20来年了。你懂孙犁，懂古钱，又在天津，我想把它们送给你。"我连忙说："感谢美意。你应该继续珍藏它们，将来有机会捐赠给一个可靠的博物馆。"

没想到，杨栋这次真的将古钱带到天津来了。他生怕我推辞，没等我表态，便主动说："只送给你其中的四枚，你留个纪念吧。其余的我将来送给博物馆，或者自己办一个小博物馆。"

这时隔三十年第二次从三晋来到津门的四枚北宋铜钱，分别为天圣元宝篆书小平钱、政和通宝篆书小平钱、熙宁重宝楷书折二钱、绍圣元宝行书折二钱。这四种宋钱，我家里分别存有百枚以上，但此时此刻，依然感到它们身上的山西干坑美锈斑绿包浆，格外惊艳。

悦目而外，越发觉得它们是沉甸甸的。

因为阅读与写作。因为信任与友情。

2015年6月1日

# 说名片

前几天整理办公桌，在抽屉深处翻出一本厚厚的名片夹，里面满满当当地夹着一百多张名片，它们都是我20多年前做文化记者时收下的。

大约是1989年，当时还在赤峰道办公的新蕾出版社，可能是为了庆祝建社10周年，定制了一批名片夹，也送了我一本。这本外皮为人造革的名片夹，制作得很结实，那些年为联系朋友，我要频繁地翻它，但直到现在，它也几乎没有走形。里面夹的所有名片，因此保存得完好，品相崭新如初。不像后来20多年间，我虽然收到过数千张名片，却再也没有兴趣装到名片夹里，结果是大都不知放在哪里了。记得上海的大画家、书画鉴定大师谢稚柳先生曾经两次给过我名片，但现在看到的就是名片夹里的这一张，而另一张就不好找了。

无疑，这本20多年前的名片夹，现在已经成为珍贵的藏品。里面一百多张20世纪80年代末至90年代初印制的名片，其主人绝大多数是文化界人士，尤以演艺界、美术界和出版界为多，其中有不少都是当时就有名、后来更有名的名人。有些名片的主人已然驾鹤西去，睹物思人，顿生感怀。

如杨荣环先生，早年先后得尚小云、梅兰芳亲授，艺兼梅、尚两派，形成自己刚柔相济、清新明快的艺术风格。他工青衣、花旦，娴熟音律，文武场兼通，京胡、二胡、琵琶俱佳，是真正的京剧大师。我每次到中国大戏院观赏杨荣环先生演的戏，都要到后台去看望他，他很喜欢和我聊几句。

再如王麦杆先生，早年师从刘海粟，晚年不拘画种，皆有佳作，其画作被载入1981年日本出版的权威的《世界美术全集》，宋庆龄曾为其题写"王麦杆台湾风光画展"。我到天津美术学院采访，赶上饭口时，多次应王麦杆先生夫妇之邀在他们家用餐，麦老还曾经花了多半天的时间为我太太画了一幅肖像油画。

还有来新夏先生，是在多个领域都有开拓进取的大学者，从他的名片看，那时他身兼数职，担子很重，但却从未影响学术研究。我曾多次到南开大学图书馆来新夏先生的办公室当面聆听他的教诲，并接受他提出的对南开大学出版社等单位的报道建议，深感他对于纷繁的工作是游刃有余、举重若轻的。

从这些名片上看，很多著名画家，那时尚在中年，职称还是副教授，如南开大学的于复千先生、乔修业先生，天津美术学院的贺建国先生、李家旭先生、姬俊尧先生、吕云所先生、白庚延先生等。

20世纪80年代末至90年代初，没有手机，甚至还没有传呼机，天津的电话号码还是六位数，这在名片上体现得很清楚。即使这样，那时也不是任何人都能有名片的。企事业单位、正式社团的负责人，机关里有一定职位的领导干部，从事公关、宣传的普通干部，才能有名片，一般只能印单位的地址和电话，不能印家庭的，况且那时绝大多数家庭也没有电话。普通百姓想印名片，单位不会给开准印证明，印刷厂也不敢随便印。

中国20世纪80年代末至90年代初的名片，属于改革开放后的早期名片，而且其主人大都是有身份的，这就决定了它们具有较高的收藏价值。后来任何人都可以有名片了，并且想怎么印就怎么印，名片的整体价值就不好说了。由此，想起了多年前侯耀文与黄宏合演的小品《打扑克》，那是嘲弄名片的泛滥成灾。这一点与邮票相似，那些各式各样的"个性化"邮票发行得越多，集邮爱好者反而越来越少，因为他们实在难以把握究竟应该收藏什么品种的邮票。

这本名片夹里也存有那个时期我自己的名片，共有三个版本，都是报社给印的，报社地址还在和平区鞍山道。名片上我的身份是"记者"，当时我的职称是助理记者。

类似名片作用的东西，古已有之。汉代称"谒"，汉末改称"名刺"。原用削木，后虽改用纸写，仍沿用刺名。宋代谓之"门状"。清代称"名帖"，考究者用锦，并用大红绒织就。帖的大小根据主人地位的高低而定，地位越高，名片越大。在已故上海著名文史掌故作家郑逸梅先生收藏的老名片中，最大的差不多有16开。如此大幅的名片携带起来极不方便，为了不被折损，一般装在长方形的扁木盒中。这种被称为"拜盒"的木盒，多以楠木、榉木或红木制成，有的镶有螺钿，有的雕花刻字，也有的嵌有铜饰。拜盒多由客人的随身仆人携带，到了所要拜访人物的府门前，双手呈上。主人从盒中取出红纸书写的名片，知道贵客临门，立即开门迎接。郑逸梅先生收藏的梅红色大名片，主人皆为晚清显赫人物，如曾国藩、李鸿章、康有为、谭嗣同等。这些年我在观看古籍拍卖会预展、逛古玩旧书市场时，也见过李鸿章、左宗棠、胡林翼等人的名帖，它们印得确实端庄漂亮。

天津胡玉栋老人收藏有上百张老名片，以20世纪20年代至40年代的为主。这些已经泛黄的老名片的主人，包括天津近代一些知名人士，如著名教育家李金藻、著名中医陈曾源等。有些老名片上还留有主人的笔迹，十分珍贵。

一般来说，越是古老的名片，越是名人的名片，越是特殊材质的名片，越是签名、题语、稀少的名片，就越具有收藏价值。1990年，索斯比拍卖公司以145万美元的高价，拍卖了一张伟大的戏剧天才莎士比亚亲笔签名的名片，成为当时世界市场上最昂贵的名片。

在现代人际交往中，名片是最常见的一种感情沟通工具。冰心老人在90华诞之际，特别印制了100张精美名片。名片中间印上一个大红"寿"字，并在寿字上加印了"冰心"二字，表达了老人对生命的珍爱。将其赠予前来祝寿的亲朋好友，成为值得珍视的收藏品。

今年春夏之交，著名藏书家、芷兰斋主韦力先生来津访书，送给我一张他的名片。这张名片颇为别致，纸张淡黄，竖排繁体，线装书式，儒雅质朴，透射着主人对古籍善本的钟爱。

翻看自己的这本名片夹，阅读旧名片里丰富的历史信息，我真切地体会到，名片其实也是一种大文化、一门大学问。闲暇之时，打开名片夹，游目其中，如同欣赏集邮册、钱币收藏册一样，总会有新的感悟、新的收获。

2015年11月26日

# 我的集邮小史

　　我从未想做收藏家，但在孩童时就喜欢收藏。那时尚在"文革"期间，收藏的品种很有限，我根据自家的条件，集存过连环画、泥模、糖纸、剪纸等。现在来看，当时集存这些东西确实不单纯是为了玩儿，而是有着明显的收藏意识。例如我集存连环画，能够做到将当时天津各新华书店销售的连环画一网打尽，如果在街上看到哪个小朋友拿着一本我家里没有的新版连环画，我就暗自觉得很惭愧。泥模也是一样，当时我住的大街上有两家水铺，经常"发行"泥模新品，我总是第一时间买到这些新品，搜集了大几十种。邻居两个小朋友对我的藏品垂涎至极，竟将我家存放杂物的小屋的门锁撬开，偷走了很多泥模。我甚至搜集过各式各样的烟花，觉得它们的造型如熊猫、公鸡、金鱼、坦克、大炮、飞机、花篮等，很像玩具，十分可爱，便在春节前跑遍几家土产杂品门市部，把自己积攒了半年的零花钱都买了烟花。过年燃放它们的时候，真是又高兴又心疼，有的实在舍不得放，干脆就留下当玩具了。亲属中有人集存过毛主席像章和烟标，颇具规模，我耳濡目染，很受影响，觉得收藏是生活不可或缺的一部分。

时光荏苒，岁月如梭，我如今已近知天命之年。回首过往，自忖有两项收藏是从小玩到现在的，一是连环画，一是邮票。关于自己收藏连环画，我曾写过几篇文章，在此就谈谈自己集邮的经历。

我的儿童时期，二叔在河北邢台插队，三叔在黑龙江同江插队，后来老姑在上海七二一工人大学学习，他们经常给家里写信，我就将信封上的邮票剪下，夹在一个日记本里。有时把邮票浸在水里，过几分钟再轻轻将邮票后面的信封纸揭下来，抹掉略带黏性的背胶，擦去可见水，最后压在书页里。和我一样，很多人都是由收集信销票而喜欢上集邮的。祖父在河北景县老家的亲戚、祖母在山东德州老家的亲戚偶尔也有信来；舅舅医校毕业后援藏十年，寄给我母亲的都是航空信，比普通信函邮资略高；外祖母家离我家不太远，但外祖母有时也给我母亲寄明信片，邮费比普通信函便宜。看到长辈们的通信，我对邮品知识有了更多的了解。

那时我家所在街道没有邮局，到邮局买邮票要走一大段路，而且一般只能买到普通图案的邮票，很难买到新奇稀少的纪念邮票等。有时买邮票，明明看到普通邮票旁边有纪念邮票，而且二者面值、售价是相同的，但邮局工作人员就是不给你撕纪念邮票，让你眼巴巴地看着着急。大街上的副食店一度曾少量代售邮票，更都是普通邮票。

1972年《地理知识》杂志复刊，当时我只有七八岁，还未上小学，就成为它的第一批读者，并且连续订阅了很多年。我觉得自己集存的邮票品种较少，而《地理知识》等杂志曾经介绍一些外国邮票，有的还是彩版，我非常喜欢，就将这些彩印的票样从杂志上剪下来，甚至连邮票的齿孔也用小刀刻出来，再逐一贴在一个专门的本子里。虽然它们不是真正的邮票，但毕竟聊胜于无，让我了解到世界各国花花绿绿、绚丽多彩的邮票。我特别喜欢外国邮票，就是从那时开始的。1980年全世界发行量最大的集邮刊物——《集邮》杂志复刊，我自然成为它的第一批读者，后来也是经常阅读。

专业的集邮人士我也曾接触过一些。在我十几岁至二十几岁时住的院子里，紧邻我家住的一位大哥，是一位需拄着双拐走路的残疾人，他每天早出晚归，到一家邮局门口换售邮票。我每天都能在院子里见到他，可惜一直没有抽出时间好好欣赏欣赏他的藏品，错失了学习的机会。一晃三十多年过去了，如今我每次乘车路过那家邮局时，依然习惯性地透过车窗朝外望一眼，只要不是下大雨或大雪，都能看到这位大哥坐在轮椅上，膝上放着几个集邮册，等着人们来换售邮票。

1999年以95岁高龄在天津去世的林崧先生，是杰出的妇产科专家，也是20世纪后期中国最著名的集邮家，他的邮集多次参加国际邮展，屡获大奖。1989年，天津市举办第三届集邮展览暨林崧个人藏品展览，他的一部分清代、民国和解放区、新中国邮票及一些样票、变异票、错版票展品，使广大邮人大饱眼福，参观者都为他的丰富藏品震惊不已。我知道，为了保护珍邮，专业的集邮家并不轻易让人观看自己的藏品，集邮家本人也要戴上干净的白手套，用镊子取放邮票。因此，林崧先生在世时我没有专门拜访过他，没有为他写些东西，至今深以为憾。林崧先生去世后，他的大量藏品多次被北京的大拍卖公司设专场拍卖，并且成为热门拍品，成交价和成交率都很高。我在有幸通过拍卖图录欣赏林崧先生藏品的同时，心中也不免产生一丝悲哀：曾经珍藏在天津几十年的一大笔国家级乃至世界级的文化财富，就这样流散出去了。

中国有着几千年的收藏历史，但在我的印象里，直到20世纪80年代，"收藏"这个概念在中国还没有普及。而"集邮"这个词在当时却喊得很响亮，它几乎就是"收藏"的代名词。现在中国的收藏家，差不多有一半曾经是集邮爱好者；而现在中国的民间收藏爱好者，比如收藏钱币、票证的，则大多数都有过集邮的经历。换句话说，集邮是当代中国收藏之母，很多门类的收藏家都是从原来的集邮大军中分化出来的。改革开放以来，随着人们物质文化生活日益丰富，加之邮票印得太多太滥，以致很多邮票刚刚发行就贬值，于是集邮的人越来越少。这本是很正常的事，但每当我得知有些集邮已经很有成就的人最终放弃集邮，甚至将收藏多年的邮品一次性处理掉了，心里就不是个滋味。

1983年我从天津考到北大上学，仅大一那年就给家里和高中的老师、同学写了三四百封信，几乎是天天往北大邮局跑。后来市场价格一路飙升的著名的猴票，那时我也一定使用过，但是一枚也没留存。大学期间我收到的很多信件，回天津工作后因家里拆迁，也大都销毁或者遗失了，只留下一些未使用过的新票，此外还有几个十竹斋信封，是我在北京海淀文具店买的，比普通信封贵得多。

在报社工作了20多年，在没有进入互联网时代的前十几年，我几乎每天都能收到几封信，有的是作者寄稿，有的是读者来信，空闲时我就将废信封上自己喜欢的邮票剪下，塞进一个大信封里。一两年下来，大信封就被塞得满满的，我就再换一个空信封继续往里面装邮票。儿子刚上小学时的一个寒假，我们父子俩在家里地板上坐了好几天，把散票分门别类地整理出来，装在一个集邮册里。儿子还写了一页目录，附在册子前面，列有人物、动物、植物、风景名胜、交通工具等门类。儿子产生了搜集整理藏品的兴趣爱好，后来他上大学时课余搜集以天津为主题的非计划类旧票证，很有收获，藏品装满了十几个票证册，中央电视台曾经为此采访过他。

20世纪末，收藏市场形成高潮，邮币卡交易也很火热。这也增加了我集邮的热情，有意识地买了一些自己喜欢的新票，朋友们也送给我一些，邮票藏品有了一定的规模。但我集邮纯为欣赏，对市场走向并不在意。例如朋友给我买了一套为庆祝中华人民共和国成立50周年而于1999年10月1日发行的"民族大团结"邮票，全套共56枚，每枚代表一个民族，全套56枚印制在一张整版上，这套邮票从创意到生产完成历时10年之久，在中国邮票发行史上绝无仅有。我非常喜欢这套邮票，反复欣赏，尽管它升值并不明显，而且发行不久市场价格就略有下降，但这丝毫也不影响我的欣赏情绪。

近十几年来我经常逛古玩旧书市场，连环画、钱币、票证搜集了不少，邮票也买了不少。特别是外国盖销票，有时看着好一买就是几百枚，或者连邮票带集邮册一起买走。这样做一是由于盖销票比新票价格略为便宜，而品质并不差；二是有些外国邮票的文字和内容一时难以认清，只能买回去仔细查对和研究；三是外国邮票品种极多，无边无际，集藏空间较大。我不但从来不歧视信销票和盖销票，而且觉得集藏盖过戳的邮票更有意义，甚至认为专门买新票并不是真正的集邮。

近些年我也经常在网上购买书籍、票证、钱币，外国邮票自然在网购之列。前两年我看到一家网店挂售两枚20世纪初英占埃及金字塔图案信销票，两枚标价相同，但其中一枚的邮戳上清晰地打着英文"开罗"字样，更有价值，如果买这枚，我怕店主将另一枚卖给我，于是干脆两枚一起买下。2014年是农历马年，我找到一家网店，一次就将世界上十余个国家和地区分别发行的中国甲午马年新邮都买到了，十分方便。

我从未想做集邮家，而且今后也不想做。现在寒斋积存的邮票，估计不下万枚，只是没有时间整理。文友之中，与吴裕成先生聊邮票最多。他集邮很早，写邮票的文章已经够出一本书了。他由喜爱邮票，进而从事生肖文化研究和民俗事物解读，成就斐然。我预想，将来会有一天，历史上发行的连环画和邮票不再仅仅是收藏品和观赏品，它们会成为各个学科的研究素材。因为在过去那些图像缺乏的时代，连环画和邮票实际上形成了两个极为繁复的图像宝库，各个学科都可以从中搜寻到自己的历史。

集邮也好，收藏也好，实是一件十分艰难的事情，它需要收藏者付出数年、数十年的努力；同时，收藏也是一件令人惊喜的事情，数年、数十年猛一回首，收藏者会发现自己原来存在这么巨大的拥有，会抑制不住地产生一种实实在在的成就感。这样的成就，看得见，摸得着，它很容易转化为人生的动力，快乐的源泉。

2014年7月10日

# 收集世界硬币的乐趣

2015年8月12日，《天津日报》"藏友"版以整版篇幅推出了我撰写的万字文章《消灭法西斯自由属于人民——世界硬币上的二战故事》，通过赏析本人收藏的中国、日本、俄罗斯、英国、法国、德国、美国、阿尔巴尼亚、罗马尼亚、捷克、波兰、加拿大等国家发行的十余枚与二战相关的流通硬币和纪念硬币，形象地讲述重要历史事件和历史人物，以纪念中国人民抗日战争暨世界反法西斯战争胜利70周年。文章发表后，读者反响强烈，人民网、新浪网、搜狐网、网易网、凤凰网等几十家著名网站迅速转载。《天津日报·社内通讯》还特约我写篇小文，谈谈自己收藏世界硬币的业余生活。

我没有收藏过特别值钱的东西，只是任凭兴趣，瞎买乱买，收存些杂七杂八的小玩意儿。收集、把玩之余，有些心得，有点感悟，写篇文章，出本书，就算没白忙活。只说钱币一门，其实是个收藏大项，古今中外的纸币、硬币，包括纪念币、代用币等，我都收集，20多年下来，所费资金足够买一辆中档汽车了，可是我如今既无汽车，也无值得炫耀的藏品。对此，妻子给过一句简明扼要的评语："你的本事，就是把能花的钱换成不能花的钱。"这样的收藏经历，这样的人生，过程之中也许不乏兴奋与自得，但小结起来却实在是很失败的。

改革开放初期，即20世纪70年代后期，我第一次见到外国钱币，是在母亲的一位女同事那里。这位阿姨的丈夫去日本出差，带回一个电子计算器，知道我有好奇心，特地让我去看看，同时我也看到了几枚日本硬币。20世纪80年代，中国兴起收藏热，但是外国钱币收藏并没有形成气候，因为当时对外开放尚处在初级阶段，外币货源太少。常见的可兑换外币的国家，只有美国、英国、联邦德国、法国、瑞士等几个西方发达国家，以及日本、新加坡等几个周边国家。再就是非洲有几个接受中国援助的国家，一些外援人员将富余的所在国硬币带回中国，送给喜欢的朋友。那时候人们的外币知识也很缺乏，报纸上经常报道有人拿秘鲁纸币冒充美元骗人，其实秘鲁纸币的图案根本就不像美元。我父亲90年代退休后，喜欢逛收藏市场，买过一些外国钱币和邮票，包括几种20世纪八九十年代伊拉克发行的印有萨达姆头像的纸币，后来都给了我，增加了我在这方面的兴趣。

20世纪90年代后期，文物艺术品拍卖兴起，网上交易亦肇始，中国的收藏涌向新的高潮，外国钱币收藏也形成了一定的声势。当此之时，我参与创办了《天津日报》"收藏"版并担任责任编辑，逛收藏市场成为我的工作内容之一。每次我从沈阳道古物市场出来，总要拐到和平路逛逛几家书店，也常到百货大楼对面的和平路邮局看看里面来了什么新杂志。双休日天气好时，和平路邮局就在门口摆上一张桌子，桌子上有两个大盒子，里面都是各国各地区的散币，一个盒子里的散币全部卖一元一枚，另一个盒子里的则全部卖两元一枚，随便挑。我挑过几次，共买了几百枚。我第一次买到一枚台湾地区发行的硬币，上面铸有蒋介石头像，那时只见这家邮局卖过这么一枚，真想不明白在那样的政治形势下它是怎么"混"入大陆的。到世纪之交时，我已收藏了一些高档的套币，如世界反法西斯战争和苏联卫国战争胜利50周年系列精制纪念币，以及圣马力诺等国原装套币等。因此，我也算得上是中国改革开放后第一代世界钱币收藏爱好者吧。

近几年，随着出国旅游、拍卖竞买和网上交易成为家常便饭，收藏外国钱币的条件越来越方便。我除了经常在天津古文化街、沈阳道、一宫及北京报国寺等收藏市场收集各国钱币外，也频繁地在网上搜购，颇有所得。目前，我收藏的世界各国各地区各个历史时期不同年份、不同面值、不同材质、不同版别的硬币，至少有上万种、数万枚;已发表的研究、鉴赏钱币的文章，有二百多篇。收集、玩赏、鉴藏、研究之乐趣，我有着深深的体会。

在此，我要感谢多年来热情帮助我收集世界硬币的亲友们。

我妹妹的公公婆婆长期在秘鲁、美国等国家经商，我妹妹便曾多次送给我这些国家的硬币。我儿子对我收集各国硬币大力支持，在他的广泛宣传下，他的初中、高中、大学和研究生同学中有十来位都送过我各国硬币，包括在南开大学文学院攻读陈洪教授研究生的德国小伙儿龙思远。本报同事宋曙光、李雅民、张星、张连杰、周湘华、刘宏伟、李海燕、徐光宇、胡春萌等，晚报同行姜维群、吴裕成、王振良、张璇等，著名收藏家李显坤、章用秀、李卫兵、李凤池、倪斯霆、由国庆、侯福志、曲振明、于志扬、张传伦等，著名书画家陈启智、王振德、陶书杰等，著名剪纸艺术家王树等，都曾赠给过我各国硬币。虽然他们送给我的多为当代流通硬币，我大都早已存有，但他们有的在匆匆的海外行旅中特意购求，有的委托海外亲属专门搜集，十分用心，使我感到情谊的分量。这些人脉，是我收集世界硬币生活中额外的但却是更为珍贵的收获。

2017年5月11日

# 让我们更多地了解世界

—— "说洋钱" 百期感言

时光荏苒，岁月匆匆，我在《中老年时报》"岁月"版上开设的"说洋钱"专栏，走过将近两年的时间，已经刊发一百期了。"说洋钱"专栏以本人收藏的有特色的外国钱币为题材，讲述与之相关的历史事件、世界名人、各国文化和风俗景观等知识掌故，文图相配，每周一篇。推出这种题材和形式的专栏，在中国报纸副刊上尚属首次；累至百期，初具规模，更是令人兴奋和鼓舞。在此，我真诚地感谢《中老年时报》的编辑们付出的辛勤劳动，也感谢广大读者朋友给予的热情支持和激励。

当代中国越来越开放，开放的程度越来越高。出国交流、求学、打工、探亲、旅游、购物，说走就走，来来往往，现已成为很多中国普通百姓的家常便饭。对于中国人来说，世界已不再像二三十年前那样陌生。但越是这样，人们就越希望更多地了解世界。尤其是中老年读者，更希望结合自己的阅历，了解世界历史文化的诸多细节。"说洋钱"专栏文章逐篇面世，正是为了满足读者朋友更多了解世界的愿望。

孩童时，我家距离海河仅有二三百米。每天正午时分，一听到轮船的汽笛声，我和邻居的小伙伴儿们就会一边互相大声呼唤着，一边飞快地跑向河边。我喜欢看行驶在海河上的各国轮船，特别喜欢看船上高高悬挂的一排排五颜六色的万国旗，努力地分辨它们究竟是哪些国家的旗帜。平时，我也经常独自趴在浮桥中心的栏杆上，往海河里扔下一根冰棍棍儿，然后凝望着它随着河水向下游缓缓地漂去，想象着它会漂到渤海、东海、太平洋……现在回想起来，终于明白，那是幼小的自己早已拥有了一颗渴望了解世界、走向世界的心。

我3岁读书，一直喜欢看介绍外国的书。刚上小学时，家里有了一套人民出版社1972年出版的《各国概况》，系内部发行，我反反复复地看，烂熟于心，其中很多内容至今还能准确地背诵出来。近两年写"说洋钱"专栏文章，我也经常查阅这套书，因为虽然书中不可避免地打有当时意识形态的烙印，但很多历史资料和统计数字还是比较客观的，足资参考。20世纪70年代，《参考消息》连载了系列文章《美国五十州》，每次介绍一个州，包括它的地理位置、历史名胜、物产矿藏、风土人情等。我当时虽然只有十几岁，但每天必看《参考消息》，在尚未开放的中国里总想多了解些外面的世界，一下子被这组文章吸引住了，就逐篇剪下，贴在一个本子里，同时也清楚地记住了美国每个州的名称和概况。1983年我参加高考，历史成绩得到天津市恢复高考以来的最高分，地理成绩也很高。大多数同学都说世界历史和地理不如中国历史和地理好学，可我却更喜欢学习世界历史和地理。

我的职业是报纸编辑，业余爱好读书和写作，收藏对我来说实在只是业余的业余，主要是为了调剂生活和积累资料。我从未专门收藏钱币，但"说洋钱"专栏文章的发表，却使我得到意想不到的收获：一是很多收藏钱币的朋友主动与我交流，使我增长了见识；二是通过写这方面的文章，我更加注重提高自己的专业水平，同时也有机会在实践中检验自己学过的东西。著名英语教育家李树德教授前不久写了一篇《老罗淘外币，外语很给力》，说我学习外语讲求实际应用，特别是用到外国钱币收藏上。他举了一个我的实例："有一次，老罗在一个摊上看到一群人围着看一枚图案优美的硬币，卖主说是缅甸独立后发行的第一版硬币，发行时间是1949年。围观的人虽然觉得珍贵，有收藏价值，但不认识上面的文字，都不敢买，因为上面连一个阿拉伯数字也没有。老罗拿过来一看，果然是缅甸的硬币，面值和年份也是缅甸文，他马上认出缅甸文中的一、九、四、九等几个数字。他觉得价格很便宜，就买下了，又为他的外币收藏添加了一枚珍品。"

我们了解世界越多，就越能远离无知和愚昧。大约在20年前，人们的外币知识还很缺乏，报纸上经常报道有人拿秘鲁纸币冒充美元骗人，其实秘鲁纸币的图案根本就不像美元。

"说洋钱"专栏文章在《中老年时报》发表后，我经常得知它们被各地报刊和各大网站转载的消息。此外，先后有几十位与我素不相识的读者将"说洋钱"剪报成册，让我签名留念。前年夏天，我应邀参加"中老年时报号"邮轮首航活动，在日本福冈海滨小憩时，有一位参加活动的天津老人拿出他特意随身带来的"说洋钱"剪报本让我签名，令我极为感动。

我自己也有一个"说洋钱"剪报本。灯下每每翻阅，总有一种感慨：世界对于我们来说，真是越来越小，也越来越丰富。

2017年2月11日

# 《1965年世界硬币初辑》编后

《1965年世界硬币初辑》并不是一本书，而是我编辑的一本专题钱币收藏册，里面装的是1965年世界各国发行的硬币。

去年，山东新泰作家、藏书家阿滢先生喜臻知天命之年，为了纪念，他编了一本《秋缘墨彩》，内容为他收到的师友赠诗、名家手札和友人书画，命我为该书作序。我在序中写道："明年我也将至50周岁，有些热心的朋友建议我弄点动静，但我生性疏懒，想来想去，只准备明年搞一个小型网展，名为'50年前的世界硬币'，即把我家里存的世界各国1965年发行的硬币拍成照片，贴在博客上，配以文字介绍，让网友们重温一下半个世纪前我出生时的世界，也算是传播历史文化的一种方式吧。"我的这个设想，得到很多朋友的赞同和鼓励，书友王振良先生还提出了更为具体的建议：最好能搜集到50个国家的，干脆就叫"50年前50国硬币"。

我检点了自己收藏的1965年发行的世界硬币，所属国家和地区也就是五十来个。这还是我多年来比较注意搜集这个年份的钱币的结果。近几个月来，我又用心凑了几个国家的，目前已达到六十来个国家和地区。但每新搜集到一个国家的，难度都会加倍。查诸各大钱币网站，其所据实物也都很难超过这个数字。在颇有权威而又卷帙浩繁的美国克劳斯出版社出版的《世界硬币标准目录》中，记载的数量一定会比这多些，但问题的关键还是实物难见。

为找到更多国家的硬币，我也确实花了一些工夫。比如泰国所铸硬币不少，我存的泰国硬币也不少，我便重新温习了相关的泰文，每拿起一枚铸有拉玛九世普密蓬·阿杜德国王（自1946年至今在位）头像的泰国硬币，先从泰文中找到年份，再把泰文数字翻译为阿拉伯数字，然后再将泰国历（佛历）年份换算成公历年份。现在，我对泰文数字的熟悉程度，已与阿拉伯数字、罗马数字和阿拉伯文数字一样了。但即使这样用心找，也没有找到1965年发行的泰国硬币。

每个国家和地区发行一个年份的流通硬币，一般都有大小不同的多种面值。收藏界将同一国家同一年份发行的各种面值的一套硬币，称为"清年份"或"清版"。如1965年英属东加勒比发行了七种面值的硬币，我存有其中1分、2分、10分、25分、50分五种。我将自己收藏的六十来个国家和地区不同面值的一百多枚硬币分别以纸卡装订，再按照亚洲、非洲、欧洲、北美洲、南美洲、大洋洲及太平洋岛屿的顺序，将纸卡一一插在一本钱币收藏册中。我另存有原封装的新西兰、以色列等国1965年套币，如果拆掉封套就会降低收藏价值，只能继续保持原封套状态，与那本钱币收藏册合放在一起，是为《1965年世界硬币初辑》。

喜欢收藏世界各国硬币的朋友可能都会感觉到，在收藏市场上，20世纪五六十年代发行的硬币总体相对少见，不仅明显少于70年代以后发行的，似乎也少于40年代以前发行的。究其原因，自然十分复杂，很难用一句话说清，可能当时几乎整个世界都处于二战后的恢复期，经济腾飞的时机尚未到来，各国都普遍显得低调、收敛和节俭。20世纪60年代的流通硬币已经基本放弃了银质，主要使用镍、铜和铜镍合金，中国则造的是铝镍合金币，铸造质量一般比较稳定。20世纪60年代也发行了一些纪念币，但品种远没有80年代以后那么多如过江之鲫。将这些小小的硬币聚集在一起，编为《1965年世界硬币初辑》，从中可以窥见出20世纪60年代的社会政治、经济、文化特点，对世界铸币史的研究也不无意义。

非常遗憾，1965年，中国人民银行没有发行当年版的流通硬币，但中国香港地区发行了铸有英国女王伊丽莎白二世头像的流通硬币，中国台湾地区发行了孙中山先生百年诞辰纪念币。这一年，美国、英国、日本等经济发达国家一如既往地发行了流通硬币，它们在当今的收藏市场上皆不难寻到。目前市场上偶尔还能见到新西兰、以色列、加拿大等国1965年流通币或精制币的原封套装，说明这些国家这一年生产的硬币不仅有量，而且质优。1965年，瑞士、荷兰、丹麦、瑞典、挪威等欧洲国家按时、按量、按质地发行了流通硬币。近代以来，除了战时，这些国家一直维护着这种规规矩矩的造币传统，使人不由得对这些国家及其钱币产生欣赏感和信任感。另外值得一提的是，铸有女神图案的1965年法属索马里和法属波利尼西亚硬币，颇具美感，属于典型的法式铸币工艺风格，很有收藏价值。

可能因为我有一种1965情结，这些年逛收藏市场时，每见到有1965年发行的硬币，只要品相过得去，我都尽量收入囊中。南斯拉夫1965年流通硬币我存有几十枚，虽然大都是重复的品种，但价格却较低，加之我不愿看到它们在市场的散摊儿上继续流浪，便都收了过来，因为毕竟是半个世纪前的东西，而且这个国家早就不存在了。前年，一位老藏家收了一批散币，让我到他家里去挑。我见到有一种巴西1965年50克鲁塞罗小面值铜镍币，女神头像，铸得很精巧，共有十来枚，每枚售价才一元多，我就都买下了，后来到市场一看，每枚要卖到十元左右，自己算是捡个小"漏儿"吧。这种1965情结，使得除了编入《1965年世界硬币初辑》的一百多枚硬币外，我还有数百枚1965年硬币复品。

编辑《1965年世界硬币初辑》，我得以回望50年前的世界，重新观察和认识历史的一个截面，这是一件有趣味也有意义的事情。1965年可能是一个相对平凡的年份，世界上发生的大事不多，比较重要的如中国因首次人工合成结晶牛胰岛素而成为第一个合成蛋白质的国家、新加坡脱离马来西亚联邦而成为独立国家等。但在世界处于冷战的大背景下，美、苏两大阵营的对立，中、苏两个大国的对立，以及一些殖民地与宗主国的种种矛盾，表现为酝酿、互动或暂歇的状态，预示着世界必将产生巨大的变化。正如我们从黄仁宇的史学名著《万历十五年》中读到的，万历十五年（1587）在欧洲历史上是西班牙无敌舰队全部出动征英的前一年，当年在明朝发生了若干为历史学家所易于忽视的事件，它们表面看来虽似末端小节，但实质上却是以前发生大事的症结，也是将在以后掀起波澜的机缘，其间关系因果，恰为历史的重点。《万历十五年》以切入一个历史截面的角度研究本来无比复杂的历史，被誉为"一部改变中国人阅读方式的经典"，曾入选"改革开放20年来对中国影响最大的20本书"。换一个视角来解读历史，世界会变得更为立体——灯下品味《1965年世界硬币初辑》，我油然产生这种感觉。见证着历史的丰富存在，闪烁着历史的生动细节，这些坚硬的金属硬币，由此不再生冷。

在编辑《1965年世界硬币初辑》的过程中，我也读了一些相关的书籍。1972年人民出版社出版的上、下两册《各国概况》，内部发行，是我小学时代反复看过的书，其中很多内容至今还能准确地背诵出来；前年有一天与书友由国庆先生逛古文化街旧书店，我发现一套保存完好的，特意买回重新细读，因为它是国内出版的距离1965年最近的世界知识读物，书中虽然不可避免地打有当时意识形态的烙印，但很多历史资料和统计数字还是比较客观的，足资参考。近些年出版的著作也读了一些，如人民出版社2005年出版的北京大学教授郭华榕著《法国政治制度史》、上海人民出版社2010年出版的北京大学教授孔寒冰著《东欧史》等，都是大厚本的外国历史专著。收藏与读书，实是增长知识、研究学问的两翼，尤其是在钱币这种易于参与的大众收藏项目上，读书最见效果。

和往年一样，1965年也送走了一些世界名人，仅说作家，就有美国的艾略特、日本的江户川乱步和谷崎润一郎、英国的毛姆等。这年离世的还有我特别感兴趣的三位政治家——英国前首相丘吉尔、埃及前国王法鲁克、韩国前总统李承晚。英国当年为丘吉尔铸行了纪念币，币上的头像令人印象深刻，成为20世纪60年代知名度最大的纪念币之一。法鲁克和李承晚的逝去不像丘吉尔那么受世人重视，但他们在位时都发行过铸有其头像的流通硬币，我都饶有兴趣地收藏了。和往年一样，1965年也出生了一些名人，到今年恰知天命，希望他们中间一些人的头像将来也有资格被铸在硬币上。

《1965年世界硬币初辑》有待完善，一是将没有的国家添加进来，如希腊七枚原封精制套币；二是将已有的国家配齐面值。好在这本钱币收藏册只是"初辑"，来日方长，继续努力吧。

2015年4月16日

# 几枚珍贵的大象硬币

　　我从小喜爱大象，多年来集存了一些有大象形象的小古董、工艺品、邮票和图书，闲时玩赏阅读。钱币方面，我侧重收藏各国已经退出流通领域的历史概念上的硬币，其中就有几枚珍贵的大象硬币。

　　大象，分为亚洲象和非洲象。亚洲象，目前主要分布在南亚和东南亚地区。南亚岛国斯里兰卡旧称锡兰，锡兰象又名斯里兰卡象，是亚洲象的四个亚种之一，也是亚洲象的指名亚种（即最先发现或最先命名的）。虽然印度象的数量和分布范围远超过锡兰象，但在生物分类学上锡兰象仍是最"标准"的亚洲象。自古以来，大象在斯里兰卡的文化中就占有重要地位，被当地人奉若神明。"象节"，又称"佛牙节"，是斯里兰卡人民的传统节日。每年8月，在佛教名城康提举行持续一个月的"大象游行"。每天傍晚开始，午夜结束，几十头乃至上百头大象穿着五彩缤纷的衣服列队行进，领头象驮着装有佛牙舍利的银匣子走在队伍的最前面，成千上万的观众在事先搭好的看台上观看。斯里兰卡有一所40多年历史的"大象孤儿院"，主要收养那些在丛林中失去母亲的幼象，那些掉入陷阱受重伤的、脱离群体迷途的、因战火负伤的及患病的幼象都有资格住进孤儿院。锡兰象曾经多次被斯里兰卡政府作为友好使者赠送给各国。新中国成立以来，斯里兰卡先后赠送给中国三头锡兰象。

1972年，斯里兰卡总理西丽玛沃·班达拉奈克夫人代表斯里兰卡儿童把一岁雄性锡兰象"米杜拉"赠送给中国儿童。在斯里兰卡的僧加罗文中，"米杜拉"是"朋友"的意思。6月18日，在首都体育馆举行了赠象交接仪式，周恩来总理亲自出席，并在仪式上发表讲话。"小象米杜拉"成为中斯两国人民友谊的象征。作为闻名全国的动物明星，"米杜拉"在北京动物园生活了七年，来自全国各地的无数游客前往参观。1979年，"米杜拉"被送到天津动物园。2008年，37岁的"米杜拉"因外伤感染不幸去世。

"米杜拉"来到中国的时候，我正处在儿童时代，和很多中国孩子一样，非常喜欢这头小象，产生了一种"米杜拉情结"。我曾多次专程到北京动物园和天津动物园看望"米杜拉"，就像看望一位熟悉的老朋友。我知道"米杜拉"的故乡斯里兰卡发行过大象硬币，所以每有朋友赴印度或斯里兰卡，我都委托他们代我搜寻这种硬币，可惜多年来从无所获。后来国内一位外国硬币收藏家得知我的愿望，遂将他的一枚锡兰大象铜币转让给我。虽然其价格不菲，但也难掩我得宝后的欣喜之情。

这枚英属锡兰1斯梯弗铜币发行于1815年，距今已将近200年。正是在1815年，锡兰完全沦为英国殖民地，因此这枚英属锡兰铜币具有一定的历史意义。这枚铜币品相很好，正面是英王乔治三世（1760年至1820年在位）头像，背面即是一头锡兰象。这头大象的鼻子很长，在离近地面时向内侧翻卷，鼻孔朝上，与"米杜拉"留下的一张照片极为相似。有了这枚铜币，可以聊慰我对"米杜拉"的思念。

地处东南亚的泰国，有"万象之国"的美称。大象，被泰国人视为国宝和守护神。大象是泰文化的核心元素之一，是荣誉、尊贵和力量的象征。在大城王朝时期一次泰缅之战中，数百头大象载人上阵冲杀，它们头拱脚踢，很快打败了缅军，为泰国历史写下辉煌的一页。泰国人热爱大象，崇敬大象，虔诚地修筑象战纪念塔，举办别具特色的"象节"。聪明能干的大象不仅在生产和生活中发挥作用，而且在兴盛的旅游业里扮演重要角色。它们的精彩表演，给游人带来乐趣和享受。泰国特设"大象小姐"选美比赛，它诞生于1997年，此后每年举行一次。评委认为最能代表大象特点的女子才能荣膺冠军，即体形、体重与大象越接近，胜出的机会就越大。获得最后胜利的选手，一般都会成为当地的名人，她们的主要职责是参加各种慈善、宣传活动，为保护泰国大象筹募基金。泰国人认为，大象聪慧、富有灵性、善解人意，因此，泰国的许多民间传说、文学作品、绘画、雕塑都与大象有关。在泰国历史上，也曾多次发行大象硬币。

我收藏有一枚将近百年前泰国发行的50萨当（二分之一泰铢）大象银币。这枚银币上的文字全部是泰文，正面是泰王拉玛六世（1910年至1925年在位）头像，背面是三头大象合成的图案，三头大象的脸部分别朝着正、左、右三面，却又浑然一体，颇像一座大象雕塑，别有特色。

非洲，是大象分布最广泛的大陆。比起亚洲象，非洲象的体躯更为庞大，后者的耳朵差不多是前者的两倍。非洲象是陆地上最大的哺乳动物，平均身高3.8米，一般体重为8吨。非洲象与亚洲象一样，同被世界自然保护联盟列为濒危物种。

大象是非洲大陆最常见的野生动物，其形象也普遍出现在非洲钱币上。有人根据美国克劳斯出版社2006年出版的《世界硬币标准目录》统计，非洲发行过大象硬币的国家和地区多达24个，发行各种不同大象图案的硬币有45种左右。

位于非洲中西部的刚果民主共和国，因其首都为"金沙萨"，简称"刚果（金）"，1908年沦为比利时殖民地，称"比属刚果"，独立后曾称"扎伊尔"。比属刚果在1943年至1949年之间发行过面值为1、2、5和50法郎流通币，1、2、5法郎材质为黄铜币，50法郎为银币，正面图案均为一头粗壮、雄浑的非洲大象。

　　我收藏有一枚1944年比属刚果发行的50法郎银币，品相极美。拿它与那枚锡兰铜币放在一起比较，可以清晰地看出非洲象与亚洲象的差异。这枚比属刚果银币是非洲地区既发行较早又面值较大的大象硬币，是非洲历史货币的代表作、佼佼者。虽然目前这枚银币价格不菲，但其收藏价值之高是显而易见的。

　　历史上，大象曾广布于中国长江以南地区，也曾在中原地区活动。目前，在云南省西双版纳地区仍有小的野生种群。中国传统上以象为吉祥之物。《魏书》记载："元象元年（538）正月，有巨象自至砀郡陂中，南兖州获送于邺。丁卯，大赦，改元。"南方诸国历代遣使进献驯象者屡有记载。两宋时期，宫廷中设有象院，每逢明堂大祀，都有象车游行。古人在象的背上驮一盆万年青，或在象的披巾上饰以万字，寓意"万象更新"；以象驮宝瓶，寓意"太平有象"。在一元复始的新春之际，谨借我收藏的几枚大象硬币，祈望大地万象更新，社会太平有象，读者吉祥如意。

2013年3月2日

# 古币经典徽宗钱

　　我从未专门收藏古币，更没有刻意搜集宋钱，但近日偷闲略加检点，发现寒斋所存北宋徽宗时期的钱币竟有近千枚，其中仅名泉大观通宝就有百余枚，借此钱名调侃一句，也算得上"洋洋大观"了。统观这些钱币，铸制精整，书法俊美，品类繁复，版式多变，令人赏玩至醉，爱不释手，进而对宋徽宗时期社会经济文化产生丰富的回想，对中国钱币史和钱币收藏进行深入的思考。

　　中国历史悠久，几千年来不乏名钱，也不乏名帝，但像徽宗钱这样由名帝打造出名钱的却并不多见。

　　宋徽宗赵佶是位名帝，但这位"名帝"不同于秦皇汉武唐宗宋祖成吉思汗以及康熙乾隆那些名帝，那些人或开创基业、一统天下，或缔造盛世、大展宏图，而在后世百姓的印象中，宋徽宗却是靠两位旁人出的名。一位是汴京名妓李师师，《水浒传》中写了宋徽宗与李师师的三次风流，好像有一次宋徽宗还是钻地道驾临李师师家，宋徽宗由此在家喻户晓的"四大名著"中留下了令人难忘的故事。另一位是抗金名将岳飞，几百年来，民族英雄岳飞的事迹通过小说、戏曲、曲艺、小人书等形式在民间广泛流传，20世纪70年代末，刘兰芳播讲的评书《岳飞传》在各地一百多家电台同期播出，使全国人民都知道，大敌当前却让位做了太上皇的赵佶及其子宋钦宗赵桓被金兵掳往北国，岳飞为"迎请二圣还朝"而浴血奋战，最终蒙冤遇害。宋徽宗沾李师师、岳飞这两位的光出了名，但这名出得实在不光彩，前者证明他在生活上荒淫腐败，后者反映他在政治上丧权辱国。

其实，宋徽宗在执政初期未尝不想有所作为，他的第二个年号"崇宁"，即崇尚熙宁之意，"奉神考恭行之志，绎绍圣申讲之文"，"慨念熙宁之盛际，辟开端揆之宏基"，显然倾向于新党，有改革变法的愿望。在文化艺术上，他开创新风，建立书院画院，研究博古鉴藏，讲修五礼新仪，兴办学校道观，意图以文致太平。流传后世的《宣和书谱》、《宣和画谱》、《宣和博古图》等名著，就是在宋徽宗的提议和支持下由官方编纂的。徽宗本人才华横溢，书画、吹弹、声歌、词赋无不精擅，有画迹和词集存世至今，人们常常把他与同是亡国之君兼文艺奇才的南唐后主李煜相提并论。

无论宋徽宗在历史上、在文艺作品和民间传说中的形象如何，广大钱币收藏爱好者对这位皇帝都是心存感激的。泉友们聚在一起常念叨：要是没有宋徽宗，哪会留下这么多好钱啊。徽宗钱被誉为宋钱巅峰、古币经典，无疑与宋徽宗推行重视文化的政策及其个人高深的艺术造诣分不开。宋徽宗被后世钱币学家推为铸钱能手，与新朝王莽并称"铸钱二圣"。马克思主义从不否认个人在历史发展进程中所发挥的特殊作用，中国钱币史上的宋徽宗就是个典型。

徽宗时期，官方货币发行政策发生了全面、剧烈的变动。在铜钱铸行上，第一次在全宋范围内推行当十钱；在铁钱铸行上，把夹锡铁钱推向四川、陕西、河东以外的地区；在纸币发行上，把交子改名钱引，一度推广到全宋。因此，收藏徽宗时期钱币，意义绝不仅限于钱币本身的价值，它们还包含着中国古代政治、经济、军事、文化和社会变革的大量信息。

徽宗于1100年正月即位，次年定年号为建中靖国，铸国号钱圣宋元宝、通宝，后面五个年号崇宁、大观、政和、重和、宣和都铸有年号钱，分为元宝、通宝和重宝，其中崇宁通宝、大观通宝等钱文为御笔亲书的瘦金体，而后期以对钱为主，钱文书体变化无穷，具有极高的艺术价值和收藏价值。

宋徽宗的瘦金书，笔法刚劲清瘦，结构疏朗俊逸，气度阔大深远，在中国书法史上独占一格，并为后人纷纷摹写。此书体以形象论，本应为"瘦筋体"，以"金"易"筋"，是对御书的尊重。宋徽宗以御书铸制钱币，推行他"天骨遒美，逸超蔼然"的瘦金书，令流通传播于天下。较之纸绢，以金属铸成的钱币更易于流传与保存；较之碑帖，钱币上的文字更易于随时与民众接触。历代文人喜欢收藏徽宗钱，主要是喜欢瘦金书的"骨秀格清，令人意远"。有鉴赏家曾云："吾人收罗此泉数百种，陈览于绿窗绮几之间，直无异展开一部瘦金字帖也。"宋徽宗御笔书法早已成为国之至宝，一纸难求，崇宁通宝和大观通宝作为徽宗瘦金体书法艺术真实到代的物质载体，不能不为收藏界所珍视。

徽宗钱版式极多，令人集不胜集，永无止境，这也是很多收藏者为其痴迷一生的重要原因。我统计了一下，在中华书局出版的《北宋铜钱》一书中，徽宗铜钱版式占北宋铜钱版式的三分之一强；在中华书局出版的《两宋铁钱》一书中，徽宗铁钱版式占整个北宋和南宋时期铁钱版式的四分之一强。仅以崇宁通宝为例，日本古钱学家今井贞吉在1899年编著出版的《古泉大全》中就已经开始总结介绍崇宁通宝的版别。在崇宁通宝研究成果中，《古泉大全》收录崇宁通宝版式77种，《崇宁通宝分类图谱》收录400种，《北宋铜钱》收录300种。有专家认为，2013年嘉德春拍以一百七十多万元高价拍出的同嘉堂藏崇宁通宝大系，收集了三百余种崇宁通宝大类，基本涵盖了目前已知的崇宁通宝的版式钱，而且还有大量的珍罕版，其中有数十种为钱谱所未载的仅见品，这样完备的崇宁通宝集藏，当是收藏家呕心沥血之作，殊为难得。

徽宗钱素以铸造精美著称，以至像我这样粗通古钱的人，也只需看钱背，就能马上从一堆古钱中识别出崇宁通宝或大观通宝来。这样严格的规范化铸钱固然与皇帝高度重视有关，但防止私铸也是原因之一。因当时铸行不足值大钱，民间私铸成风，所以官铸不惜工力，务必精益求精，与私铸钱泾渭分明，从而便于纠发制止，同时促进铸钱技术的飞跃。据专家分析，当时可能采用特别细腻范型砂，或以磁模或以失蜡法铸造母钱来提高子钱精美程度。更有专家认为，崇宁通宝和大观通宝铜母钱能够做到不需修整任何字口，铸造精度便直接达到母钱甚至原母钱的水准，这种技术能力竟连七百年后的清代母钱也难以做到，时至今日依然匪夷所思。即使是崇宁通宝和大观通宝中很多普通的行用钱，其精美程度之高，也完全可以混同于母钱，甚至比其他年号的母钱还要精整。

很多历史书都重在讲徽宗时期通货膨胀，积贫积弱，最终导致北宋灭亡；但当我们欣赏徽宗时期铸造的精美钱币时，可以想见的却是，有宋一代，经济是多么的发达，文化是多么的繁荣。

虽然宋徽宗时代已过去将近900年，但有人估算，目前存世的徽宗钱仍有上亿枚，这无疑为历史研究和文化收藏提供了丰富的资源。

在北宋各朝钱币中，徽宗钱在收藏市场上整体价格一直是较高的，但与中国历代名泉大珍相比，徽宗钱却又属于"物美价廉"的。东西很好，但因存世量不小，所以具有潜在的收藏空间。这或许也是我得以集存了近千枚徽宗钱的主要缘由吧。

2013年8月24日

# 天翻地覆南明钱

有人说，南明是明朝留下的一条小尾巴。我不大欣赏这样的比喻。南明虽然短促而慌乱，但其间的故事太多了，对它轻描淡写实在是说不过去。

20世纪80年代初期我上高中时，就迷上了南明史。80年代中期我在北京大学读书时，喜欢上了孔尚任的传奇《桃花扇》，上学期间就发表了研究该剧男主人公侯方域的论文。这自然与我对南明史的爱好有很大关系。为研究《桃花扇》这部杰出的历史剧，我阅读了北大图书馆收藏的大量的明末清初的正史野史和诗集文集，重点是南明。1986年，我还利用暑期实习的机会，到南京、扬州、苏州、杭州等地，搜寻南明遗迹。80年代后期，我在工作之余依然研究南明史。我最喜欢吴伟业的名诗《圆圆曲》，经常吟诵，对"恸哭六军俱缟素，冲冠一怒为红颜""全家白骨成灰土，一代红妆照汗青"等句感触尤深，还在《今晚报》上发表了鉴赏《圆圆曲》的文章。其间我读得比较多的是陈寅恪先生的《柳如是别传》和黄裳先生有关明末清初的历史随笔，对钱谦益和柳如是产生了更多的兴趣。后来一位朋友写了一本关于柳如是的书，我应邀为该书作跋，因文中涉及范曾十一世祖、与钱谦益有过交往的范凤翼的史实及评价，范曾先生在出版前认真阅读拙跋，并以"文佳抚掌"四字给予嘉勉。南京学者王振羽先生，笔名"雷雨"，出版有《梅村遗恨》等专著，在南明史方面造诣很深，我们曾经多次就此长谈，使我颇受启发。

喜欢南明史，喜欢与南明有关的文学，自然也重视南明钱币。南京作家、藏书家薛冰先生，与我也是多年的挚友，他喜欢收藏和研究古钱，出版过《钱神意蕴》一书，其中有一节"异彩纷呈南明钱"，对南明钱币评价很高。我非常同意他的观点，但又想换一个词语来表述南明钱币的特点，于是想起《桃花扇》开场的那首《西江月》词："公子秣陵侨寓，恰遇南国佳人。奸贼挟仇谗言进，打散鸳鸯情阵。天翻地覆世界，又值无道昏君。烈女溅血扇面存，栖真观内随心。"这首词既是该剧情节的概括，也是南明历史的缩写，选取其中"天翻地覆"四字作为南明钱币的历史文化背景，当是恰如其分。

1644年，明王朝在农民起义的风暴中覆灭，崇祯帝自缢于北京煤山。权臣马士英等人在南京拥立明万历帝的孙子、福王朱由崧即位，改元弘光，成为南明的第一个小朝廷。清军占领中原地区后，迅速南下，形势十分紧迫，但朱由崧却沉湎酒色，荒淫无度，下旨召乞儿捕蛤蟆为房中药，人称"蛤蟆天子"，马士英则排斥异己，任用奸党，而性喜蟋蟀，酷似南宋贾似道，人称"蟋蟀相公"。弘光朝在外患内讧中只存在了短短的一年，弘光通宝钱铸行时限仅有七个月，但是铸量相当可观，版别也很复杂，以面值论，分小平、折二两种。小平钱有光背、背星、背穿上"凤"字三大类。"凤"指安徽凤阳，与马士英曾任凤阳总督有关。折二钱除光背、背"凤"外，尚有背右铸"贰"字的，都很稀少。

1645年，鲁王朱以海被明朝旧臣张国维、张名振等拥立于绍兴监国，铸行大明通宝钱。该钱材质有红铜、黄铜两种，铸造不精，只见小平钱，有光背，亦有背铸"户""工""帅"等字，有的背"帅"在穿上，也有的"帅"字在穿右。大明通宝铸量少，市上难觅，价位较高。1646年，清军渡钱塘江攻打鲁王政权，朱以海逃出，流亡海上，后依郑成功，病死金门。

1645年，南明礼部尚书黄道周等人拥立唐王朱聿键在福州即位，铸行隆武通宝钱。该钱有小平、折二两种，小平钱有背星纹及"户""工""南""留"等字，以后两种为罕见。此外还有隆武通宝铁钱，亦较罕见。1646年，清军攻入闽，俘隆武帝，隆武帝几次欲自尽，都因清兵严密监守而未成，最终绝食死于福州囚处，唐王政权灭亡。

1646年，明朝两广总督丁魁楚等人共推桂王朱由榔监国，后在桂林称帝。在南明四个政权中，桂王政权存在时间最长，延续了16年。所铸永历通宝钱，背有记值"二分""五厘""壹分"等，另有"户""工"及敕书"明""定""辅""国"等字。1661年，清军攻入云南，永历帝逃到缅甸。清军攻入缅甸，他被俘，于1662年在昆明被吴三桂杀死。

研究南明钱，总要论及与其同期或相近的三藩钱和明末农民起义钱。明末清初，清顺治帝为夺取全国政权，起用明朝降将洪承畴、吴三桂等为其开路打先锋。至军事初定，康熙帝即位后，吴三桂、耿仲明、尚可喜作为"有功之臣"分驻各地，论功受赏，纷纷建起自己的势力范围，史称"三藩"。吴三桂镇守滇南时，使用当地铜材铸造利用通宝钱。该钱背面多铸有"云"、"贵"等地名。1673年，清政府为维护全国统一，下令"尽撤藩兵回籍"，三藩中实力最强的吴三桂举旗反清。1678年，吴三桂在衡阳称帝，国号大周，铸昭武通宝钱。该钱有小平钱和壹分钱两种，小平钱又分楷、篆二体。不久吴三桂病死，其部将拥戴吴三桂之孙吴世璠在贵阳袭号，改元洪化，并铸行洪化通宝钱。此外，"靖南王"耿仲明之孙耿精忠在与清廷分庭抗礼的同时，于福建铸行裕民通宝钱。该钱有小平钱（背无文）、折二钱（背"壹分"）、折十钱（背有"壹钱"和"浙一钱"两种）。

明末农民起义军领袖李自成、张献忠、孙可望等在建立政权后也都铸造过自己的钱币。1644年，李自成在西安称王，建立大顺国，铸永昌通宝钱。该钱字体以楷书书写，背无文，流传至今的有小平钱、折五钱两种，其中小平钱的版别有二十多种。张献忠于1644年在成都建立大西国，铸大顺通宝钱。该钱字体也是楷书，有小平钱、折二钱两种，大多为光背，一部分背面有"户""工""川户"三种文字，以后者最为罕见。该钱铜色金黄，传说过去民间妇女用它打制成首饰，灿若赤金。张献忠还铸有西王赏功大钱，专门用于赏赐大西军中有功将士，有金、银、铜三种。正面"西王赏功"四字为楷书。该钱铸造精美，存世极少。孙可望是张献忠的养子，1647年张献忠死后，孙可望掌握大西军余部，在昆明铸兴朝通宝钱。该钱字体亦为楷书，大致可分为小平钱（背"工"）、折五钱（背"五厘"）、折十钱（背"壹分"）三种，其中又各有不同的版别。

南明史，实是各地反清运动的历史。它是明朝的延续，也是清初历史的一个重要组成部分。寒斋存有南明钱、三藩钱及明末农民起义钱近百枚，每次观赏它们，我都不禁产生这样的感慨：漫长的中国历史有治有乱，短暂的南明是典型的乱世。乱世出英雄，也出狗熊。英雄与狗熊频繁登台，各擅胜场，刀光剑影，你死我活，便使得那个世界天翻地覆，那段历史异彩纷呈。

2014年9月23日

# 盛世宝藏乾隆钱

乾隆通宝差不多是我们这代人接触最早的古钱。记得童年时，虽然处在"文革"时期，但各家各户还都有几枚外圆内方的老钱，多用来扎上鸡毛做毽子踢，或者拴上细绳用以插住门上收卷的竹帘。这些遗落于民间的传世老钱，自然大多是清代的铜钱，其中又以乾隆通宝为最多。

十几年前，我便非常钦佩乾隆皇帝及其文治武功，同时特别推崇乾隆时期的文物。我觉得那个时期制作的玉器、瓷器、珐琅器、漆器、竹木牙角器、文房用具、图书笺纸及织物等工艺品，无不精美绝伦，简直达到了中国传统工艺的极致。那时我几乎每周四上午都要逛天津沈阳道古物市场大集，无意间总会在地摊上遇见几枚乾隆通宝，于是便想：乾隆官窑瓷器固然是好，但那不是咱想买就能买的；乾隆通宝虽是盛世名钱，但我们毕竟还能买得起。当时我暗自定下的长远目标是：集存一百枚乾隆通宝。但因为我一直不想专门收藏钱币，实际上对此事并未特别上心。十几年过去了，近日我抽闲检点寒斋所存钱币，竟发现乾隆通宝不仅达到了一百枚，而且超过了一千枚。

想来也不奇怪。清高宗乾隆帝爱新觉罗·弘历，享年89岁，在位60年，退位后又当了3年太上皇，实际掌握最高权力长达63年有余，是中国历史上年寿最高且执政时间最长的皇帝。难能可贵的是，身处被后世誉为"康乾盛世"之中的乾隆帝，没有辜负其祖父和父亲的重托，在前辈不懈奋斗的基础上，充分利用天时、地利、人和，努力施展自己的文韬武略，开拓治国理政的新境界，将中国的经济总量提升到世界首位，约占世界经济总量的三分之一。这样高的经济水平，连后来最牛的美国都未曾达到过。执政时间如此之长，社会经济如此之盛，乾隆通宝的铸造量自然是个天数，也必然成为流传至今数量最多的古代年号钱。

从金融的角度看，清代实行的是白银与铜钱兼用的制度，以白银为本，以铜钱为辅，大额交易使用白银，小额交易使用铜钱。乾隆通宝铸造量大，流通量大，既是乾隆时期出现过通货膨胀的一种反映，也是这一时期城市经济快速发展、商业服务业发达、民间贸易频繁、手工业兴盛的一个见证。

乾隆通宝绝大部分为小平钱，但版式很多，仅一个"隆"的右下部，就有正隆、生隆、缶隆、山隆、田隆等区别。钱文方面，京局及大部分地方钱局多用宋体，宝浙局多用楷书，宝陕、宝川两局则用隶书。钱背文字，绝大部分钱局沿用雍正满文钱式，穿孔左边有"宝"字，穿孔右边分别铸有

"源""泉""直""苏"等二十多个局名。漫长的乾隆统治时期，随着经济政策的不断调整，各地钱局时减时增，铸钱的数量和配料也有变化。私铸情况一度比较严重，甚至各省官员也参与盗铸，加之乾隆后期清政府放宽了铸钱标准，导致制钱质量参差不齐。由此我们不难体会到，家大业大固然风光，但也实在够麻烦的。

在全国各地钱局铸造的乾隆通宝中，新疆红钱特别值得一说。从乾隆朝开始，清政府对新疆少数民族地区实行了更加有效的管理，对当地用钱形制也做出了规定。新疆铜钱以紫铜（红铜）为原料，钱色红润，因而被称为"新疆红钱"。新疆红钱面文用汉文，背文多用维文和满文。叶尔羌局自乾隆二十四年（1759）开始铸造的乾隆通宝，是新疆最早的新红钱（相对于旧普尔红钱而言）。随后，新疆阿克苏局、乌什局、宝伊（伊犁）局等也分别铸造了乾隆通宝红钱。自乾隆打头，经嘉庆、道光、咸丰、同治、光绪，直到宣统，都铸行过年号红钱，其中不乏珍品，20世纪七八十年代以来成为海内外钱币收藏的一个热门专项。

我们说乾隆钱是"盛世宝藏"，除了其在社会经济发挥的重要作用外，还因为当时确实铸造了一种名为"乾隆宝藏"的钱币。乾隆五十七年（1792），清朝中央政府在西藏拉萨设立宝藏局铸造银币。福康安将军呈进钱模，正面铸"乾隆通宝"四字，背面铸"宝藏"二字，俱用藏文。乾隆帝亲自审阅后，认为其不合"同文规制"，要求予以修改。次年，宝藏局遵照清廷户部颁布的乾隆帝钦定的钱式，铸成大样、中样、小样三种规格的银币，正面铸汉文"乾隆宝藏"四字，背面铸藏文"乾隆宝藏"，边郭注明年份，行用于西藏地区。虽然中国很早就有银钱，但在清代以前银钱仅仅作为赏赐、贮存之用，而非正式流通货币，"乾隆宝藏"则是中国历史上第一次正式铸造的流通银币。如此说来，乾隆帝不仅为稳定西藏的经济秩序、维护国家统一做出了重大贡献，在中国铸币史上也为自己书写了重要的一页。

近几年，市场上热销一种"五帝钱"。据商家宣传，将这种"五帝钱"摆放或悬挂于客厅、车内，或用红线拴在手机、包包上随身携带，"有避邪、护身、旺财等功效"。"五帝钱"由清朝入关后的前五位皇帝发行的制钱——顺治通宝、康熙通宝、雍正通宝、乾隆通宝、嘉庆通宝——各一枚组成，商家解释说，因为这五位皇帝在位于清代较为兴旺的时期，所以"五帝钱"具有较大的"化煞作用"。中国古代钱币是中国传统吉祥文化的载体之一，由现代人组拼的"五帝钱"，也可以说是一项吉祥创意。近年市场上热销的另一种古钱组合是"钱到家"，它借用清代发行的乾隆通宝、道光通宝、嘉庆通宝三种年号钱首字的谐音，各取一枚拼成一套，当做礼品赠送亲友，与"恭喜发财"同义。在"五帝钱"和"钱到家"所用的几种年号钱中，雍正通宝存世最少，顺治通宝和康熙通宝也相对少些，而嘉庆通宝和道光通宝虽然存世不少但不太值钱，唯独乾隆通宝是存世不少却又比较值钱的。

有人告诉我，乾隆通宝之所以得到现代人青睐，除了因为乾隆盛世的特殊魅力外，还因为"乾"字十分重要。乾卦是易经六十四卦之第一卦，卦象为天，刚健中正，是上上卦。象曰：天行健，君子以自强不息。这个卦是同卦（下乾上乾）相叠。象征天，喻龙（德才的君子），又象征纯粹的阳和健，表明兴盛强健。乾卦是根据万物变通的道理，以"元亨利贞"为卦辞，示吉祥如意。"乾隆"，即寓意"天道昌隆"。或许正是出于这个缘故，乾隆通宝在当今的古玩市场颇为走红，有人买走几枚外观黄亮的，有人则不计外观，一气儿买走一百〇八枚。我曾问他们买了是否有用处，他们有的说用于打卦，有的说用于镇宅。我也见过有人买走二百多枚乾隆通宝，请人编成宝剑，用以镇宅避邪。过去很多人建房时，根据风水理论的提示，将乾隆通宝埋在地基中，或置于房梁上，如今多住单元楼房，就在装修房屋时将乾隆通宝置于地板下，都是为了镇宅避邪。也有人认为，"乾隆"二字谐音"钱隆"，因而备受藏家喜爱。

这些年逛钱币摊时，常常遇到一些配购"五帝钱"或"钱到家"的年轻人，他们也许认为我有些眼光，喜欢让我帮他们挑选品相较好的乾隆通宝。这样算来，我过手的乾隆通宝总共也有数万枚了。每每看到这些铸造精美而且数量巨大的乾隆通宝，看到这些200多年前曾经流通的老钱今天依然被百姓当做民俗饰品和文化符号，我就仿佛触觉到一种盛世的飞彩流韵。我深信，盛世确曾有过，而且并不遥远。

2013年9月24日

# "驱邪降福"铜花钱

　　端午期间，想起朋友曾送我一枚"驱邪降福"花钱，遂找出来把玩欣赏，黄铜圆孔，格外亮眼。

　　该币正面铸有"驱邪降福"楷书，旋读，四字皆向心，即头顶内郭、足蹬外轮，周围辅配祥云、如意、鱼龙、蝙蝠等纹饰，寓意美好吉祥。背面铸有中国民间传统所谓"五毒"，即蝎子、蛇、蜈蚣、蟾蜍、壁虎；另有一只威风凛凛、跃跃欲试的老虎，以百兽之王而虎视眈眈，用其震慑和驱除"五毒"，使不吉之物远离家人，保佑全家平安。

　　这枚"驱邪降福"花钱，见证了中国古代端午去"五毒"的特殊习俗。古人的这个习俗，实是有益身体健康的卫生活动。因为夏季来临，天气燥热，人易生病，瘟疫也易流行，加上蛇虫繁殖，易咬伤人，让百姓重视一下医药卫生，保持身体健康，也是十分必要的。

　　这枚老花钱铜质厚重，工艺精良，传世包浆，纯熟老到。古人用它镇宅驱邪，祈福纳祥；今天持之把玩欣赏，依然引人喜爱，耐人品味。

　　"驱邪降福"是吉语类花钱的主要题材，但常见的多为四字竖排或对读。好友所赠这枚旋读钱，相对少见，北京保利2014年春季拍卖会曾经上拍过一枚，印象较深。

　　然而，这枚四字皆头顶内郭、足蹬外轮的向心旋读钱，也出现了一个欣赏难题：究竟哪一个字应该置顶？查书，搜网，莫衷一是，没有答案。我综合考虑，认为应以"福"字置顶为宜，"福"字倒置，谐音"福到"。即"驱邪降福"以左、下、右、上的次序顺时针旋读。依此将币面平行旋转至背面，老虎恰在下方正置，故事的主角、正面动物居于正位，亦是名正言顺。这，也算是我对这枚老花钱的个性解读吧。

2017年6月14日

# 劝业场观泉拓记

2012年12月18日，天寒地冻。我利用午饭后至下午上班前的空闲，到劝业场老厦六楼天华景戏院，参观同方国际2012年秋季艺术品拍卖会古籍善本专场预展。

这本是个冻得人能不出门就不出门的日子，但几天前我在拍卖会组织者孔令琪先生寄给我的图录中，看到了几件自己感兴趣的中国古泉（钱）和外国钱币拓片、拓本的照片，很想一睹泉拓实物，于是咬了咬牙，冒着严寒出门，赶在拍卖会的前一天来看预展。

拍卖会租用的天华景戏院，里面还比较暖和。参观预展的人不算少，而且多数是年轻人。拍品共有七百多件，摆了半个场子。我转了两圈儿，翻了翻那几件钱币拓片、拓本，然后锁定最想看的两件：一本古泉集拓，一本世界钱币集拓。

这两本泉拓用细绳捆在一起，算同一个拍品号，可见其委托方是一家。两本都是先将钱币拓于别纸，写上释文，再一一粘贴于线装册子中，可谓别出心裁。世界钱币这本我更感兴趣，于是静下心来逐页看了一遍。里面大约有一百多种硬币拓片，像是一本介绍世界硬币的图录。这些硬币的发行时间，从19世纪到20世纪50年代，以20世纪二三十年代为最多；从封面所用牛皮纸背面的文字看，全册可能装订于1965年。硬币的国别则以亚、欧、美三洲为主，非洲好像只有埃及等极少数国家。其中最长的两句介绍文字，是关于日本龙洋和墨西哥鹰洋的，大意是说其中一种与中国银元可以通用，而另一种则比中国银元还值钱，由此反映出近代中国复杂的货币流通状况。

册中有些泉拓，署有"王效曾藏品"字样，那么泉拓、释文也很有可能出自其手。关于王效曾，已故大收藏家、篆刻家杨鲁安先生曾撰文回忆道："我求学于天津，少年时即嗜古钱，常到中学老师王效曾先生家浏览所藏泉币，达四千余品，大开眼界……1971年后……回顾中国古币发展史，约略明其脉络，再次求教于效曾先生……"在《"天正"钱补证》一文中，杨鲁安先生又说："于1943年读中学时我在先师王效曾先生家见过拓本，拓本为高善谦所赠，未见原钱。1942年7月上海泉币学社主编的《泉币》杂志第十三期刊载此钱拓本，并有高氏题跋……"由此可见，王效曾其人曾经是在天津乃至全国有影响的钱币收藏家。

册中的泉拓堪称精良，墨色均匀，洵非高手不能为之。在传统的泉学著作中，都离不开钱币拓片。特别是在清代和民国初年，随着钱币研究之风日盛，钱币传拓也达到顶峰，迄今沿用。近代以来，如杨守敬的《古泉薮》、鲍子年的《大泉图录》、冯耿光的《古今钱币拓本》、丁福保的《古钱大词典》和《历代古钱图说》、马定祥的《泉币大观》和《咸丰泉汇》、沈子搓的《子搓七十泉拓》、罗伯昭的《沐园四十泉拓》、张叔训的《齐斋集拓》、上海寿泉会编的《寿泉集拓》、戴葆庭的《戴葆庭集拓中外钱币珍品》、国家文物局编写的《中国古钱谱》等，都是比较著名的钱币拓本。同时也涌现出许多传拓高手，如方鹤林、周康元、杨延康、沈燕三等，他们拓工精湛，浓淡相宜，古朴美观，别具特色，而且能够使墨色保持的时间较长。如今早已是彩色照片时代，但很多钱币学者和玩家仍然推重拓片，他们觉得拓片更能体现传统的韵味，而且其特有的真实度和表现力也是照相技术所不能完全覆盖的。

这次拍卖的两本泉拓具有一定的资料价值，且保存着一些名人收藏痕迹，比较难得；但毕竟其中不少钱币属于常见品，两本拍品起拍价4500元，我觉得定得偏高了，也就没有产生参与竞拍的念头。它们转天是否拍出去了，拍到什么价格，我也没再打听。

那天离开天华景戏院，拐至劝业场内一个经营邮币的小店。女店员认出我曾经在这里买过钱币，十分热情，并不惮其烦，将柜台里的几十枚历代古币一一拿出来让我观看。我挑了一枚崇祯通宝，一枚道光通宝，虽是普品，但前者薄着绿锈，后者泛着铜光，品相皆很可爱，便付以新钱，将古泉纳入囊中了。

2013年1月4日

# 郑家相笔下的天津泉藏

　　郑家相是中国现代著名的钱币收藏家和研究者，曾任20世纪40年代上海出版《泉币》杂志总编辑。他将自己早年在京、津、沪、甬等地从事钱币收藏活动的情况进行详细追忆，撰成《梁范馆谈屑》，在《泉币》杂志连载，颇得当时读者青睐。今罗丹将《梁范馆谈屑》予以整理，由天津问津书院编印为单行本，这对文史爱好者和钱币收藏者来说，都是很有意义的一件事情。

　　郑家相在浙、沪等地居住时，即与天津泉（钱）藏界人士往来甚多。他曾数次北上，旅居津门，与天津泉藏名家多有交流。20世纪20年代末至30年代初，郑家相任职于直隶财政厅，在天津生活了大约一年时间，更是如鱼得水，几乎每日与天津泉藏名家和泉藏市场打交道。他掌握的很多相关细节，皆记录在《梁范馆谈屑》中。

　　每天下午五时下班后，郑家相便到方药雨（名若）创办的天津日租界同文俱乐部，与方药雨、张亦香、王禹襄等好友聊天，共进晚餐，再对打台球一二盘，才各自回家，"日以为常，无少间焉"。聊天中，方药雨话不离泉，侃侃而谈。王禹襄是书画名家，虽不集古泉，而亦好谈之。还有一位周谱生时来相谈，他虽然不爱存历代古泉，却喜集近代金银铜币，所藏亦洋洋可观。由此可知，同文俱乐部不仅是当时天津著名的娱乐社交场所，也是一个高端的收藏沙龙。

因郑家相是一位专业的钱币收藏家，故《梁范馆谈屑》所记天津钱币市场情况十分详尽。有一家大吉山庄古玩铺，开设在日租界旭街（今和平路）中心，郑家相每日往返必经过之，从铺主孙华堂手里买过一些好钱。郑家相还常逛河北公园（今中山公园），在古肆中选购古泉。天津东北城角地摊林立，陈列古泉甚多，郑家相每天路过此处，巡视摊间，必选购数品，作为配钱。"一日选半两十余品，内一品文字为绿锈所盖，不甚明晰，携归后，缓缓剔之，锈去字现，赫然一文帝四铢颠倒半两也，不胜快乐……"他得知方药雨也曾在这里捡过大漏儿，油然感叹道："以一绝无仅有之泉，而出诸冷摊之中，谁谓丛蔓中无芳草哉。"

民国时期，天津商贸繁盛，文物麇集，钱币藏品交易十分火爆，一些金店银楼也经常能收到金银币名品。据《梁范馆谈屑》所记，作为天津"四大恒"之一、三大银楼之一的恒利银楼，曾在北京收得金币四十余枚，皆故宫物，方药雨闻讯前去，购得丙午、丁未二枚，每枚价四十二元。周谱生也购得同式二枚。待郑家相前去购买时，余下的金币已入炉销毁。十几年后，这种金币价格涨至万元以上，郑家相深悔当时交臂之失。

《梁范馆谈屑》中记述文字最多的泉藏大家，当数天津的方药雨。郑家相与方药雨有着至少二十余年的密切交往，二人之间交流藏品，探讨泉学，推心置腹，互助互美。郑家相在天津工作初期曾经住在方药雨家，后来方药雨则是郑家相主编的《泉币》杂志的骨干作者，足见二人关系非同一般。一日，泉友们在天津新旅社用西餐，席间郑家相谈道："古泉虽非今日通行之物，亦古代财货，吾人爱好古泉成癖，岂非'好货如好色'哉。"方药雨笑答："好古泉必须有今钱，有今钱方能得古泉，今以'宜古复宜今'为对，不亦可乎。"郑家相不禁为之叫绝，于是请名家书之而悬于座右。《梁范馆谈屑》记曰，当时中国集藏古泉者，寓居上海的张叔驯"年富力强，搜罗最力，不数年而为江南巨擘，与寓居天津之方药雨若，并驾驰驱，时人因有'北方南张'之称焉。"郑家相是民国时期中国泉藏的亲历者和见证者，经常出入各大藏家之门，目光犀利，阅历丰富，由他的文字坐实"北方南张"之说，自然是再权威不过了。

2016年11月28日

# 集币与读书

2012年盛夏，我应包商银行邀请，飞赴凉爽宜人的草原钢城包头，为第六届全国城市商业银行内部刊物交流大会作学术演讲。接待我的是冯传友先生，他是包商银行主办的《包商时报》的负责人，是全国知名的作家、藏书家，也是我交往多年的挚友。我们同住在一个蒙古包里，联床夜话，聊得十分开心。

谈到藏书，冯传友先生滔滔不绝。他说，多年来，除了大量收藏文学、文化类书籍，他也致力于搜集金融方面的旧籍。因为自己毕竟在银行工作，为银行编报，既有这方面的需要，也有这方面的用处。他提到我们共同的朋友韦泱先生，即上海的一位著名藏书家，也在银行工作，非常重视收藏近现代金融类书刊。我说，读过韦泱写的很多金融书话，确实别具一格。例如曾在《包商时报》发表的韦泱介绍民国时期张方仁所著《金融漫记》的书话，就值得一读，因为这是一本可遇而不可求的珍贵金融旧籍。再如韦泱苦心搜集了民国金融杂志之"四大花旦"——《中行月刊》、《银行周报》、《中央银行月报》和《钱业月报》，将其撰成书话，也很好读。我想，冯传友先生已经搜集了不少金融旧籍，如果能够借鉴韦泱先生的收藏经验，在这方面会有更多的收益。

借此话题，我还给冯传友先生提了一个建议，即在搜集金融旧籍的同时，不妨也适当搜集一些古今中外的钱币。因为对于金融从业者、研究者来说，钱币既是金融实物，又是携带相关文化信息的形象化的史料或文本。如果将集币与藏书、读书结合起来，使钱币与书籍相互印证，那么我们对金融史和文化史的认识就会更加真切，更加深入。我和冯先生那次聊天几个月后，中央电视台播放了大型专题片《货币》，在观众中颇有影响。相信冯先生如果看了这部专题片，会对我的建议增加几分理解。

由是想起韦泱先生写的一本书话集，书名叫《纸墨寿于金石》。其实，金石不仅寿于纸墨，而且金石本身也是纸墨，也是文章，也是学问。宋代赵明诚所撰《金石录》，便是以金石为研究对象，也以金石为书名的学术名著，其对史学、考据学、文献整理和金石书法的研究，至今具有重要的参考价值。赵明诚之妻、著名词人李清照为《金石录》所撰后序，流传千古，更增加了该书的知名度。金石学，指中国古代传统文化中的一类考古学，其主要研究对象为前朝的铜器和碑石，特别是其上的文字铭刻及拓片，还包括竹简、甲骨、玉器、砖瓦、封泥、兵符、明器等文物。古钱学，旧时也是金石学的一个分支。历代文人与钱币结下不解之缘，他们喜欢收藏钱币，研究金石，李斯、皇象、欧阳询、苏轼、米芾、赵佶、戴熙等人更是留下了为钱币书写文字的史实或传说。

现代作家中，我喜欢读鲁迅先生的日记，从中得知他除了收藏书画、碑帖、拓片、铜器、瓷器外，还喜欢搜集古钱币。《鲁迅日记》多次记载了他在北京琉璃厂及小市购买古钱的经历。有人统计，前后六年间，《鲁迅日记》有关钱币收藏的记载达四十余条，购买古钱一百七十多枚，其中明确标出钱币名称的有五十余种。在鲁迅的古钱币藏品中，以先秦、两汉和魏晋南北朝的钱币为多。2011年，属于国家一级文物的鲁迅泉志手稿，以图释的形式首次公开出版，这部手稿让世界最早的钱币著作——南宋洪遵《泉志》记录的历史钱币整整向后延伸了700年，尤其是把历史上中国处于世界经济最先进时期的宋代的钱币，作了系统、完整、准确的记录，这是鲁迅对中国传统文化的又一杰出贡献。被称为"补白大王"的作家郑逸梅先生，生前集藏的品种很多，他也喜欢收藏中外钱币，并为此写过多篇文章，如《稀币与铜瓷玉石》、《各国铸币》、《美国纪念币》、《英国纪念币》、《日本钱币》、《杂币》、《宋钱》、《各国纸钞》等，都比较通俗易懂。

我熟识的当代文人中，收藏钱币最出名的大概要数南京的作家、藏书家薛冰先生，他出版过《钱神意蕴》一书。听薛冰先生说，他还爱好收藏铜镜，我盼着他快出一本写铜镜的书。过去的收藏家，都是钱币、铜镜一起玩的；如今，不少钱币商放弃钱币而转为经营铜镜，是觉得后者更能赚钱。再有一位"爱钱如命"的文人就是身在纽约、常给《万象》写随笔的张宗子先生，他很有眼力，收藏了一些很不错的古钱，有些就贴在他的博客上，我曾与他交流过。记得他展示过一枚"龟鹤齐寿"大花钱，说鲁迅、周作人都很喜爱这枚宋代的吉语钱，因为周氏兄弟名字里都有一个寿字。鲁迅是樟寿，周作人是櫆寿（晚年著书还用过"周遐寿"的名字），三弟建人是松寿，早夭的四弟名叫椿寿。张宗子先生说，他本人与此钱也大有缘分，我猜想，很可能是他曾经有过什么"捡漏儿"的故事吧。

　　与冯传友先生由藏书聊到集币，自然要议论到收藏钱币的可行性。在鄂尔多斯达拉特旗响沙湾，我和冯传友先生聊起，内蒙古自治区虽然地处北国边陲，但地下埋藏着丰富的古代钱币文物。不久，报载考古工作者在离我们谈话地点很近的鄂尔多斯杭锦旗一座西汉武帝至王莽时期的古城内，发现了一处相当规模的铸钱作坊遗址，已发掘出土约3500公斤古钱币。假如我那时还在包头，一定会去看看那些古钱的。内蒙古钱币收藏界名人，我最了解的是2009年去世的杨鲁安先生。杨先生1928年出生在天津，青年时代在天津受到过王襄、方药雨、吴玉如等文化大家的教导，1951年为支援边疆建设到了内蒙古，后来成为享誉海内外的书法篆刻家和文物收藏家。他晚年捐献出大量文物藏品，其中钱币自成系列，呼和浩特市所建"杨鲁安藏珍馆"中就专门有一个钱币馆。呼和浩特还有一位李铁生先生，以收藏、研究外国硬币闻名，是世界硬币大奖评委，我读过他编著的很多书，如《世界硬币趣谈》系列、《印度币：公元前6世纪——公元19世纪》等，受益匪浅。我还读过鄂尔多斯虹宝音先生所著《古代蒙古货币研究》，书中以蒙、汉两种文字介绍了大蒙古国时代钱币、元代货币、四大汗国钱币等内容，让我更多地了解了蒙古族历代货币在政治、经济、文化、军事、艺术、宗教、民俗、冶炼、建筑等方面所起的作用。冯传友先生对此也很感兴趣，觉得在内蒙古收藏钱币是可以有所作为的。他告诉我，他认识包头的两位著名钱币收藏家，有机会他会与他们探讨的。

在避暑胜地希拉穆仁草原一个经营纪念品的蒙古包里，我看见冯传友先生买了一套蒙古纸币。购买这套纸币虽然所费不多，但冯先生迈出的这一步，很可能是他下决心收藏钱币的表现。冯传友先生是内蒙古大草原上的一个"书迷"，若干年后，他会成为内蒙古大草原上的一个"钱迷"。那是人生另外一本书。

2013年6月12日

# 文房雅玩乐融融

可能因为自己是个文人，我十分喜爱文房雅玩。文房雅玩，是中国古代文人案头之物，兼有把玩和实用的功能，为华夏文明所独有。最近有幸入眼数件，反复欣赏品味，尤见其文化内涵深刻，特小记如下。

先说一方徐世章旧藏濠园心赏异品端砚。

砚台历来被视为文房重器，极受文人青睐。唐代著名书法家柳公权《论砚》文曰："蓄砚以青州为第一，绛州次之。后始重端、歙、临洮……"这说明至少在唐代早期就有人藏砚了。而近现代鉴藏砚台最负盛名者，当数徐世章先生。

徐世章（1889—1954）字端甫，又字步子，号濠园，天津人，系民国大总统徐世昌的族弟。在他去世后，遵其遗嘱，他的后人将其所藏捐献国家，现藏于天津博物馆，并由天津人民美术出版社出版了一本《徐世章捐献文物精品选》。天津博物馆的藏品中，以砚的收藏最为精美，所以该馆开辟了全国唯一一个古砚陈列专室。这些古砚，尽是徐世章旧藏之物。

　　徐世章嗜砚如命，遇有佳砚，多方搜求，不惜重金。徐世章为了能收到名砚，几乎天天要到天津大罗天、泰康、天祥等处的古玩铺寻宝。他听到外地有名砚待售，会命人跟踪追寻，甚至为购买一方名砚跑上几个城市。天津和各地古玩店的人常到徐宅，送上徐先生喜爱之物。这是因为徐先生买文物肯花大价钱，他曾说："只要是精品，不管多少钱，统统往我家送。"但是，他自己和家人的生活却十分节俭，甚至有些吝啬。徐先生从不打牌、不饮酒，甚至很少去看戏，连出门坐车都舍不得花钱。儿女们的穿着十分寒酸，多用白粗布自己染成蓝色做衣衫。但他却舍得大把花银子买文物，据说他买名砚是按分量称的，一两石头要出一两黄金的价钱。得到好砚之后，常请北京琉璃厂工艺高手专门制作砚盒，或楠木，或红木，或紫檀，内盒有的按砚形整挖，有的雕刻精美文饰，有的镶嵌宝玉石片，外盒则常请其兄徐世襄镌刻铭文。他还将每件砚铭者的生平、砚台的流传经过，一一考证、记录，附于砚盒之内。他的这些集藏和研究，给后世留下了大量宝贵的文化财富。

　　这方端砚，经著名古砚鉴定专家、天津博物馆研究员蔡虹茹先生认定，砚盒上所刻"异品"、"濠园心赏"、"徐世章印"确系徐世襄所为，是徐家旧藏。此砚石质细腻黑润，上有大块如羊脂玉般罕见天然石品，又经精工雕琢，将砚堂、砚池、石品，随形巧做成青蛙、草虫、白菜，朴实自然。此方子石端砚确实可称"异品"，恰如砚盒所云，名副其实。

再说一方明代八卦纹鳝鱼黄鼓形澄泥砚。

澄泥砚的前身，应是古陶砚。可能古人受秦砖汉瓦的启示，结合陶砚再精工制作，逐步升华为澄泥砚。澄泥砚细腻坚实，形色俱丽，发墨而不损毫。澄泥砚的制作，大致是取河床下的泥，淘洗后，用绢袋盛之，口系绳再抛入河中，继续受水冲洗，如此两三年之后，绢袋中的泥越来越细，然后入窑烧成砚砖，再雕凿成砚。2006年，天津著名书画家、收藏家华非先生不顾七旬高龄，赴山西月余，烧制澄泥砚，归来后特意赠我一方，还给我讲了许多有关澄泥砚的见闻。

清代《砚小史》云："澄泥之最上者为鳝鱼黄，黄质黑章名鳝鱼，黄者色若鳝鱼之背，又称鳝肚黄。较细腻发墨，用一匙之水，经旬不涸；一窿之墨，盛墨不干。"这方明代八卦纹鼓形澄泥砚，够得上鳝肚黄，可见其弥足珍贵。

三说一件清代寿山红花芙蓉石水盂。

自古文人爱砚，有砚必有水盂，甚至有人把水盂列为"文房第五宝"。宋人赵希鹄《洞天清禄集》说到过水盂的来历："晨起，则磨墨汁盈砚池，以供一日用。墨尽复磨，故有水盂。"水盂是盛研墨之水的器皿，一般用小勺将盂中之水舀到砚池之上。

这个清代寿山红花芙蓉石水盂，呈寿桃形，比杏子稍大，配有原套精致的铜质小勺，勺把尾部有一钱形纹饰。红花芙蓉，俗称娃娃脸儿，也称妃子笑，为寿山石中珍品。那片片桃红的石品，恰似缤纷的花瓣，使小水盂凸显吉祥的神采。观赏之余，让人想到贵妃醉酒等景象，心存无尽的遐思，悠然生爱。

四说一方寿石工刻寿山坑头冻兽纽印章。

这方寿山石章，石料为坑头冻石，晶莹剔透，几近田白。雕纽生动古朴，细致大方。上有包浆，温润自然。印文为"庆余堂李"，朱文。署款"印丐"。

"印丐"为近代著名篆刻家寿石工（1885—1950）之号。寿石工治印，熔吴熙载、赵之谦、吴昌硕、黄士陵等巨匠技艺于一炉，功力精深，刀法老到，印面雅秀，韵味醇厚，在金石篆刻界影响很大。

五说一个清末梁慕高题诗铜墨盒。

墨盒是清代嘉道年间出现的。传说，当时有位屡试不第的士子，与一位才女结为夫妻，两人感情甚笃。那年恰逢士子进京赶考，才女心疼丈夫，怕他携砚不便，临行前给他研了许多墨，然后将墨汁装入她那盛胭脂的粉奁里，又将墨汁浸入棉花，以防奁中墨汁洒漏。这一招果然不错，这位士子有了那装有墨汁的粉奁，答卷极为顺利。于是考生们纷纷效仿。不久，市面上出现了用铁铸造的墨盒，后改用铜做，盒中吸墨的棉花也换成了蚕丝。到了光绪年间，铜墨盒已经做得很考究很美观了。如此看来，这位才女可算是墨盒的首创者。墨盒虽不在"文房四宝"之列，但旧时商界账房、私塾学堂、文人墨客的桌上都少不了此物。

这个清末民初的圆形铜墨盒，从包浆上看，此物似久经风雨，与墨盒上铭刻的"大清秀才"梁慕高七十自题打油诗相互映衬，颇有历经岁月风霜磨砺而恍然大悟的味道。秀才诗曰："渴饮负餐倦即眠，只知寒暑不知年。世间甲子何须间，得过一天过一天。"可见当时一些文人对世间沧桑的无奈，以及对自己怀才不遇的自嘲。

六说一个清代五福捧寿象牙雕印泥盒。

这个清早期象牙印泥盒，小巧而精致品。盒盖精雕一硕大蝙蝠，衔富贵牡丹，振翅而来，大有排山倒海、福播宇宙的气概，一望可知为清代高手所制。盒底雕五蝠捧寿，盒围则雕蝠蝠相连。整个印泥盒，牙笑自然，雕工细腻，构图祥瑞，称其为宫中之物，不为过也。

最后说一件明代卧驼铜镇纸笔插。

这件明代铜卧驼镇纸，造型古雅沉稳，刻工简约朴拙，包浆自然敦厚。从形到工，均具明代艺术审美特征。其中一个驼峰出人意料地做成一个圆孔，以兼做笔插，既实用，又凸显其与众不同。或许骆驼是毅力的象征，而沉静的卧驼则昭示着拥有者的自信、实力、决心和不急不躁的平和心境。

青灯夜永，掩卷怡然。文房雅玩，其乐融融。

2009年6月28日

# 几件稀见的科举文物

　　科举是中国封建王朝选拔人才的一项重要制度，自隋唐至清末共延续了一千三百年，其间不计其数的读书人通过这一途径步入了仕途，同时也留下了大量的科举物品。在中国科举制度废止百年的今天，随着人们对科举的重新认识和评价，与科举相关的文物日渐受到学术界和收藏界的重视。

　　多年来，天津著名收藏家于志扬先生为筹建科举文物私人博物馆，下了很大气力搜集科举文物，收获颇丰。其中有几件稀见的科举文物，皆因有丰富的历史背景而具有一定的文化内涵，引起许多文化学术界人士的兴趣，其中有的文物还在近年的天津电视台"鉴宝"栏目中得到鉴定专家的高度评价。我有幸参观过于志扬收藏的一些科举文物，特选择几件精品予以赏析。

　　先说一件明代嘉靖进士颜廷榘书供奉魁星册页。这件两折册页，是明代嘉靖年间进士颜廷榘的书法，写关于福建永春供奉魁星之事。传说魁星是文运之神，是天上的文曲星下凡，它被描绘成一个赤发蓝面的凶神，立于鳌头之上。传说魁星连续三次考中状元都没被录取，原因就在于他的相貌极丑，皇后在他的头上簪花时，被他的相貌吓昏了。皇后不同意魁星当状元，魁星一怒之下将装书的木斗踢掉，然后就去投江了。魁星虽然连中三元而未能当上状元，但是黎民百姓却承认这个相貌丑陋的状元，仰慕他的才华，就把他塑造为神，借"魁星踢斗"之题，提倡文运。据史料记载，全国供奉魁星的寺庙有两个地方，一个在云南昆明，一个就在福建永春的石鼓镇。魁星岩位于永春县城西南五公里的奎峰山中。这座寺庙始建于隋代，南宋名僧圆觉重建，几经沧桑，现在看到的大殿是十几年前旅港乡贤颜彬声捐资修建的。魁星岩原来叫詹岩，因乡人黄孔昭和颜廷榘在此读书考中进士，遂改名为魁星岩。大殿的后面有一个乡贤祠，是为了纪念乡贤颜廷榘而建的。颜廷榘小时候曾经在魁星岩下读书，后任九江府通判、大宁都司断事、岷王府长史等，著有《楚游草》、《燕南寓稿》、《丛桂堂集》、《杜律意笺》等。这件颜廷榘书福建永春供奉魁星册页，流传了四百余年，字体虽已斑驳，但仍然可以欣赏到明人书法如行云流水的艺术风格。

再说一帧清代同治举人李兆珍书《圣教序》团扇。李兆珍（1846—1927），原名邴，字星冶。福建长乐人，是明代永乐状元李骐十五世孙。李骐是千余年科举中唯一"连中三元"（解元、会元、状元）的福建人。李兆珍为清代同治年间举人。光绪初年，任直隶望都知县。后兼理塘县，历署抚宁、清苑等县，又任职于蔚州、磁州、滦州等地，出任天津知府。后历任河南汝南、开封知府。1909年升汝南光浙分巡兵备道。在任期间，劝农种桑，行廉肃贪，还倡办师范学堂，振兴教育。辛亥革命后，1912年出任豫南观察使，历任河南司法筹备处处长、河南内务司司长，升任民国审计院院长。后任参政院参政、安徽巡按使、国会议员、安徽省省长等职。当他发现袁世凯阴谋复辟帝制后，毅然隐退，在天津卖字为生，勤俭度日。李兆珍热心乡梓，数度资建乡学。1918年，福建长乐遭受海啸，飓风加暴雨冲溃长乐百里海堤，沿海百余个村庄顿成泽国，灾民六万人，死亡四百多人。远在天津已72岁的李兆珍闻讯后，为了赈济灾民，写信向东南亚的华侨求援，募得银元三万二千余元。不料汇回中国时被军阀政府外务部扣留，屡经交涉，款不付还。李兆珍不顾年事已高，愤然在天津街头卖字，募捐赈灾。响应者众多，共募得银元计三万三千元，汇回长乐施赈，深得民众赞颂。李兆珍自幼爱好书法，平生擅写扇面。这帧书法团扇，写的是有关《圣教序》的内容，体现出用笔沉着、骨力内含、柔中寓刚、平和简静的特点。

三说一块清代嘉庆状元陈沆书"梁孟齐徽"匾额。这块匾长205厘米，宽82厘米，整个匾面呈朱红色，正中用金粉题着"梁孟齐徽"4个大字。匾的右侧题有"奉钦点状元及第陈名沆赠"。两方印中，"陈"为阴刻，"沆"为阳刻。右侧题"皇清嘉庆二十四年岁己卯孟冬月吉立，时维宗兄名绳祖夫妇全荣。"可惜因近二百年岁月沧桑，金粉大部已脱落，而"梁孟齐徽"4个大字苍老遒劲，既有唐代颜真卿的端正，又有清代何绍基的通变，令人过目不忘。"梁孟齐徽"取自成语"举案齐眉"，赞扬夫妇相敬如宾的美德。此匾是状元陈沆赠给宗兄陈绳祖夫妇的。陈沆（1785—1826），亦名学濂，字太初，号秋航，湖北浠水巴河陈家大岭人。10岁随父读书，以诗赋见长。15岁应试科举，县试、乡试，会试，皆名列第一。学使鲍星读其试卷，击节赞赏。清嘉庆二十四年（1819），保和殿对策，陈沆中第一甲第一名（状元）。其策论文章气势雄浑，论述精辟，笔力奇健。授翰林院修撰，出任四川道监察御史。清道光二年（1822），任广东省大主考（学政）。次年，任清礼部会试同考官。陈沆自幼思维敏捷，聪颖过人，且勤奋好学，年长即能歌善对，文学史列陈沆为清代试帖诗八大家之一、清代古赋七大家之一。

这几件书法和匾额，作为稀见的科举文物，为深入研究中国科举文化提供了难得的实物。

2009年7月27日

# 说 "太师少师"

我喜欢收藏各种材质的以狮子为造型的文玩，由此也就对相关文物作了一番小小的考证。

在中国古代文物中，无论石狮子、玉狮子、铜狮子还是木狮子，都有大小两只狮子组合于一体的造型，人称"太师少师"。

"狮"旧写作"师"，后来民众又以"狮"谐"师"，表达吉祥意愿。古官制有太师、少师。太师为三公之一，少师为三孤之一，都是指导、辅弼天子为政的高官。太师、少师分居三公、三孤之首，官位最为显赫。因此，人们常以此祝人"仕途通达，位列太师少师"。表现在艺术造型上，即为大小两只狮子的"太师少师"模式。

旧时门旁蹲狮多为一对，左边为雌，脚下踏小狮；右边为雄，脚踩一绣球。这类石狮最初取义于镇宅驱邪，后来是一种威严庄重的象征，雌狮踏小狮抑或寄寓太师少师之意。明清补服的补子绣有狮子，为二品武官的标志，亦见狮位之高。

潮剧有一套传统的衣箱规制。旧时潮剧班的全套设备，分贮于十只木箱里，标记号次，专人管理，井井有条。戏衣和帐幔装在第二、三号箱，由大衣师傅专管。服装基本样式的名目约有三十多种，以明代服饰为基础，融入一些其他朝代的服饰样式，通过色彩、纹绣和质料不同，以及穿戴搭配的变化，分别贵贱、贫富、文武、男女、老少等。其中的"开台"，斜襟和尚领，大袖（带水袖），长及足，袖跟下有摆。其他剧种用于武职，而潮剧则用在文官。如黑色"开台"的衣身绣有金银线的大小狮子两只，谐音为"太师少师"，专给朝中太师或国丈穿用。传统戏《辩本》中的庞洪便穿此服装。

除"太师少师"说法外，因"狮"与"嗣"谐音，故雌狮伴幼狮还可表示"子嗣昌盛"；因"狮"与"事"谐音，故两只狮子表示"事事如意""好事成双"。

又有"双狮戏绣图"，民间俗称"狮子滚绣球"，也表示喜庆、吉祥的意思。俗传雌雄二狮相戏时，它们的毛缠在一起，滚而成球，小狮子便从中产出。

各种文物造型中，除有单狮、双狮（公狮、母狮或母狮、幼狮）外，还有三狮（公狮、母狮、小狮）、四狮、五狮、九狮等组合。其中，五狮组合寓意"五子登科"；九狮组合寓意"九合一匡天下安定"，因明清官制二品武官补服绣有狮子，故以狮子比做兵权。

2009年7月27日

# "溥雪斋旧藏集锦扇"献疑

　　我喜欢董桥的散文，虽然觉得他已经开始重复自己了，但他的书我还是见一本买一本。最近读了他的《故事》（作家出版社2007年2月版），讲的都是他在古董文玩集藏中经历的故事，底子是厚重而雅致的中国传统文化，穿插的是一段段或隐或现或远或近的情感。书中每篇散文都配以相关古玩字画的照片，我觉得有些确是精美，而有的则难称上品，而作者不惜笔墨将后者解说得如何高古如何神妙，真是有些浪费才华了。

　　《故事》中的《雪斋贝子的集锦扇》一文，让我读得糊里糊涂。集锦扇，是将扇面等量分割，然后由多名书画家分别作书绘画。集锦扇的扇骨往往不穿在扇面里，而是夹住扇面，有的每隔若干根露一根在外，露在外的扇骨便自然起到分割扇面的作用，因此又叫"夹骨扇"。董桥先生"倾囊买来"收藏的"雪斋贝子家里流出的这件集锦大扇"，"有十五位画家为溥雪斋画十五格又高又窄的工细彩画"，画家包括京津两地的慕凌飞、毓峋、溥佐、溥心畲、启功、陈少梅、毓岳等。作者又说"溥先生是前辈，谁都不敢率尔交卷"，书中照例配有这件标明"溥雪斋旧藏集锦扇"的照片，可见作者认为这件集锦扇是这些画家专为溥雪斋画的，而且曾经溥雪斋收藏。读罢此文，令我糊涂的是：其中的一位画家溥心畲1949年已离开大陆到台湾，而其中的另一位画家毓峋这一年才出生；画家之一陈少梅逝世于1954年，而画家之一毓岳这一年才出生；收藏者溥雪斋逝世于1966年，当时毓峋、毓岳等尚年少，那么，这件集锦扇到底是画家们哪一年为溥雪斋画的？也有一种可能，这件集锦扇中有几格是溥雪斋逝世后由几位画家补画的，但它就不能称为"溥雪斋旧藏"了。

董桥先生近年在文章中曾多次提到王世襄先生，对这位文物专家、大收藏家的钦佩之情跃然纸上。近读《最后的文化贵族·文化大家访谈录（第一辑）》（南方日报出版社2007年1月版），书中提到当有人说起董桥喜欢收藏文物时，王世襄指出："他买的有些文物不对，不真也拿来当真的。"具体到《雪斋贝子的集锦扇》一文，我认为问题出在轻"鉴"重"赏"，对有些画家的基本背景和作品创作年代尚弄不清楚，就说作品"上承千年风雅的香火，下启一弯清流之韵致"，自然让人难以信服。

至于董桥先生提到这件集锦扇上画的一格"翠叶甲虫"，他觉得画家姓名陌生，"二字署款只认出'印'字"，我看不清书上的扇面照片，但综合推断，倘若画是对的，这位画家应是天津的萧朗。萧朗名印鉢，绘翠叶甲虫是他的擅长。

2007年5月13日

# 苍山寻石记

在大理古城呆了四五天，天天看大理石。看了大理石销售一条街的八十多家店铺，看了十来位大理石收藏家家里的藏品，看了两家大理石加工厂，石板画也看了几千幅。大理著名大理石收藏家杨玄武深深地感觉到我对大理石的浓厚兴趣，便问我：敢不敢到苍山上的大理石矿看看？他问"敢不敢"，是因为外来者看大理石的固然不少，但真正肯上山探矿（这里的"探矿"，不是勘探，而是探察）的却几乎没有。我想，从天津到大理，火车倒火车，再倒汽车，走了三天才到，不去看看大理石矿，那太遗憾了。

乘小面包车盘山而上，狭窄的碎石山路旁时有一些被遗弃的大理石原石。杨玄武告诉我和同行的天津著名大理石收藏家苑文林，这些原石经明白人看过，认为既不能分割出天然艺术品石板画，因为颜色和纯度不够；也不能做装修用的石材，因为上面净是裂痕。大理石板画虽然美丽迷人，但其原石却普普通通，看上去几乎与其他山石没有区别。加工者从采矿者手里收购原石，就像翡翠的"赌石"一样，既凭经验，也靠运气：弄好了，多剖出几张像样儿的石板画，可以赚几倍的钱；反之，废石头一块，钱等于白扔。

大约走了半个多小时，山路变得很陡，车爬不上去了，我们只好下车，用力把车推过陡坡，再上车前行。但这时已没有碎石路了，山路坑洼不平，让人总是担心车胎会被颠破。终于，车路也断了，我们只能徒步登山。几百米的羊肠小路，宽窄仅容一人，脚下稍有闪失，便会跌下深渊。我抓住身边石缝里的野草，小心翼翼地低头往下看，空谷无声，悬崖无底。

这时，大家突然明显感到喘不上气来，这是高山缺氧反应。是啊，我们从几乎零海拔的天津，到海拔1900米的高原古城大理，目前已爬到海拔4100米的苍山的山腰以上，总有海拔3000米了吧。杨玄武见状，也很害怕，劝我们如不适应就别往上爬了。我停住脚，用清凉的溪水洗了洗脸，觉得如今自己虽然胖了，但是年轻时喜欢爬山，还是蛮有经验的，不能就此打退堂鼓。杨玄武住在山脚的三文笔村，每周都要上山一次，而且瘦小精干，爬得很快；我打起精神，拿出当年爬山的劲头儿，紧紧跟随，并未落后一步。只是此后的两三天里，胸腔因高山反应而隐隐发痛。

爬到了矿洞口，见到自己喜爱多年的大理石板画的本源，真有唐三藏历经九九八十一难终到西天取得真经的兴奋感和成就感。一进洞口，就像打开一台电冰箱的门，在伏暑之日顿觉清凉舒爽，甚至有些冰寒刺骨的感觉。但我并没有往洞里爬，因为洞里很矮，人蹲着都抬不起头来。这个矿没有传送带等任何现代化设施，采石者要钻到几百米深的洞底，将切割下来的原石一块一块地推出洞口，再让小毛驴驮到山下。一路往返，我们没见到一辆机动车，道上撒满了驴粪。采石者每天日出上山，日落下山，全靠步行，单程就要三个小时。自古以来，为了采到富有诗情画意的大理奇石，又有多少石工魂销苍山绝壑，"血浸石骨成丹青"。我对杨玄武说，不看不知道，大理石真是来之不易。杨玄武淳朴地笑笑，随着我连声说"不易"，"不易"。

下山的路上，心情轻松和悠闲了许多，得以观赏苍山处处美景。探罢石矿，更觉苍山有灵，生于此山的石头，或玉润明洁，或苍翠晶莹，或含云纳雾，或隐峰藏泉，似乎天地独钟此山，把大千世界诸般情景都凝结于大理石中，幻化为永恒。

第二天和第三天，我乘船在洱海上仰望苍山，登到洱海对面的天镜阁上远眺苍山，又乘清碧溪缆车近观苍山。但见苍山青山翠屏，白峰幽峡，祥云笼罩，瑞气环绕。然而，探矿的经历使我深知，因神奇与美丽而闻名于世的苍山，在那僻静山路上滴满了大理人千年的汗水。

2006年9月13日

# 《水浒》：连环画与饼干卡

前几年，一些中小学生痴迷于收集《水浒》题材的"饼干卡"。所谓"饼干卡"就是生产厂家在饼干盒中装入几张比普通扑克牌略小一点的彩色卡通画片，分别印有梁山泊一百〇八位英雄的形象，还有该英雄的小传、武器、必杀技、攻击力、攻击范围、防御力等。在有些品牌的方便面袋中也夹有这种画片，叫做"面条卡"。孩子们收集的痴迷程度不亚于当年我们痴迷于《水浒》连环画的程度，由此我想到如果把孩子们收集《水浒》"饼干卡"的兴趣引导到欣赏《水浒》连环画上来，进而让他们了解这部古典文学名著，也是一件好事。

我所见过的近几十年出版的《水浒》连环画全集和专集有数十种，这里只在我的藏品中挑几种有代表性的谈谈。《水浒》连环画全集中，首先值得一提的是李澍丞所绘《连环图画水浒》，初版于1928年6月。李澍丞是上海早期连环画家，著名作品还有《开天辟地》等。《连环图画水浒》是20世纪20年代上海世界书局五部冠以"连环图画"的作品之一（其他四部为《连环图画三国志》、《连环图画岳传》、《连环图画西游记》和《连环图画封神榜》），当时采用横八开有光纸，以大红单色黄表纸做封面，全书线装24册，用硬纸书套合成一函。这部书上文下图，说明文占据全页三分之一，文字内容比后来的连环画要多些。2000年1月黑龙江美术出版社重印这套连环画，改为五集，印数仅为一千册。2002年2月天津古籍出版社也重印这套连环画，印数同样仅为一千册，装帧考究，编号发行，我收藏的这套是第190号。

另外一部影响较大的《水浒》连环画全集是解放后陈丹旭所绘《水泊梁山》，初版于1953年7月。陈丹旭也是上海早期连环画家，著名作品还有《东南英烈传》、《楚汉相争》、《朱元璋》、《高文举》等。《水泊梁山》分12集，以梁山泊英雄排座次收尾，画面处理类似于旧小说和报刊的插图，同时自创先河，采用国画笔法，线条流畅，古朴典雅。1998年10月中国致公出版社重印了这套连环画，收入"老小人书系列"；2000年7月上海人民美术出版社也重印了这套连环画，纸张和印刷质量都比致公版好，价格自然也贵了一倍。

集体创作的《水浒》连环画全集中，较有分量的有人民美术出版社20世纪50年代出版的《水浒传》。全书分26集，绘画者有卜孝怀、吴光宇、陈缘督、任率英、墨浪、徐燕孙等，都是绘画名家。这部连环画先后分两次出版：50年代中期，先出版了前21

集（至梁山泊英雄排座次），1962年又增补了后5集。全书文字生动、简练，绘图着重人物性格的刻画，深得读者喜爱，在群众中广为流传。1993年人民美术出版社曾以32开本再版，2000年8月经修改个别文字后重新出版了分集小开本。

　　有意思的是，20世纪80年代初，人民美术出版社组织画家利用50年代的这套文学脚本重新绘制了一套《水浒》连环画。这部连环画分30集，分别由赵宏本、戴敦邦、罗盘、罗希贤、罗忠贤、罗中立、高适、王弘力、王亦秋、徐正平、徐宏达、孟庆江、朱光玉、施大畏等绘画，也都是当时的名家，皆有可观之处。这套连环画第一次印刷就在一百五十万册上下，影响也很大。同一家出版社，同一套脚本，却由不同时代的两批名家绘画出两套画面，实可供连环画收藏爱好者比较品味一番。

　　《水浒》连环画中虽然还有一些没有形成大规模的套书，但艺术水平很高，同样值得重视。如上海人民美术出版社1979年4月出版的《水浒故事》中的《误入白虎堂》，颜梅华绘画，刻画人物细腻传神，在近些年的旧连环画市场上颇受欢迎。

　　《水浒》连环画专辑中，影响最大的当属天津籍画家刘继卣画于1955年的彩绘连环画《武松打虎》。刘继卣是中国最杰出的连环画家之一，他的作品《东郭先生》、《鸡毛信》、《穷棒子扭转乾坤》等都在全国性评奖中获重奖。武松打虎是家喻户晓的题材，越是这样越是难画。其中人物单一，动物又是较难画的虎，场景变化少，只有酒馆和树林。作者用清丽、明快的色彩，流畅、精练的线条成功地表现了这一故事。画主人公武松，作者大胆地选用红色衣服，故事开头他头戴红缨毡帽，手提哨棒，往后只戴头巾，这一点点变化，与故事情节发展相吻合。对武松打虎前的形象、动作，从行、立、坐、喊、喝、正、侧、背面等不同角度进行描绘，各有变化，无一重复，避免了脸谱化和模式化的造型。对武松打虎时的描绘，做到了惊心动魄，扣人心弦，跌宕起伏，有声有色。通篇布景也十分讲究，初秋时节，枫叶微红，杂草渐黄，很好地衬托了人物的表现。这部《武松打虎》，画法严谨，形神兼备，1956年曾获第六届世界青年与学生联欢节美术创作奖。2000年6月人民美术出版社以大开本的形式重印了《武松打虎》。近年小学语文教材第十册《武松打虎》课文的插图就选用了刘继卣的作品。

回过头来再说《水浒》"饼干卡"。从兴趣出发，收集"饼干卡"未尝不可，但夹带这类"饼干卡"毕竟只是一种促销手段，文化品位不高，图画往往粗糙荒诞，文字内容多有不准确和臆造之处，甚至把高俅这样的人物也列入"水浒英雄传"，极易误人子弟。从经济角度说，为得到一张"饼干卡"往往要买很多盒饼干，有的"饼干卡"在流通中被炒至每张50元，显然不如买连环画划算。好几种《水浒》连环画近年都重印了，价格虽然比一般图书稍贵了一些，但其阅读和收藏价值是毋庸置疑的。历史上一些烟草公司为推销香烟曾在烟盒中附一张"香烟卡",也有人专门收藏,但无论艺术价值还是经济价值都没有超过连环画。

2009年7月27日

# 我收藏的《西游记》连环画

20世纪末，中央电视台曾在每晚黄金时段播放电视连续剧《西游记》续篇，引起观众浓厚兴趣，全国各地书店各种版本的《西游记》图书也随之畅销，形成一股"《西游记》热"。与电视剧《红楼梦》在人物形象、背景等方面以连环画《红楼梦》精品为蓝本一样，电视剧《西游记》在很多方面也深受连环画《西游记》精品影响。因此，有必要向年轻一些的读者朋友介绍一下《西游记》连环画。

吴承恩的《西游记》是一部在中国家喻户晓的古典文学名著，自然也成为连环画作者钟情的题材。清末民初有一种石印连环画叫"回回图"，就是每一篇都插图、每一回都插图的意思。"回回图"就有《西游记》故事。20世纪20年代，上海世界书局出版的金少梅、章兴瑞绘《西游记》定名为"连环图画"。该书全部两集，每集十册，封面印有"男女老幼娱乐大观"字样。迄今为止，成套的连环画《西游记》至少有十几种，日本也有多种漫画连环画《西游记》流行。我自幼喜爱连环画《西游记》，现就我收藏的具有代表性的几种版本谈谈《西游记》连环画的收藏与欣赏价值。

20世纪六七十年代我的儿童时代，上海人民美术出版社出版的王星北编、赵宏本和钱笑呆绘《孙悟空三打白骨精》，孩子们几乎人手一册。这本根据《西游记》部分情节改编的连环画表现了孙悟空的机智勇敢、不畏强暴和唐僧的偏听偏信、善恶不分，人物形象鲜明，结构严密紧凑，线条挺拔奇特，文字简洁生动，堪称连环画精品。这本连环画获1963年全国第一届连环画创作评奖绘画一等奖、脚本二等奖。据1998年11月上海连环画市场行情，这本书的1963年版16开线装九成品相本每册价格为750元；另据1998年11月北京连环画市场行情，这本书的1964年版48开八成品相本每册价格为260元。我收藏有该书的多种版本，包括外文本。

在整套的《西游记》连环画中，我认为水平最高的是河北美术出版社20世纪80年代出版的35册《西游记》连环画。这套书的绘画者包括陈缘督、徐燕荪、汪玉山、胡若佛、钱笑呆、任率英、刘凌沧等名家，每册绘画风格比较统一。这套书在绘画艺术上吸取了《孙悟空三打白骨精》的长处，古朴，细腻，具有较高的收藏和欣赏价值。

上海人民美术出版社20世纪90年代初全部完成的20册一套《西游记》连环画也是值得一提的。这套书总体水平不低，但是每册绘画风格不够统一，有些画面缺乏严谨细腻。我认为其中较好的几册是乐小英和董天野绘《白虎岭》、徐正平绘《真假葫芦》、张令涛和胡若佛等绘《怒打假国丈》。

天津人民美术出版社20世纪80年代初出版的《〈西游记〉故事》连环画也有可观之处。我收藏有其中的一册《大战红孩儿》，是20世纪末在天津市历史博物馆参观天津市首届连环画大展时，该书绘画者、画家魏积扬签名赠我的。这本书运用漫画手法塑造人物，画面生动活泼，别具特色，观赏性强，尤其容易引起儿童的兴趣。

此外，我还收藏有台湾著名漫画家蔡志忠的漫画连环画《西游记》。这套《西游记》是北京三联书店于1992年出版的，分装成《大闹天宫》、《西天取经》和《大战牛魔王》三册。画得虽然十分夸张，但是基本故事情节还是按照《西游记》原著安排的。当然，蔡志忠也自编了一些情节，把书中人物近代化了，看起来比原书更为可笑。

蔡志忠曾经在《永远的〈西游记〉》一文中深有感触地说过这样的话："随着时代的快速成长变迁，或许将来有一天，人们将不再有时间及兴趣看《红楼梦》，但我深深相信《西游记》一定会随着时代，以不同面貌继续在这世界上广泛地流传下去。"在台湾等地区以及日本等国家，每隔几年都会有人将《西游记》改编成漫画书或重拍一次电影；在中国内地，很多电视台每到寒暑假都要播放电视连续剧《西游记》，多年下来，已成传统保留节目。相信《西游记》会保持永久魅力，成为世世代代儿童和成人的保留节目。

2009年7月27日

# 喜欢连环画《孔雀胆》

在郭沫若于抗战期间创作的六部历史剧《棠棣之花》《屈原》《虎符》《高渐离》《孔雀胆》和《南冠草》中，我最感兴趣的是《孔雀胆》。它描写的是元末云南蒙古人梁王女儿阿盖与汉人大理总管段功相爱，段功惨遭参政车力特穆尔的谋害，阿盖公主也以身殉情。这个剧本写出后周恩来还提出过意见，当时在国统区演出获得成功。我认为，如果重排这部戏，将其中人性的善恶以及男女主人公对爱情的忠贞加以突出表现，观众还会喜爱的。

《孔雀胆》久未搬演，但寒斋却存有多种根据话剧改编的连环画可供欣赏，这里谈谈其中的五种。编绘最早的是"红叶"和"飞鹅"绘画的一种，应绘于20世纪40年代，我存的这套是1998年中国致公出版社重印的"老小人书"系列中的一种。绘画者用的是笔名，估计可能是为免遭国民党当局的迫害。查上海画报出版社今年出版的《老连环画》一书，连环画"四小名旦"之一的徐宏达曾画过《孔雀胆》，那么这"红叶"很可能就是他了。这套连环画多达382幅，原说明文字写在画面中，还有人物对话。绘画风格明显属传统一路，不足的是有些场面近于雷同。

其他四种《孔雀胆》连环画都是我从旧书摊上苦心淘得的，它们皆编绘于20世纪70年代末至80年代初，距今也有二十多年了。它们是：一、天津人民美术出版社1979年3月版，刘汉佐改编、王企玫绘画；二、人民美术出版社1981年12月版，阎肃改编、赵仁年和刘祥群绘画；三、黑龙江人民出版社1981年12月版，云声改编、邵子振绘画；四、湖南美术出版社1983年10月版，湘川改编、陈安民绘画。这几种每种都是一百多幅，绘画各有特色，具有一定的欣赏价值。相对来说，我更偏爱王企玫所绘的这本，人物服饰比较考究，场景也较多历史感。郭沫若写《孔雀胆》只用了五天时间，而写作之前摘抄的资料比剧本本身的字数多过五倍；可以看出，王企玫画《孔雀胆》也一定在资料上下了不少工夫。

2009年7月27日

# 欣赏太平天国题材连环画

20世纪末，中央电视台在黄金时段播放46集电视连续剧《太平天国》，吸引了许多观众。对于太平天国运动这段历史，人们并不陌生，因为在解放后很长一个时期里，历史学界把农民起义放在十分重要的位置，在通史著作和历史教材中太平天国都是一台重头戏。据说毛泽东曾建议郭沫若写一部《太平天国》，姚雪垠也曾表示写完《李自成》下一个目标就是太平天国，可见这个题材在这些名人心中的分量。截至20世纪80年代中期，全国各地出版的太平天国题材的连环画多达数十种，普及了历史知识，其中有些作品在连环画艺术创作方面留下了可贵的经验。

解放后较早反映太平天国题材的连环画是上海人民美术出版社1958年2月出版的《金田起义》，60开本，为著名画家程十发、董天野所绘。在"文革"前出版的连环画中，该书颇具收藏价值，一本1962年1月第六次印刷、八点五品相的该书20世纪末就在网上以五百元叫卖。

据郑振铎说，早在太平天国时期，就有小说《太平天国演义》，可惜没有流传下来。阿英在《小说二谈》中介绍了一篇不到两千字的小说《太平天国三年新刻起事来历真传》，是太平天国时期写太平天国起义的，为避天王讳，洪秀全的"全"字均作"泉"。晚清最有影响的太平天国题材小说是黄小配的54回《洪秀全演义》，20世纪初它先后在《有所谓报》和《少年日报》连载，于1914年由上海锦章书局石印出版，流传至今。由于作者是同盟会员，因此在小说中同情起义领袖，积极鼓吹革命，并能总结历史教训，认为"太平天国的亡，不干曾、左，都是太平天国自己亡掉的"。江苏美术出版社1984年2月出版的连环画《洪秀全演义》就是根据黄小配的这部小说改编的。连环画《洪秀全演义》由邵军等改编，蔡素等绘画，共分《天国序幕》、《大破湘军》、《兴师北伐》等六册，描写了自1851年金田起义到1864年天京陷落这个时期洪秀全的战斗经历。这套连环画对太平军的几个重大举动叙述比较详尽，画面也比较细腻生动。

比《洪秀全演义》更早一些出版的太平天国题材系列连环画，有江苏人民出版社20世纪70年代末80年代初出版的《太平天国的故事》。其中郭孝存编文、陆廷栋绘画的《天京锄奸记》和村晓编文、陆廷栋绘画的《建都天京》，分别描写1853年太平天国定都天京后为巩固政权，粉碎内部"反革命集团"破坏，消除清军江南大营威胁的故事。其中有些语言还带有极"左"思潮的痕迹。《建都天京》在首页和内容提要中竟将建都天京的时间误写为"1857年"。这套连环画画面总体上不如《洪秀全演义》细腻生动，但亦有可观之处。

在我收藏的太平天国题材连环画中值得一提的还有这样几种：一、《天国女帅》，天津人民美术出版社1977年12月出版，根据扬州市文艺创作组原著改编，戴仁绘画，描写太平军女帅牛羡娇带领女兵在扬州清算豪绅、焚孔庙、烧孔孟"妖书"的故事。用现在的观点看，这种做法显然是对中国传统文化的毁坏。戴仁是一位有成就的连环画家，这本连环画画面细腻生动，乡绅江寿民家中藏书的情节画得尤为出色。二、《李秀成大战杭州》，浙江人民美术出版社1982年4月出版，张叶舟编文，永远绘画，描写太平天国后期重要将领、忠王李秀成为解天京之围两次出奇兵奔袭杭州的故事。这本连环画内容丰富，但画面效果一般。三、《太平军天京破围战》，长江文艺出版社1982年10月出版，赵祥汉编文，曹小强绘画，描写英王陈玉成打破清军包围使天京转危为安的故事。这本连环画系"中国历代战争故事画丛"之一，侧重从战略战术的角度叙述，绘画艺术比较粗糙。四、《侍王的故事》，江苏美术出版社1984年10月出版，孙瑞荣等编文，徐余修绘画，描写太平天国后期将领、侍王李世贤在天京失陷前后坚持与清军浴血奋战的故事。这本连环画画面细腻生动，可见创作态度比较认真。五、《捻军奇制曾国藩》，岭南美术出版社1982年11月出版，金谷根据当时颇为著名的凌力的长篇历史小说《星星草》改编，林峥明绘画，描写太平天国后期捻军与清朝平捻钦差大臣曾国藩斗争的故事。这本连环画注意细节描绘，画法中西结合，亦有可观之处。

《小刀会》和《陈玉成》是太平天国题材连环画中艺术上最为成功的两种，尤其是《小刀会》，堪称中国连环画史上的经典之作，我自童年时就格外喜爱它。《小刀会》，上海人民出版社1974年11月出版，以后多次印刷，上海师范大学中文系第一届培训班工农兵学员《小刀会》编写组根据有关史料和文艺作品改编（当时有同名舞剧），擅长古典题材的连环画大家赵宏本、王亦秋绘画，描写刘丽川领导的上海小刀会起义军与清政府和外国侵略势力斗争最终参加太平军的故事。这本连环画不仅情节叙述曲折生动，人物刻画细腻传神，而且对晚清江南古典风格的上海旧城的描绘也具有一种历史的真实感，难能可贵。《陈玉成》，上海人民出版社1976年5月出版，以后也重印过，根据同名电影剧本改编，原著者刘征泰，改编者董阳声，绘画者是《小刀会》的绘画者之一王亦秋，着重描写陈玉成指挥太平军歼灭湘军李续宾部队取得三河大捷的故事。这本连环画人物形象塑造鲜明，有不少精彩的画面。连环画收藏爱好者都比较重视《小刀会》和《陈玉成》，在近几年的旧连环画交易市场上，这两种连环画的价格明显高于其他连环画，而且一直呈上涨趋势。

大致来说，太平天国题材连环画出版的高峰期在20世纪70年代后期至80年代前期，出版品种较多的是江苏，艺术水平最高的是上海。

以连环画与电视剧相比，太平天国题材连环画大多是在对太平天国运动全面肯定和赞扬的历史条件下编绘的，创作思路相对简单一些；而电视剧《太平天国》则是在学术界对太平天国很多重要问题存在争议的背景下摄制的，客观环境变得复杂了，创作难度相对就大一些，编导只能按照自己对这段历史的理解编排剧情和塑造人物，因此观众应以宽容的眼光看待电视剧的一些不尽如人意之处。

2009年7月27日

# 遇堵车拐进故宫

那一天，我还真遇到了一个岔路口。

那一天，大约属于1984年的秋季，我被堵在了北京西城的一个岔路口。当时我乘公交车从西郊的北大进城，想到城南天坛附近我舅舅家。当时我在北大上学，我唯一的舅舅是我在北京唯一的亲戚。当时我经常在周日到舅舅家，四川来的舅母喜欢用红辣椒炒菜招待我，我也特喜欢吃辣椒炒菜。但是那天我辜负了舅母，她的辣椒炒菜我没吃成，因为我乘的公交车被堵在了西城的一个岔路口。

那一天，我坐在被死死堵住前方道路的公交车上十分焦急。堵车的原因当时我并不知道，现在我还是不知道，也许是前面发生了什么交通事故吧。当已经堵了一个多小时的时候，我忽然想起那年4月底我曾经有过一次被堵得好惨的经历。那天我已提前买好了火车票，一大早就从北大出发，乘公交车到北京站，打算回天津过"五一"，谁知正赶上美国总统里根访华，北京部分道路实行交通管制，我乘的公交车被堵在离钓鱼台不远的路上等了好几个小时，待路通后我到北京站时已经是下午两点多了，因误了上午的火车时刻，只好又拿着火车票排长队改签下午的车次，尔后在拥挤的火车上站了一路，回到天津已是万家灯火。想到4月底那次惨痛经历，秋天的我毅然决定不能再在公交车上傻等下去了，要赶紧寻找出路。

那一天，面临岔路口，我有3个选择。一是待路通后继续乘公交车往南到舅舅家，但我已经说了我不想等，因为我不愿浪费时间；二是掉头往北返回北大，只当白跑了这十几公里路，但我不想半途而废；三是往东拐，钻过几条胡同再寻机往南，这样可以绕过堵车的路段。于是，既不愿浪费时间又不想半途而废的我，既被动又主动地选择了往东。然而，当我下了公交车往东钻过几条胡同再往南望时，却发现南边的道路似乎依然堵塞着。我只好继续往东，继续钻胡同。钻来钻去，猛一抬头，已到了故宫高高的红墙下。

那一天，为躲堵车，我买了一张紫禁城的门票。故宫里秋高气爽，静谧安宁，令我心旷神怡，方才的急躁情绪一扫而光。我知道舅舅舅母在等我吃午饭，可当时两头都没有电话，无法联系，我想我还是既来之则安之，塌下心来好好逛逛这古老的宫殿庭院吧。

那一天，我真正认识了故宫，认识了丰富悠久的中华文明。此前也去过几趟故宫，但注意的不外这几样：其一，宁寿宫后面的珍妃井，体现封建统治者的残恶；其二，隆宗门匾额上的箭头，体现农民起义的威力；其三，乾清门前被刮掉鎏金的铜缸，体现外国侵略者的贪婪。而直到那一天，我才有机会细细地品味故宫，品味它的每一座建筑，每一件文物，并将它们精心地镶嵌在我的记忆里。除了大家熟悉的珍宝馆、钟表馆，我还有幸参观了故宫博物院为庆祝建国35周年而举办的大型文物展，五光十色、琳琅满目的国宝令我赏心悦目，使我受益匪浅。我忘情地陶醉在那远离喧嚣的高雅文明中，不知不觉天色已渐黄昏。此后，我又连续多次专程进故宫赏宝，每次揣个面包夹瓶水，一看就是一整天。

那一天，我改变了一个观念，完全摒弃了过去那种（至今也还有人这样做）从书本到书本、从理论到理论的读书治学方法，特别注意文物在读书治学中的重要作用，由此而更加广泛而深入地观察生活，了解社会，印证历史，体会人生。1998年秋天，在全社会收藏热的推动下，我供职的报纸要创办"收藏"版，许多编辑都跃跃欲试，竞争十分激烈。我本来不是搞文物专业的，但陡然回想起1984年那个秋天我拐来拐去拐进故宫的情形，觉得不妨借编"收藏"版调动和发挥一下自己多年来在文物方面的知识积累，所幸如愿以偿。时至今日，不仅这块"收藏"版我已编了整整10年，吸引了众多的读者，而且我还出版了十来种与文物收藏相关的专著，得到社会好评，这也算是人生的一点点收获吧。

那一天，我遇到了一个岔路口，拐进了一片新天地。

2008年4月1日

# 淘宝和平沈阳道

在过去的几十年间，和平区是天津市的商业中心，同时也是全市的文化中心。居住在和平区的市民，因为近身感染着商业的繁华和文化的高雅，内心里往往充满了骄傲。我认识的一个年轻人，出生在和平区，成长在和平区，"和平情结"极为浓厚，每次填写籍贯时，都要在"天津市"后边加上一个"和平区"。近些年，天津城市建设突飞猛进，各个中心城区的商业和文化都有长足的发展，但"中"中之"中"的和平区风采不减，魅力依然，恒久地凝聚着大量熟识的市民，吸引着无数陌生的游客。

我喜欢和平区，喜欢和平区的商业文化氛围，喜欢在和平区淘宝。我所淘之"宝"，不一定多么值钱，但都与文化沾边儿。其中，沈阳道古物市场是我最爱逛的地方。

改革开放，振兴了天津的古玩业，使天津形成了十分红火的文物艺术品经营市场。坐落在和平区中心地带的沈阳道古物市场是天津最大的古物市场，也是全国成立最早的古物市场。这里是中国北方的古物集散中心，南方的古玩经营者也把这里当作赚钱的宝地。这里经营陶瓷、家具、玉石、字画、文房四宝及各类工艺品，大小新旧货色齐全。沈阳道古物市场以每周四上午最为热闹，因为这一天各地的古物经营者都聚集于此进行交易，形成大集。沈阳道的东西价位低，北京的古玩爱好者也乐意"舍近求远"，成群结队地专门开车来天津交易。沈阳道古物市场最热闹的时候，周围多达数十条的街道里巷都成为交易场地，淘宝者摩肩接踵，拥挤不堪，成为天津特有的一道都市风景。

20多年来，沈阳道给我留下很多难忘的记忆。我们报社的老编辑、民俗专家张仲先生在世时，常到沈阳道逛摊儿，还在几家店铺里为朋友们鉴别古物。大约在1990年，张仲先生被邀请赴美国讲学，出国之前，他拉着我从报社骑车到沈阳道，让我帮他参谋参谋，选些小礼物赠给外国朋友。记得在路口的一个地摊上，我让他买了五只浅绿色玉石雕刻的小羊，是"汉八刀"风格的，浑朴简古，挺适合作为工艺品送人，而且所费不多。我们报社喜欢收藏的同事很多，玩瓷器、玉器、字画、旧书、连环画、老相机的都有，有几位早已经足够"收藏家"了。我逛沈阳道时，经常遇到报社的同事。有一位退休的资深记者，每周四在沈阳道摆上一个小摊，连收藏带交流，还据此撰写发表了几篇研究文章，真是老有所乐，老有所为。

沈阳道市场就像俗称的"跳蚤"市场，以地摊经营为特点，古玩旧货，林林总总，五花八门，诱人光顾。由于集市买卖随意开放，交易气氛融洽平和，所以总是熙熙攘攘，其中不乏一试身手来"捡漏儿"或"练眼"的收藏爱好者。这里的确有价钱实在的小玩意儿，若碰上只为做点小本生意的摊主，价格更好商量。因此，相对于其他交易方式，买家问价和砍价的心理负担是最小的，这也是收藏爱好者们喜欢到此淘宝的原因之一。近十几年来，我在沈阳道买的小瓷器、手串、翠件、木玩各有数十件。虽然是瞎买瞎玩，但也不是完全没用，我淘到的几个民国时期的铜墨盒就收在了2005年出版的拙著《鉴藏铜墨盒》中。

沈阳道上，充满了眼力的较量、财力的博弈，但也不都是赤裸裸的钱物交易、讨价还价，其间也有深挚的文化关怀，以及由此而产生的情谊。我家里的中华书局版点校本"二十四史"，曾经缺了一册《宋书》第六，心里总是系着个小疙瘩，感觉美中不足。2005年春节，我逛沈阳道附近一家专售文物图书的小书店时，忽然发现几册"二十四史"散本中居然有一册《宋书》第六。书店老板刘玉华先生是真朋友，见我如获至宝之情状，不但没有像很多古玩商那样趁机"宰"我一刀，要个高价，而且替我高兴，将书包好，慨然相送，分文不收。著名收藏家尹长江、张金明等先生都曾多次与我相约到沈阳道逛摊儿，与他们在一起品评鉴赏间，我增长了不少见识。

沈阳道上多古董，但喜爱古董的人并不都是泥古守旧之人。令人感到乐观的是，沈阳道吸引了越来越多的年轻人。对此，我的理解是，中国文化、中国文化的精神吸引了越来越多的年轻人。我欣赏一名喜欢收藏玉石、常逛沈阳道的80后的话："久在沈阳道的人，几乎都知道什么物件是好的，什么物件是不好的，而后会不自觉地把这种判断标准应用在生活的其他方面。所以我觉得收藏玉石的人大多都是像我这样，想过一种不同于常人、远离喧嚣和浮躁的生活，因为人品如玉品。"我常想，沈阳道上的老物件沉淀下来的味道，能够启示年轻人追慕一种潇洒豁达的风度和神采，这或许就是"潜移默化"一词的本意吧。

因此，每当周四清晨，我醒来的时候，思考的第一个问题总是：今天要不要逛逛沈阳道？

2014年8月23日

# 在古镇逛古玩城

比起楼高摩天、车流乱眼的大都市，我更喜欢逛小城大镇。小城，或者大镇，往往既有丰富可观的市井风物，又能让游客在一半天里步履轻松地大致看个全貌，留下较为深刻的印象。当然，这样的小城大镇一定要有历史包浆和文化年轮，例如我曾逛过的云南大理、甘肃敦煌、广西阳朔、山西平遥、河北正定、山东周村、江苏同里、重庆丰都、广东中山、浙江溪口……我们天津的杨柳青，也是一座很值得一逛的大镇、古镇、名镇。去年，杨柳青建了古玩城，古镇有了古玩城，就更值得一逛了。

周五一早，几位藏友与我相约，一起从市里出发，驱车到杨柳青，逛逛这里的古玩大集。冬日清晨，备感寒意，但古玩城的地摊已经开始经营了，古玩店铺也陆续开门迎客，逛摊淘宝的收藏爱好者越来越多。有几位摊主我十分眼熟，想起来了，他们常年在天津市里沈阳道旧物市场和古文化街摆摊，今天也到这里做生意了。

在古玩城悠闲地转了一个来回，了解了它的概貌。古玩城的中心街全长近三百米，东起青远路，西至青致路，从青石牌坊开始，经关帝庙、戏台、大清税局、私塾、曹家胡同，至汉白玉栏杆止，沿途包括六十多个个门面、十来个四合院落。漫步在古香古色的老街，以年画为特色的"吉祥画馆"、以玉蝉为特色的"天津大观博物馆"，以及"可乐马家具博物馆""东华天运"翡翠玉器馆等，纷纷映入眼帘。此前，著名篆刻家、收藏家孙家潭先生曾告诉我，有关部门在杨柳青古玩城开设了"孙家潭藏珍馆"，用以展示他的收藏品及书法篆刻、紫砂铭壶作品。今天我路过"孙家潭藏珍馆"，见到它是一座仿清代民居四合院，虽然此时尚未开门，但从大门外观看，里面应该有一定的规模。

同行的几位藏友如入宝山，在古玩城寻觅着各自感兴趣的东西。其中一位喜欢收藏火花的朋友，在旧书摊上买了两本火花收藏图录；另一位擅长治印的朋友，在地摊上挑选了几块巴林石料；还有一位钟情于民俗收藏的朋友，在一家古玩店门前的故纸堆里淘到一张清末民国时期的婚事帖，应是当时红事"大了"或媒人所写，提醒男方迎娶新娘的时辰和礼仪，纸张暗红，小楷工整，品相完好，颇有价值。

站在古玩城街头，我深思良久。杨柳青古玩城虽然已经有了较好的地势和人气，但若想进一步发展还需积极谋划和另辟蹊径。天津是全国性的文物集散中心，周四上午的沈阳道旧物市场大集，以及周六上午和周日上午的古文化街古玩城和文化小城大集，吸引了各地的收藏爱好者。传统上天津人掌灯以后便不再进行古玩交易，白天交易也是尽量安排在早晨和上午，但很多当代年轻人对此不太适应，因为他们平时白天要上班，双休日不愿早起，同时又觉得晚上无市可逛。我想，如果杨柳青古玩城能够突破传统古玩市场的时间限制，将大集设在周五晚上或周六晚上，推出内容丰富的古玩灯光夜市，为喜欢收藏的人们提供更宽裕的淘宝时间和更休闲的交流平台，有关部门将杨柳青通往市内的公交车都安排在晚上10点以后收车，那么这里的古玩市场定会更加繁华兴旺。据我所知，全国各地很多历史文化名城都开办了古玩夜市，生意普遍看好。2010年夏天，我和几位朋友到敦煌考察莫高窟等名胜古迹，晚上喜欢逛敦煌市里的古玩城，那里灯火通明，热闹非凡，远胜于白昼，古玩店到晚上11点还未打烊，让顾客尽情观赏和选购，我们这些远来的游人觉得真是不虚此行。

逛过古玩城，溜达到邻近的文物保护单位安家大院小憩。我看到，在这座已是博物馆的著名大院的门楼里，新镌了一副赵伯光先生书写的楹联，内容为："群水森森，江洋湖泊海河碧；维木森森，松柏梧桐杨柳青。"它预示着，安家大院、杨柳青古玩城和北国名镇杨柳青，今后会有更加美好的盛景。

2014年3月5日

# 淘得一批天津老相片袋

　　今天上午，下楼逛古文化街文化小城旧书市场。天气稍暖，书市人气很旺。寻寻觅觅间，忽然发现地摊上有一个塑料兜，里面全是天津老照相馆的相片纸袋，很感兴趣。相片袋上印有照相馆的名字、地址、电话，还填有照片的尺寸和取照片的时间，在私人照相机尚未普及的年代，它们是一座城市照相业发达程度乃至市民生活水平高低的重要依据。以前我曾收藏过一些这类老相片袋，但没见过如此大量的藏品。摊主说，这是他十几年前收来的。我稍微翻了翻，里面确实没有近十几年的东西，认为值得收藏，而且机会非常难得，就决定全部吃下。

　　摊主是熟人，以往我也买过他不少东西。他听我说要"全去"，考虑了一下，很快就同意了。我让他说个价儿，他就说了，当然不算高，但提出要将所有相片袋里装的照片和底版全剔出来，他留下另卖。我买熟人的东西几乎不划价，这次也很痛快地认了价儿，同时也同意将相片袋里的照片和底版全给他留下。我对他说，我要这些照片和底版也没什么用。可能有人会认为这些旧照片和底版也有一定的价值，但我不喜欢收藏别人的照片。摊主忙着照顾别的生意，我便提出，如果他信任我，就由我将相片袋里装的照片和底版剔出来。他说，我怎么会不信任您，那就麻烦您了。

于是我就在旁边一辆摩托车的车座上，慢慢打开这些相片袋，挨个取出里面的照片和底版。有些相片袋本来就是空的，有的里面虽然有底版，但由于年头太久，底版已呈腐蚀状，与相片袋粘在一起，如果不取出来，那么连相片袋也会逐渐被腐蚀而烂掉。

十来分钟后，我的工作完成。我将剔出来的照片和底版装在摊主提供的另一个透明的玻璃纸袋里，喊他来检查。摊主接过玻璃纸袋，一摆手说，不用检查了，这些相片袋属于您了。我付了款，与摊主互相道谢，告别。

回到家里，我将淘得的这些天津老照相馆的相片纸袋逐一摆在两张报纸上，看来看去，越发感觉买得很值。这些相片袋共有百余件，八十多种，反映了从20世纪40年代到90年代天津几十家主要照相馆的经营信息。其中印有"公私合营"字样的就有多种，印有"语录"内容的则多达几十种。几家著名的照相馆，如东风照相馆、东方红——鼎章照相馆、美光——光辉照相馆等，它们的相片袋都不少于十种，排列起来，不难看出时代变迁的痕迹……

　　70多年前，老舍在一篇杂文中写道："在今日的文化里，相片的重要几乎胜过了音乐、图画与雕刻等等。在一个摩登的家庭里，没有留声机，没有名人字画，没有石的或铜的刻像，似乎还可以过得下去；设若没几张相片，或一二相片本子，简直没法活下去！不用说是一个家庭，就是铺户、旅馆、火车站、学生宿舍，没有相片就都不像一回事。"可见照相在人们生活中的特殊位置。天津人爱美，爱照相。天津的照相业曾经领先全国，有着骄人的历史。这些已成故纸的老相片袋，正是历史的真实记录。由此，我更觉得，今天这"一锅端"来的藏品，很有价值。

2012年2月19日

# 龙年再说"鱼化龙"

　　"鱼化龙",是神话传说中一种龙头鱼身的动物,也是一种龙鱼变化的形式。龙鱼变化的传说历史悠久,如《山海经·大荒西经》有"风道北来,天乃大水泉,蛇乃化为鱼",《说苑·正谏》有"昔日白龙下清冷之渊,化为鱼",《长安谣》有"东海大鱼化为龙",更有"鲤鱼跳龙门"的著名民间传说。鱼化为龙,古喻进士登科、金榜题名、高升昌盛,如《封氏闻见记·贡举》有"故当代以进士登科为登龙门",李白《与韩荆州书》有"一登龙门,则声价十倍"。鱼龙变化图案在仰韶文化彩陶壶上就出现了,进而出现在商代玉器上,后来在铜镜、石刻、木雕、刺绣、瓷器上就出现得更为频繁了。

　　"鱼化龙壶"是深受收藏爱好者喜爱的一款著名紫砂壶型。经过清代嘉庆、道光、咸丰时期的紫砂巨匠邵大亨的精心设计,寓意吉祥的"鱼化龙壶"成为一种成熟的壶型,并广泛流传。后世许多紫砂名家都把"鱼化龙壶"当作经典壶型,或依样仿制,或变化出新,生生不息,蔚为大观。

　　紫砂壶里的有些壶型，由一位大师首创，得到社会认可后，又经过后世多位大师不断地丰富和发展，成为经典壶型。当然，同一个壶型的不同作品，有的后世大师做得比前代大师好，也有的前代大师的作品后人确难超越。像"树瘿壶""鱼化龙壶""僧帽壶""井栏壶""掇球壶""汉君壶""仿鼓壶"等，历史上都有多位大师做同一个壶型，但做出来的壶还是或明显或微妙地表现出不同的时代气息和个人风格，成为艺术上的"这一个"。只有这样，同一个壶型的不同作品才分别具有存在和传世的价值，这个壶型也才能生生不息地流传下去。"鱼化龙壶"的壶型，就有这样一个发展演变的过程。

　　"鱼化龙壶"也叫"龙壶""鱼龙壶""鱼龙戏浪壶"，蕴含飞黄腾达、平步青云的理想。据史料记载，明末紫砂艺人陈仲美制作过"龙戏海涛"壶，但未有实物流传下来。有专家认为"龙戏海涛"壶就是"鱼化龙壶"，陈仲美就是"鱼化龙壶"的创造者。但是，直到清代嘉庆、道光、咸丰时期，经过邵大亨的精心设计，"鱼化龙壶"才成为一种成熟并广泛流传的经典壶型。后世许多紫砂艺人都曾仿制"鱼化龙壶"，然而没有一件仿制品在造型尤其是气韵方面能与邵大亨相比。

　　收藏家李英豪先生曾在香港《大公报》上介绍过一把邵大亨的"鱼化龙壶"：壶高九点二厘米，宽十二点二厘米，"用规整的六瓣云纹布满壶身，骤看亦肖大波浪纹。圆浑婉转的身筒本身富造型美。为了增加'动感'与趣味性，壶盖的'纽'制成倒茶汤时能够伸颈吐舌的鱼化龙……"

清末紫砂艺人黄玉麟模仿邵大亨的"鱼化龙壶"，但做了一些改动。后来他的"鱼化龙壶"取代邵大亨，成为"鱼化龙壶"的标准样式。黄玉麟所制"鱼化龙壶"，砂质温润细腻，紫里透红；壶面饰云浪纹，生动和顺，舒展流畅；鱼、龙、云浮雕装饰与壶身浑然一体，刻画精细，出神入化；作品整体风格奇巧俏丽。肩部前后有双穿孔耳环装配铜质软提梁。在相当一个时期制"鱼化龙壶"的名家中，做软耳提梁的只有黄玉麟一家。但也发现有的"鱼化龙壶"，艺术的风格是黄玉麟的，却打着邵大亨的款，这说明它们既不是黄玉鳞制的，也不是邵大亨制的，应是民国时期的制壶高手做的。在当时人眼里，邵大亨的壶比黄玉麟名气大，于是就打了邵大亨的款。

黄玉麟之后，清末民初的紫砂艺人俞国良也擅制"鱼化龙壶"，形式与黄玉鳞的几乎相同。当代苏州著名作家陆文夫就藏有一把俞国良的"鱼化龙壶"。1990年，陆文夫还为此写过一篇散文《得壶记趣》，先是发表在上海《文汇月刊》，后来编入《紫砂春秋》一书，成为写壶的名文。20世纪50年代，陆文夫爱逛苏州人民路、景德路、临顿路上卖旧艺术品的小古董店。有一天午饭后，他照例到那些小古董店里去巡视，忽然在一家大门堂内的小摊上，见到一把"鱼化龙"紫砂茶壶。他知道"鱼化龙壶"是紫砂壶中常见的款式，民间很多，他少年时也在大户人家见过。可这把"鱼化龙壶"十分别致，紫黑而有光泽，造型的线条浑厚有力，精致而不繁琐。壶盖的捏手是祥云一朵，龙头可以伸缩，倒茶时龙嘴里便吐出舌头，有传统的民间乐趣。卖壶的人可能也使用了多年，壶内布满了茶垢。1990年5月13日晚，宜兴紫砂工艺二厂厂长史俊棠、制壶名家徐秀棠及冯祖东等几位紫砂工艺家到陆文夫家作客。陆文夫待他们坐定之后便把"鱼化龙壶"拿出来，请他们看看这把壶到底出自何年何月何人之手，因为壶盖内有印记。他们轮流看过之后大为惊异，因为这是清代制壶名家俞国良的作品。徐秀棠说，此壶称为"焐灰鱼化龙"，烧制时壶内填满砻糠灰，放在烟道口烧制，成功率很低，保存得如此完整，实乃紫砂传器中之上品。

继邵大亨、黄玉麟、俞国良后，近代紫砂名家范大生，现当代紫砂名家朱可心、汪寅仙、何道洪等，都制作过精美的"鱼化龙壶"，使这一经典壶型得以延续和发展。近年来，很多中青年紫砂工艺师也在此壶型上多有尝试。

拙著《趣谈中国茶具》2005年由百花文艺出版社出版后，其中《生生不息"鱼化龙"》一节被多家报刊和网站选载，在收藏界和紫砂工艺界引起关注；"百度百科"对于"鱼化龙壶"的解释，亦以拙著为依据。于今又逢龙年，遂将该题加以充实丰富，重新写出，借此祝愿读者见壶得福，吉祥如意。

2012年2月3日

# 紫砂壶的"鉴"与"赏"

喜欢紫砂壶的人，无论是出于收藏、欣赏、使用目的，还是投资升值目的，总要走进市场。进入市场，就会看到琳琅满目、品类繁多的紫砂壶，有的几元十几元一把，有的十几万几十万元一把，价格有天壤之别。真正的投资者面对传世名壶和当代名家作品，遇到的第一个问题就是：哪些是真品？哪些是假货？辨明真伪的标准和方法是什么？

人们都希望自己购买的紫砂壶物有所值，最好是物超所值。但是一旦花了买真壶的钱却买了假壶，一切便成为泡影。如果是屡屡上当受骗，那么不仅会使收藏者在经济上蒙受损失，而且极易动摇乃至摧毁他们的收藏信心。因此，买真不买假，是收藏者投身紫砂壶市场并取得成功的大前提。

与瓷器等其他文物的鉴定相比，紫砂壶的鉴定有其独到之处。但大致来说，模糊的成分较多，科学的判定较难。这是因为：

第一，与瓷器、青铜器等相比，紫砂器制作历史短，产地、原料单一，鉴别起来有一定难度。紫砂壶出产于江苏宜兴的地方窑，属于民间手工业。这种行业多是子承父业，师徒传承，夫唱妇随，个体小作坊规模而已。除在壶上镌刻字画外，不需要多种工艺的合作和工序上的流水作业，整个制作过程都由一人操作，造型设计全凭个人爱好而定，"取用配合，各有心法，秘不相授"（明代周高起《阳羡茗壶系》）。由于始终没有形成大规模的生产，也未能统一器型、统一尺寸、统一落款，各自为政，各展风采，各具特色，造成作品虽属同一时代、同一地区，但个体之间差异极大。具体到每一个朝代或时期，并没有足够的作品数量可以全面地反映出它的整体面貌和变化规律。这些方面，从方便鉴定的角度看，都无法与明清以来的官窑和民窑瓷器相比。因为瓷器烧制产量大，遗存至今基本上有其轨迹可寻，从古至今众多的学者给予充分的研究，其生产面貌和工艺特征十分清晰，并遗存有数百万件以官窑瓷器为代表的典型器可供参考。作为一种整体上缺乏规律性的文物艺术品，紫砂壶的鉴定无疑具有很大难度。

第二，自明末以来，有关紫砂壶的记述和文献极为稀少，近几十年来地下考古发现有明确纪年墓的器物也只有零星的几件。出土器，可根据墓葬纪年和同出器物的年代得出结论。各博物馆收藏紫砂壶数量不多，没有争议的标准器更是少得可怜。这与民窑产品整体数量受限制有关，也与紫砂器在历史上没有受到社会高层特别重视有关。虽然清代一些皇帝比较喜欢紫砂器，北京故宫博物院迄今还收藏着一批当时制作的紫砂器，但这些紫砂器无论从数量上说，还是从受皇家重视程度上说，都无法与同期景德镇瓷器相比。这种情况，也给紫砂壶鉴定增加了难度。

第三，紫砂壶鉴定的科学性比较薄弱。历史上，虽然流传下来诸如明代周高起的《阳羡茗壶系》和清代吴骞的《阳羡名陶录》等有关紫砂壶的著述，但它们都没有科学地、系统地论及紫砂壶的鉴定方法。近二十年来，随着新一轮"紫砂壶热"的兴起和发展，紫砂壶资料整理和研究工作也达到了历史上从未有过的繁荣程度，全国各地的文博专家、收藏家和宜兴紫砂艺人一起投入到紫砂壶研究工作中，有关图录和著作出版了上百种，它们填补了许多研究空白，解决了许多有关紫砂壶史和紫砂壶工艺的疑难问题，一门"紫砂学"正在形成；然而，截至目前，专家们对于名家署款的紫砂壶尚未能够提出十分科学的鉴别标准，在此方面仍然处于探索阶段，影响了紫砂壶整体研究水平的质的提高。这样的研究水平与瓷器特别是官窑瓷器的研究水平相比，差距比较明显。缺少科学、系统的鉴定理论的指导，是紫砂壶鉴定工作的又一个不利因素。

第四，历史上出现过大规模的高手仿古活动，高仿品很多。民国初年，上海的一些古董商人重金延聘宜兴制壶高手，不惜成本，不计时间，精心仿制历代名家作品。裴石民、顾景舟、王寅春等高手都是当时古董商的座上客。这批仿品均源于名家旧器实物，制作水平很高，在工艺上甚至还有超过原作的地方。若不谈历史价值，其艺术上的成就则是应当肯定的。就是现在一些博物馆收藏的名家名壶，或者已被社会公认的原作真品中，是否就有当时精美的仿制品，也是值得考察的。约百年前制作的这批高仿品大量遗存至今，又给紫砂壶鉴定工作带来一大困难。

正是由于紫砂壶在常规鉴定上存在诸多困难，因此不能仅仅从微观角度认定其价值，而是要重点研究它的艺术风格和文化品位，通过宏观把握积累鉴赏经验，在实践中得到最接近真理的结论。既要认准每一个部件，又能在大的方面、整体气息上感觉对头，做到微观与宏观有机结合地鉴赏，优秀的紫砂壶收藏家往往具备这样的本领。从宏观上把握，就是从本质上把握，而善于在宏观上准确把握的收藏家和鉴赏家尤为难得。一把壶，拿到眼前仔细鉴别，所有的部件、所有的具体方面几乎都没有问题，但它却是赝品，因为"没有问题"的都是现象；反之，一把壶，整体气息上感觉对头，即使在某个具体方面对不上号，它也不一定是赝品。

对紫砂壶价值的鉴定，涉及文物艺术品"鉴"与"赏"的问题。一种观点认为，鉴定是手段，欣赏是目的，鉴与赏是不可分割的。只有会鉴定，分出真伪优劣档次，才有欣赏乐趣。无收藏知识，就谈不上鉴定，更不会有收藏者获取猎物后的享受。还有一种观点认为，鉴与赏是认定文物艺术品价值的相互区别又相互联系的两个方面：鉴是鉴别文物艺术品的真伪、优劣，这就需要对文物的起源、演进、材质、工艺技法、造型纹饰等有一定的了解；赏则是对文物艺术品的把玩、赏析，主要从美学的视角来评价文物艺术品的艺术价值，并结合历史学、民俗学及科技史等深入观察，综合考证。如此，方能解决长期以来困扰收藏者的难题——避免买到赝品，避免收藏赝品。这后一种观点对紫砂壶价值的鉴定启发尤大，特别是应该强调"赏"的重要性。没有对紫砂壶进行长期的、深入的、综合的把玩和赏析，就难以超越技术层面的鉴别，难以掌握"壶性"。孔子说"玩索而有得"，这句话值得深思。董其昌在《古董十三说》里说"玩古董有却病延年之助"，只要心胸悠畅，神情怡然，是可以达到这个效果的。他又说"古董非草草可玩也。先治幽轩邃室，虽在城市，有山林之致"，这实际是说玩古董作为一种高雅的欣赏活动，需要一个与心境相适应的好环境。以往的紫砂壶收藏家往往重"鉴"轻"赏"，有实物而无视角，有知识而无感觉，有经验而无理念，有壶内功夫而无壶外功夫，影响了他们对紫砂壶价值鉴定水平的提高。

任何文物艺术品的鉴定都可分为主要依据和辅助依据两个方面。以紫砂壶为例，器型、质地、包浆、题款和印章等都属于辅助依据，而作品的时代气息和工艺师的个人风格应是主要依据。

但是，由于前面谈到的种种特殊原因，与字画、瓷器和青铜器等文物艺术品相比，紫砂壶的时代气息和工艺师的个人风格总的来说认定起来难度稍大一些。尽管如此，如果仔细分析比较，还是有一定规律可循的。

以时代气息而论，紫砂壶经历了明、清、民国和新中国成立后等几个大的历史时代，有的时代还可根据实际情况细分几个历史时期，不同时期的作品，受社会风气和艺术思潮影响，其气息多多少少地会有所差异，有时粗犷，有时工细；有时质朴，有时雕饰；有时肖形，有时夸张；有时崇古，有时尚新；等等。一件体现时代气息的作品，就像一面镜子，能够反射出周围环境的映像，当然，这种折射不会像镜子那样直接与明显。

以工艺师的个人风格而论，工艺师在性格、素养、兴趣爱好、艺术追求等方面有所差异，认识世界、表达思想的方式就会有所差异，其作品风格也多多少少地会有所差异。他们有的擅做花壶，有的擅做光壶；有的擅做圆壶，有的擅做方壶。有些工艺师早年能做很多样式的壶，但最终拿手的和被社会承认的只是少数几种。不同的工艺师，即使做同一个样子的壶，所要表达的内容也是各有侧重的。工艺师对某一类题材研究深，制作精，并逐渐为社会上懂行的爱好者所认同和认购，他们所精深的方面一定是超过了同时代的其他同行，因而形成了区别于他人的个人风格。越是富有神韵的名家精品，个性就越鲜明。

　　有些壶型为一位大师首创，得到社会认可，经过后世多位大师不断地丰富和发展，才成为经典壶型的。当然，同一个壶型的不同作品，有的后世大师做得比前代大师好，也有的前代大师的作品后人确难超越。像树瘿壶、鱼化龙壶、僧帽壶、井栏壶、掇球壶、汉君壶等，历史上都有多位大师做同一个壶型，但做出来的壶还是或明显或微妙地表现出不同的时代气息和个人风格，成为艺术上的"这一个"。只有这样，同一个壶型的不同作品才分别具有存在和传世的价值，这个壶型也才能生生不息地流传下去。例如鱼化龙壶，就有一个发展演变的过程。鱼化龙壶也叫龙壶、鱼龙壶，鱼龙戏浪壶，蕴含飞黄腾达、平步青云的理想。据史料记载，明末紫砂艺人陈仲美制作过"龙戏海涛"壶，但未有实物流传下来，有专家认为"龙戏海涛"壶就是鱼化龙壶，陈仲美就是鱼化龙壶的创造者。但是，直到经过清代道光、咸丰年间的紫砂巨匠邵大亨精巧的设计，鱼化龙壶才成为一种成熟并广泛流传的经典壶型。后世许多人都曾仿制鱼化龙壶，然而没有一件仿制品在造型尤其是气韵方面能与邵大亨相比。清末紫砂艺人黄玉鳞模仿邵大亨，但做了一些改动，后来他的鱼化龙壶取代邵大亨，成为鱼化龙壶的标准样式。黄玉鳞之后，清末民初的紫砂艺人俞国良也擅制鱼化龙壶，形式与黄玉鳞的几乎相同，已故当代著名作家陆文夫就藏有一把俞国良的鱼化龙壶。当代紫砂名家朱可心、汪寅仙、何道洪等都制作过精致的鱼化龙壶，使这一壶型得以发展。据《收藏》杂志2002年第七期陈颂雎《鱼化龙壶漫话》一文介绍，一位收藏爱好者藏有一把鱼化龙壶，壶形与黄玉鳞的鱼化龙壶一样，而他自己却认为它是一把乾隆年间的紫砂壶，那么这显然是不对的。

因此，紫砂壶鉴定要借鉴一些字画鉴定专家行之有效的鉴定方法，根据具体对象善于选择利用主要依据或辅助依据，有时还需要将两者有机地结合起来运用。通体仿冒的作品，因为仿冒者与原作者的时代和个性不同，其艺术特色必然有所不同。同时代的仿冒者，虽然与原作者处于同一个时代，但是由于他们的个性不会完全相同，因而艺术水平也必然有所差异。

总之，紫砂壶"鉴"难，需"赏"；而"赏"则侧重在艺术风格和文化品位的把握，又谈何容易。

收藏紫砂壶，"鉴"是辨明真伪，"赏"是分清高下，两者是相辅相成的，但后者往往需要更加深厚、博通的艺术修养，更加敏锐、准确的艺术观察力和判断力。

分清高下，首先要明确树立精品意识，知道什么是精品，为什么要收藏精品，这是投资收藏紫砂壶保值增值的必要前提。

树立精品意识，就要知道什么是精品。俄国作家托尔斯泰认为，精品应有"原创性、独特性、明晰性、感染力，以及创作者在创造过程中是无欺的、真诚的真实性。"这句话用在文物艺术品上，就是：凡是凝聚作者创造才华，具有原汁原味、风格突出、一目了然、打动人心等特点的珍稀的文物艺术品，才是精品。紫砂壶收藏者应该收藏的就是这样的精品，最好能够收藏到极品或绝品。

近20年来，紫砂壶市场总体价格经历了由低到高、由高到低、又由低到高的几次比较明显的波动。市场处于低谷时，一些紫砂壶投资者觉得藏品贬了值，经济上吃了亏，显得灰心丧气，但那些投资购藏精品的紫砂壶收藏者，还是以较小的损失或根本无损失而经受住了严峻的考验。特别是那些清代民国紫砂名家的精品，保持住了原有的价位，并随着经济势头渐缓而有所上扬。这是因为，精品毕竟比较坚挺，大浪淘去的是那些缺乏特点乃至粗制滥造的东西。这样看来，紫砂壶市场的这几次波动客观上也有其有益的一面，它严肃地告诉人们：第一，买精品最抗跌，最保险；第二，精品不是很多，需要下工夫寻找；第三，要有追求精品的恒心和信心，不要随大流，赶时髦，否则一有风吹草动就会跟着倒霉。

分清高下，还要有深邃和长远的文化眼光，始终不移地将投资的重点放在那些艺术风格突出、文化品位不俗的作品上，这是投资收藏紫砂壶保值增值的最佳途径和必然归宿。

文物艺术品从其本质上说是文化，是那些具有深刻文化内涵的东西。比起其他文物艺术品，紫砂壶与中国传统文化有着更为密切的联系，历代文人投注在紫砂壶身上的热情和智慧也更大一些。因此，紫砂壶可以说是真正的文玩、雅玩、清玩。要收藏紫砂壶必须具有良好的文化素质和鉴赏能力。文化素质指收藏者哲学、历史、文学等方面的修养，也包括收藏者的人生观、道德观等，鉴赏能力则指收藏者美学、心理学、美术、书法等方面的实践和经验。有时，紫砂壶收藏者往往能从雕塑、建筑、戏曲等紫砂壶以外的方面吸收营养，获取灵感，提高自己的认识水平，因为艺术是相通的。此外，多读一些紫砂壶研究和欣赏方面的文章和书籍，掌握理论基础，充实头脑，由理论而实践，由实践再理论，认识得以螺旋式提升，在收藏品位上才能更上一层楼。

富而思文，富而思乐。随着人们物质文化生活水平的不断提高，文化品位高的紫砂壶作为雅玩的经济价值和审美价值会越来越凸现出来。

2015年6月12日

# 被残缺的依然完美

最近，我两次到天津博物馆参观"永恒之城——古罗马的辉煌"展览，第一次是应主办单位之邀，第二次是陪儿子去看。在展出的来自意大利多家著名博物馆的二百多件古罗马珍贵文物中，体积最大、最引人注目的，还是那些精美的人物雕像。可惜的是，这些人物几乎都是"残疾人"，特别是身体上那些突出的部位，如鼻头，如手指，如男性生殖器，缺失得最为严重。

"可惜"，这个词实在是用得轻了。像佛罗伦萨考古博物馆提供的一件公元3世纪的大理石雕，朱里亚·多米纳头像，看上去是一个极其美丽的女人，两个眼球一齐向斜上方望着，充满了诱惑力。然而，这个美丽的女人却只剩下多半个头颅，而且鼻子也被削去了一块。对此，我都不敢用"可惜"一词来发出些许感叹。

这些人物雕像的致残，原因可能有很多，比如风化，比如震损，比如误伤，比如施暴。总之，它们绝大多数是"被"残缺的。可能正是由于这种无辜地被残缺，我们觉得它们依然完美。

在罗马和佛罗伦萨的博物馆里，观众觉得它们依然完美；不远万里来到中国，这里的观众同样觉得它们依然完美。

至此，不得不提到众所周知的维纳斯雕像。爱与美的女神维纳斯，当她以断臂的姿态出现在我们面前时，我们会产生无数种乃至无穷尽的审美想象。我们通过丰富而深入的想象，得以领受这种残缺之美，也得以享受这种残缺之美。

因为知道维纳斯和朱里亚·多米纳们的雕像本来是完整的，它们的被残缺纯属无辜，我们就会用善心来原谅残缺，理解残缺，弥补残缺。结果，我们在试图还原完整的过程中达到了想象中的完美。换言之，我们能够享受美，就是因为我们善。

2016年6月20日

# 博尔赫斯是只猫食碗

喜欢博尔赫斯。大约两年前，看到一家网店挂着一枚博尔赫斯纪念币，是阿根廷中央银行1999年为纪念博尔赫斯诞辰100周年发行的，铜镍材质，面值2比索，售价38元人民币。我有意搜集世界文学大师纪念币，存有希腊发行的荷马币、意大利发行的但丁币、西班牙发行的塞万提斯币、德国发行的歌德币、法国发行的左拉币、苏联发行的托尔斯泰币、印度发行的泰戈尔币。于是让儿子帮忙，给这家网店发了订单，除了这枚博尔赫斯纪念币，还另外买了二十多件外国邮票和钱币。不久，儿子告诉我，网店店主回复说，只有这枚博尔赫斯纪念币没货了。其他二十多件既已订货，我也不想再折腾了，只好下单，把遗憾留给自己。

对博尔赫斯的喜爱，与日俱增。前几天，偶然间，我又看到一家网店挂着一枚博尔赫斯纪念币，售价也是38元人民币。心想这次不能错过了，赶紧另外选了二十多件外国钱币，让儿子给这家网店发了订单。很快，儿子告诉我，网店店主回复说，只有这枚博尔赫斯纪念币没货了。我考虑到其他二十多件货也不错，特别是其中有十来种印度历史人物纪念币颇有价值，便决定下单成交，依然把遗憾留给自己。

儿子问我，记得猫食碗的故事吗。一个养猫的人，一直拿一只宋朝的古董盏当猫食碗。有位明白人看到碗，想买，但又不想出高价，于是向猫的主人买猫。猫的主人高价卖猫，竟也成交了。买猫的人对卖猫的人说，那只猫食碗你留着也没用，我捎走吧。卖猫的人说，那可不行，靠着这只猫食碗，我已经卖了好多猫了。多年前，范伟和高秀敏演的小品《卖猫》，跟这个故事差不多。难道网店店主知道有人看中博尔赫斯纪念币，志在必得，便故意拿它做诱饵，吸引痴迷如我者购物吗。

然而，博尔赫斯的伟大，恰恰是他致力于提升人们的思想境界和生活品位，告诉人们不要沉湎于世俗，混迹于苟且，汲汲于功利。他曾经警示人们："你的肉体只是时光，不停流逝的时光。你不过是每一个孤独的瞬息。"博尔赫斯作品风靡中国，影响中国，实质上是博尔赫斯完成了对中国读者的精神占有。

博尔赫斯一生读书、写书，老天眷顾他，让他当了阿根廷国家图书馆馆长。虽然他在被任命为馆长的时候，已近乎完全失明。在博尔赫斯看来，图书馆是神圣的："我心里一直都在暗暗设想，天堂应该是图书馆的模样。"他的小说《巴别图书馆》描绘了图书馆这一"无所不在"的世界："图书馆是一个天体，它的正中心是任何六边形，它的圆周是无限的。"而这一"灿烂、孤独、无限、恬静的图书馆将永远存在下去。"他把图书馆比作宇宙，把宇宙比作图书馆，指出图书馆与宇宙一样，是永恒的。博尔赫斯作品追求的，就是这种永恒。

即使博尔赫斯纪念币真的就像是那只难以得到的猫食碗，我也甘愿再一次为它下单。

2015年8月7日

第3辑 · 艺品

# 乳虎啸谷少年风

"乳虎啸谷"，我一直特别喜欢这四个字，喜欢想象着小老虎在山谷间吼叫是怎样壮观的情景。现在大家都知道，这四个字出自梁启超的名篇《少年中国说》："潜龙腾渊，鳞爪飞扬。乳虎啸谷，百兽震惶。鹰隼试翼，风尘吸张。奇花初胎，矞矞皇皇……"但在我上中学的时代，还很少有人诵读这篇佳作；后来我才听说，它被选入中学语文课本；再后来我又听说，它被从中学语文课本里抽出去了。或许由于梁启超先生是我的太老师的缘故，我喜爱《少年中国说》，喜爱"乳虎啸谷"的风格。

我的儿子出生后，我非常爱他，但不知道怎样才能向一个尚不懂事的孩子表达自己的爱，恰巧国画大师张大千和张善子先生共同的弟子、以画坛"虎翁"闻名于世的老画家慕凌飞先生要为我画一幅虎，我就请他画了一只稚气可爱的小老虎，依偎在虎妈妈温暖的怀抱里。一年一年过去了，儿子长大了，我愈发地爱他了，就想请慕凌飞先生再画一幅《乳虎啸谷图》以激励孩子成长，可惜他老人家早已不在了。今岁庚寅，又逢虎年，虽然儿子已经20岁了，我还是特意买了各式各样的布老虎、泥老虎，过年的时候送给他，摆放在他的床头和书桌上。多少年来，我对孩子的爱，贯穿着一个重要内容，就是在他身上寄予了一种从小就生龙活虎、虎虎生威的"乳虎情结"。

小老虎在山谷里吼叫，其威猛雄强的吼声，穿越森林，掠过重峦，使所有的野兽听了都心惊胆战……每想起"乳虎啸谷"的情景，我都不禁血脉贲张；每读到《少年中国说》中的话语，我都不禁激动万分。《少年中国说》，已经被百年历史证明为民族崛起的响亮号角；"乳虎啸谷"，必将是当今青少年奋发有为的恢宏写照。

近些年，我应邀到几所中学演讲，曾听到不少中学生朋友说，自己心里常常郁闷和沮丧，心理压力大，缺乏美好的理想，没有明确的奋斗目标，感到前途渺茫……我理解他们的想法和处境，总是安慰和鼓励他们：青少年时代最不应该自卑与迷惘，因为对于一个人的发展来说，年龄越小，时间越多，空间越大，也就是说，因为你年轻，你想做什么，你都来得及，关键是你要有信心，并且从现在就开始准备做……

我还把清代诗人袁枚写的一首小诗抄录给青少年朋友："白日不到处，青春恰自来。苔花如米小，也学牡丹开。"我想让他们知道，自己即使只是一朵小小的、生长在角落里的苔花，也要努力地像牡丹那样开放，灿烂地绽放，昂然地怒放。我相信他们很快就会明白，这种绝不低头的姿态，自立自强的信念，才是我们的人生观，我们的生命哲学。

乳虎啸谷，苔花争妍，实乃希望之所在。这样的精神，于青少年身上，是至为宝贵的。

2010年7月16日

# 童书与童心

六一儿童节就要到了，孩子们迎来快乐的日子，大人们也跟着孩子们一起快乐。这些年时常会听到大人们说这句话："我们活着为什么，还不是为孩子吗！"所以说，儿童是一个民族的快乐源，儿童幸福，整个民族就有笑脸，就有笑声。尤其是像我这样喜欢儿童、喜欢童书的中年人，就更能从孩子们的欢声笑语中找回自己的童年，觅得自己的快乐。

清晨，我浏览朋友的博客，看到著名儿童文学作家安武林先生贴出了几则新写的"微童话"，其中一则很有意思：

狼来到了兔子国，狼对小兔子说："小宝宝，你真可爱呀！"狼对小兔子的爸爸妈妈说："你们的孩子真可爱呀！"兔子们觉得狼很好，选狼做了兔子国的国王。狼宣誓，一定要保护兔子们的家园，保护每一株小草。老虎路过兔子国的时候，好奇地问狼："你天天吃草吗？"狼哈哈大笑："我吃兔子肉！"

我相信孩子们会很喜欢安武林的这篇童话，他们会像阅读安徒生童话、格林童话那样，很快感觉到其中的趣味；而像我们成年人呢，阅读之后，便会油然联系到某些现实的存在，会在趣味的层面上更多一层意义层面的理解。

这就是童话的读者不只是儿童的原因。这也就是成年人可以而且需要读童书的原因。优秀的童话和童书，其思想是指向人的整个生命历程的，也是可以涵盖宇宙和超乎宇宙的。

20世纪60年代末70年代初，我是一名儿童。当时尚在"文革"期间，虽然出版了不少连环画，发行有《红小兵画报》，但它们大都并非真正的儿童读物，很多纯是为了政治宣传，却忽略了儿童应有的天真烂漫、健康活泼的特性。有一天，我三叔忽然拿来一本破旧的连环画，说这本书不错，特意从朋友家给我借来，让我抓紧看，且别让外人发现，明天他就要还给朋友。这本破旧的连环画不仅失去了封面和封底，而且前后还分别缺了几页，我等于阅读了一个不知名字，也不知开头和结尾的故事。但这个描写古代外国人寻宝的神奇而又刺激的故事深深地吸引了我，使我沉浸其中而废寝忘食。几年后得知，这本连环画是"文革"前出版的《阿里巴巴和四十大盗》。我认为，这样的书才是真正意义上的童书，因为它首先是儿童发自内心喜爱的书。童书应该增强儿童的道德和智慧，但后来出版的很多青少年读物却是以励志为名而宣传直接的功利目的，无异于拔苗助长。

我心目中的一些好书，有些实际上就是广义的童书。如捷克著名作家哈谢克的小说《好兵帅克历险记》，有了捷克著名画家约·拉达所作漫画式的插图，少年儿童是不会读不下去的。再如弘一法师撰文、丰子恺绘画的《护生画集》，文图并茂，书中所提倡的爱生敬养的思想在一定程度上是有益于儿童心灵成长的。

我和儿子共同喜欢的少儿读物，有意大利罗大里写的《洋葱头历险记》，中国张乐平画的《三毛流浪记》、段纪夫画的《老马正传》等。我也喜欢一些国际获奖儿童绘本，买来《母鸡萝丝去散步》《三只小猪》等图书欣赏。我最爱看《大象巴巴的故事》，它讲述的聪明的巴巴的一系列冒险故事，实在是引人入胜。

我已臻知天命之年，但近年我在电脑和手机上分别接受过几次关于心理年龄的测验，每次结果都显示我的心理年龄是21岁半。我知道自己集存着一万册小人儿书，我知道自己一直喜欢看童书，难道这些便可使自己年轻这么多吗？

童年早已成过往，但因喜欢童书，所以童心未泯，多少年来总怀有一种童话般的心境，言行也总透着一股青涩的稚气。最好永远揣着这颗可贵的童心吧，不为别的，为了我们不会老。

2016年5月10日

# 知堂的序跋

前些天，古文化街一家书店的老板收了几百册旧书，让我去挑。我翻阅一过，没有发现能令我怦然心动的书，但其中有一本书却实在舍不得放下。此书名叫《知堂序跋》，周作人（号知堂）著，钟叔河编，岳麓书社1987年2月一版一印，封面四个大字集的是周作人本人的墨迹，雅逸而不失拙朴。这个版本寒斋有存，且是当年一发行就买的，后来中国人民大学出版社再版本我也买了。但是现在又见到这个初版本，如故友相逢，有不尽的话语，所以说"实在舍不得放下"。书店老板很慷慨，将这本原定价三元七角、如今至少可以卖四五十元的书送给我了。

钟叔河先生以超人的勇气和丰赡的学识，在20世纪80年代毅然编印《知堂书话》和《知堂序跋》，旋即成为新书精品，泽被学林，不愧为大编辑家。

20世纪80年代，是我读书的海绵时代，自然也成为改革开放后首批周作人作品的读者。知堂的书籍，无论是重印的，还是新编的，只要获悉出版消息，我都要在第一时间买到。北京大学研究周作人的钱理群教授是我的老师，华东师范大学研究周作人的陈子善教授、南开大学研究周作人的张铁荣教授与我谊在师友间，但论年龄和资历都是我的师辈，然而在阅读周作人方面，他们与我的起跑线应该是相同的，因为在20世纪80年代以前，谁也没有欲望更没有条件大量阅读周作人。

知堂的序跋，一如知堂的书话，有学问，有情趣，也有着丰富的信息。由于周作人长期居于中国文学与学术的核心地带，这些信息便显得格外有价值，现已成为珍贵的史料。如在他1923年为商务印书馆出版的冯省三编《世界语读本》所作的序中，就有一些有关世界语在中国早期传播的情况，因为他担任过北京世界语学会会长，其兄鲁迅兼任过北京世界语专门学校教师。周作人在序中指出，世界语不仅是一种人造语言，更是世界主义的出产物，"离开了这主义，世界语便是一个无生命的木偶了"。他批评说，中国很少有人了解世界语的精神。

今年7月10日至15日，我随天津市和平区文联代表团到内蒙古采风，恰好躲过了津城的酷暑闷热。从乌兰察布到鄂尔多斯，再到呼和浩特，又回到乌兰察布，旅程一千多公里，我的行囊里只带了一本书，就是这本《知堂序跋》。四子王旗美丽如画的格根塔拉草原，夜里格外凉爽，甚至有些寒冷，我躺在蒙古包里，透过天窗尽情仰望明净夜空中的繁星，随手翻阅《知堂序跋》，那一页竟是周作人1930年为《蒙古故事集》作的序。序中写道：

"说到蒙古，我恐怕有些人会要大发其思古之幽情……可是蒙古虽然是我们五族之一，蒙古的研究还未兴盛，蒙古语也未列入国立各大学的课程内，在这时候有柏烈伟（S.A.Polevoi）先生编译《蒙古故事集》出版，的确不可不说是空谷足音了。柏烈伟先生研究东方语言，在北京大学俄文学系教书多年，是那位《俄国童话集》的编者历史考古学家柏烈伟教授的族人，这个根据蒙古文俄文各本，译成汉文，为故事集二卷，供献于中国学术界，实在是很有意义的事。蒙古民族自有他自己的特色，与汉族颇有不同，他的故事虽然没有那么浓厚华丽，似乎比较与天方相近，而且有些交递传述的形式也很有《一千一夜》的遗意，这是中国故事里所少见的。"在序文的末尾，周作人热情而真诚地向读者推荐这本书："这是很好的故事，读了很好玩，谨介绍给中国的老小的朋友。"

柏烈伟编译的《蒙古故事集》，我不记得看过，也想象不出里面有怎样精彩的故事。身处蓝天白云、水草丰美的内蒙古草原，读了知堂的荐语，我忽然产生了想看这本书的强烈冲动。

2015年7月27日

# 以出世的精神做入世的事业

　　弘一法师——李叔同是中国近代史上享有盛名的文化大师和誉满天下的佛教高僧。他深得中国传统文化精髓，诗词文章、书画篆刻、音乐戏剧造诣精深，又是把西方绘画、音乐、话剧、钢琴引进中国的第一人，对中国新文化的开创和发展做出了杰出贡献。皈依佛门后，他专心精研戒律并身体力行，成为佛教律宗的一代祖师，对佛学的研究与实践做出了重大贡献。他爱国爱民、一生追求真善美的高尚的思想境界和道德情操，备受世人崇奉。他博大精深的文化思想蕴涵着文学、儒学、佛学、美学、教育学、伦理学、风俗学等多方面、多层次的文化意蕴，凝结着中华民族优秀传统文化和先进西方文化的精粹，是留给世人的一份珍贵的历史文化遗产。

　　改革开放以来，随着思想的解放、文化的觉醒和学术的复兴，弘一法师——李叔同在中国思想文化史和佛教史上的地位和影响，重新得到重视。经过海内外僧俗学者长期不懈的努力，弘一法师——李叔同研究业已成为一门具有国际学术研究意义的学问。在弘一法师圆寂70年后的今天，不仅中国文化人士及各界人士乐于了解和研究他，在国际上，如东南亚、日本、欧美等地，也都有他的崇敬者和研究者。还有学者提出"弘学"的概念，主张建构"弘学"理论体系，并将"弘学"研究与社会伦理道德之重建联系起来，以发挥现实作用。在日渐活跃的弘一法师——李叔同研究领域，金梅先生以其丰赡深邃的著述实绩，成为公认的代表性学者。他在弘一法师——李叔同的研究中，能将研究对象放在近代以来中国及世界社会发展和文化流变的整个过程中来审视，根据文化史各个时期的不同特点，紧密联系思想主潮、时代精神等方面，多学科、全方位地进行纵横对比和理性反思，从而更加精准地确定弘一法师——李叔同的文化价值和历史地位。金梅先生在用冷静、客观的笔调对弘一法师——李叔同生平做深入细致的描述的同时，对弘一法师——李叔同研究中的很多疑点和问题都做出了独具慧眼的考证与剖析，充分体现出其扎实牢靠的文学史学功底，对音乐、戏剧、金石、书画及佛学的广泛涉猎，注重史料考据的学术风格，以及对学问精益求精、对传记写作一丝不苟的精神。这在《月印千江：弘一法师李叔同大传》中也有所反映。

　　弘一法师——李叔同之所以成为令世人无限追索与探究的历史名人，很大程度上是因为他留下了一个"世纪之谜"——"李叔同为什么出家？"这个"谜"的形成，既体现着社会的复杂性，也体现着李叔同本人思想性格的复杂性，更体现着内外因相互作用所产生的复杂性。李叔同芒钵锡杖，一肩梵典，毅然决然地遁入佛门之际，就有名流强烈地表达对这一举动的不理解。时至今日，人们仍在期待着能够解开这个"谜"。然而，这并非一件容易的事，破解它依然需要时间，而且可能是相当漫长的时间。金梅先生紧紧攫住这个"世纪之谜"，在书中以辩证的眼光透视传主，从时代、环境、家庭、身世、经历、气质、爱好以至人际交往等方面进行综合研究，力图为得出合理的解释和结论铺平道路。

近30年来，金梅先生最着力研究的文化名人有三位，即李叔同、傅雷和孙犁，而这看似背景不同、成就各异的三人，却有着共同的个性：淡泊而执著。金梅先生在研究他们的同时，自然也会受到他们人格的感染，甚或有意地学习他们的处世之道。弘一法师所秉持的"以出世的精神做入世的事业"（朱光潜先生评语），就是金梅先生所钦赞并践行的人生哲学。其实有些精神本来是不分僧俗的，例如"谨严"一词，既可用于僧人持律，亦可用于学者治学。弘一法师对金梅先生的影响便是显而易见的：弘一法师看破红尘，却绝不是悲观厌世；金梅先生甘于寂寞，也为的是集中精力做足学问。恰因撰著者的镜净心明，使得《月印千江：弘一法师李叔同大传》较前著更加具有深度和品位。

叶圣陶先生曾于1963年为泉州开元寺弘一法师纪念馆题诗：

"花枝春满候，天心月圆时。于此证功德，人间念法师。"弘一法师——李叔同及其作品和思想，已经成为民族的和人类的宝贵财富。十多年前，金梅先生开始用心地为弘一法师——李叔同撰写传记，后又不断地予以精心地修订增益，有效地普释和阐扬了弘一法师——李叔同，有力地推进了海内外学术界对其生平事迹、艺术成就、佛学思想和人格精神的进一步挖掘、整理、辨析和研究，使弘一法师——李叔同的高卓风范和温润情怀似兰馨风远，如梅香四溢，超迈世俗，启迪人心。此举之于文苑和读家，当然也是一件不小的功德。

2014年8月12日

# 胜愿必遂　有志竟成

　　篆刻，是弘一大师李叔同的命脉所寄，情志所托，心迹所依，精神所存，是他励己、喻人、治学、交友的镜鉴与津梁，是他非凡人生路上一串永不磨灭的履痕。天津著名学者龚绶、车永仁先生苦心搜集、研究大师篆刻十余年，编辑而成《弘一大师李叔同篆刻集》一书，最近由天津人民美术出版社出版发行。作为目前最完备的弘一大师李叔同篆刻作品集，此书全面地反映了大师的篆刻艺术成就，真实地体现了他的艺术思想和观点。它的面世，无疑是弘一大师李叔同研究领域的一件大事，也是中国近现代篆刻史研究领域的一件大事。

　　赏读《弘一大师李叔同篆刻集》，深觉其内容宏富，体例明晰，装帧古雅，印制精良。全书线装，一函六册，分印学卷、印存卷及附录3部分。它汇集了弘一大师李叔同有关金石篆刻的书札、手稿、题偈、序跋58件，以及1149方自刻印和常用印，其中有不少手稿和印章，特别是1914年李叔同组织"乐石社"时主编的《乐石》、《乐石集》、《乐石社社友小传》等珍贵文献，均是首次披露，为进一步深入研究弘一大师李叔同的生平和成就，提供了翔实可靠的第一手资料。

《弘一大师李叔同篆刻集》在津出版，实现了弘一大师李叔同的百年宏愿。早在1899年，李叔同在上海编辑了《李庐印谱》，自作《李庐印谱序》，并致书天津友人徐耀廷，希望《李庐印谱》在天津出版。后来由于种种原因，他的愿望一直未得实现。岁月如流，110年后的今天，《弘一大师李叔同篆刻集》终于在天津出版问世了。此书的出版，填补了一百多年来《李庐印谱》有"序"无"谱"的空白。此书适如大师所愿，在他始习印艺并初显身手的家乡天津出版，具有特殊的纪念价值。

1960年弘一大师80冥寿时，弘一弟子、新加坡高僧广洽法师曾为弘一另一弟子、著名画家丰子恺所绘《护生画集》第四集作序，称赞丰画恰满80幅"此真所谓胜愿必遂，有志竟成也"。今天，我们亦可移用广洽法师的话来评价《弘一大师李叔同篆刻集》在津出版之盛事：对于卓越的作者弘一大师李叔同来说，显系"胜愿必遂"；对于辛勤的编者龚绶、车永仁先生来说，则是"有志竟成"。

"金石无今古，艺事随时新。如如实相印，法法显其真。"领会弘一大师李叔同的印艺观念，品读书中的篆刻作品，不仅可以欣赏大师摹古烁今、极于无相的艺术襟怀，更重要的是可以真切地感受到他的人生抱负、生活追求、读书情趣和治学精神。如

"好书到手不论钱"印，活脱脱一副读书种子相，好一语蠹鱼者流的肺腑之言，风流潇洒而不失拙朴之气。再如"留有余不尽之福以还子孙"印，警示人们不要把富贵享尽，应给后代子孙留下生存发展的基础，至今仍有现实意义，引人深思，耐人寻味。

在近年出版的一些同类图书中，刊有相当数量的弘一大师李叔同赝品，或误收他人之作，以假乱真，令人担忧。《弘一大师李叔同篆刻集》的两位编者，则本着"印印见实样，件件有来源"的原则，以对大师负责、对读者负责的精神，认真搜集，潜心研究，反复考证，精益求精，为准确认识和研究大师的篆刻作品提供了依据。

《弘一大师李叔同篆刻集》得以编辑出版，天津宿儒龚望先生功不可没。他是此书所收录的李叔同早年印谱的主要收藏者，还撰写过相关研究文章，做了重要的基础性工作。龚绥先生子承父业，最终完成了龚望先生的遗愿，堪称津门文坛佳话。此外，值得一提的是，"乐石社"为李叔同在浙江一师任教期间发起组织的一个著名的印学社团，由李叔同主编、刊印的"乐石社"资料被世人评价为"就民国篆刻史而言，领风气之先，也可能是我国最早的一份印社作品集与史料汇编"，但遗憾的是，这些资料在国内却是难以觅得，唯有日本东京艺术大学（原为李叔同留学的东京美术学校）保存着当年李叔同"呈赠"的"乐石社"资料。经过朋友联系，在日中友好协会会长平山郁夫先生的热情帮助下，东京艺术大学提供了珍贵的影印资料，增强了此书的史料价值。

《弘一大师李叔同篆刻集》出版之时，两位编者还特意对笔者说：十几年来，大师篆刻的搜集工作，以及此书的编著工作，始终得到《天津日报》的大力支持。作为天津市李叔同——弘一大师研究会主要负责人之一的朱其华先生，在《天津日报》工作时就非常重视这项事业，给过编者很多有益的提示和启发。天津日报文艺部的编辑们站在丰富天津历史遗产、提升天津文化品位的高度，及时提供版面，予以充分介绍。1994年、1999年和2000年，当大师篆刻作品有重要发现或搜集工作取得阶段性成果时，"满庭芳"副刊皆以头条位置、大幅版面刊发相关评介文章和篆刻作品，在社会上产生了广泛的影响，有力地推动了搜集工作的进行。

天津李叔同故居业已复建完成，天津李叔同——弘一大师纪念馆即将开放。当此之时，《弘一大师李叔同篆刻集》的出版，不仅是表达对大师最真挚的缅怀，而且对于保护、挖掘、抢救和整理乡贤的文化遗存，充实天津这座历史文化名城的人文内涵，具有重要的启示和带动作用。

2009年12月25日

# 李叔同的笔缘

作为中国近代杰出的文艺先驱、高僧，李叔同——弘一大师（1880—1942）一生与笔结下不解之缘。他少年时代在天津从徐耀廷、常云庄、赵元礼等学习诗文书画，后与朱梦庐等人组创上海书画公会，又赴日本学习绘画等艺术，学成归国在天津直隶高等工艺学堂讲授毛笔画、水彩画，他的这些重要经历都与笔有关。1918年他出家后，除书法和韵语外，偶尔涉及篆刻和音乐，其他诸艺俱废，"但其翰墨一事，已不再是世俗意义上的艺术活动，而是一种弘法接引的资粮和表达其往生情绪的方便了"（金梅《悲欣交集——弘一法师传》），他的书法平淡恬静、高逸清雅而自成一家，他手中的笔亦成为广结善缘、普传佛法的工具。

李叔同出家，是他一生中最大的转折，而他出家前夜留下的两截断笔，则成为这一转折的重要标志物。1917年春，浙江省立第一师范学校教员姜丹书因母亲去世，请同事李叔同为其母书一墓志铭。李叔同虽然口头上答应了，但却迟迟没有动笔。1918年农历七月十二，也就是李叔同入虎跑定慧寺出家的前一晚，他恭敬地点燃一支红烛，完成了他在俗时的最后一件书法。写完后，他当即将毛笔折成两截。翌晨，他即出家为僧。姜丹书闻讯赶到李叔同居室时，已是人去楼空，唯见残烛一支，断笔两截，再有就是端放在书桌上的《姜母强太夫人墓志铭》。有人评论李叔同的这件书法"法乳魏碑，气度雄深雅健"，达到了"化百炼钢为绕指柔"的境界，是"直闯魏室"的上乘之作。其落款为"大慈演音书"，"演音"为李叔同为僧后的释名，恰恰说明这幅作品是李叔同在俗时的绝书，又是出家后的开笔。

李叔同出家后，经常写经赠人，笔缘始终未辍。在其圆寂前一年——1941年的农历闰六月廿七，他从泉州写信给老友夏丏尊，除谈及《护生画集》续编之事外，还提到"时事不靖，南闽物价昂至数倍乃至廿余倍。朽人幸托庇佛门，诸事安适，至用惭惶。旧存写小字笔已将用罄。乞仁者以护法会资代购小楷水笔数支，封入信内寄下为感"。他的绝笔书法"悲欣交集"，寓深刻的人生感悟于恬静超逸之中，可谓食尽人间烟火，达到了将笔写"没"了的境界。

从学艺者到教育家、学者，李叔同曾多次在他的笔记、讲义和著作中提到笔和笔的用法。如他1905年在作于日本东京的《水彩画略论》中写道："毛笔，以貂毛为最良。此种笔专为水彩画制，大小有十数种。择购三四种已可敷用。其价值不甚昂，日本制者尤廉。""海绵笔，洗画上之颜色用，大小有数种。""铅笔，画草稿用。H者，硬之记号；B者，柔之记号。若记号递加者，其硬柔之度亦递加。学者择与自己顺手者用之，不必拘泥。"再如他1913年在作于杭州浙江一师的《石膏模型用法》中写道："（图画）描写之材料，有铅笔木炭及黑粉笔等。但其中以木炭为最适用。故西洋各普通学校皆专用木炭。日本之普通学校，从前专用铅笔，近亦兼用木炭。"另如他1937年在厦门南普陀佛教养正院讲写大字的方法时说："至于要学一尺二尺的字，有一个很简便的方法，那就可用大砖来写，平常把四块大砖拼合起来，做成桌子的样子……大笔怎样得到呢？可用麻扎起来做大笔，要写时，就可以任意挥毫。大砖在南方也许不多，这里倒有一个方面可以替代，就是用水门汀拼起来成为桌子，而用麻来写字，都是一样的。这样一来，既可练习写字，而纸及笔，也就经济得多了。"接着，他还谈到用笔的经验和要点："至于用笔呢，算起来有很多种，如羊毫、狼毫、兔毫等。普通是用羊毫，紫毫及狼毫亦可用，并不限定哪一种。最要注意的一点，就是写大字须用大笔，千万不可用小笔！用小的笔写大字，那是很错误的。宁可用大笔写小字，不可以用小笔写大字……"

李叔同这些从大量实践中总结出的精辟论述，涉及写字技法、书画艺术和美学，更为笔史留下了丰富而难得的第一手资料。

2008年3月4日

# 人间最是情难了

话剧《李叔同》，已经看过两次。一年多以前初次看的时候，剧名叫《芳草碧连天》；最近演出，改名《李叔同》，不光是改了剧名，剧情也根据专家和观众的建议有所改进和加强。

赵大民编导、天津人民艺术剧院演出的小剧场话剧《李叔同》，自2006年6月公演以来，已在天津、杭州等地演出四十余场，颇受话剧观众好评。近几个月来，为充分展现天津地域文化优势，八旬高龄的著名剧作家赵大民老当益壮，在认真总结演出经验的基础上，花尽水磨工夫，精益求精，挖潜创新，终于打造出了更加理想的剧作。经过修改，新版《李叔同》的情节交代更为缜密。例如我第一次看后向赵大民先生提出，李叔同从天津赴日本留学有"码头送别"一场戏，但它紧接在上海几场戏后面，海河码头与黄浦江码头又十分相似，很容易让观众误以为李叔同是从上海出发去日本的。赵大民先生采纳了我的意见，在新版中用台词说明"码头送别"是在天津的怡和码头，这样就给了观众一个更加清晰的场景印象。新版《李叔同》在强化李叔同作为新文艺运动先驱者伟大作用的同时，突出了他的爱国情怀，在演出方面充实了演员阵容，彰显了青春活力，不仅剧场效果显著，而且成为普及、宣传和研究李叔同——弘一大师的一个很有价值的新文本。

魂断天涯馀芳草，人间最是情难了。李叔同是一个感情非常丰富的人。他丰富的情感，有时化为生命的动力，使他在中国新文艺诸多领域得建首创之功，留下大量传世之作；有时体现为个人爱情和婚姻的激荡，使他备尝其中的苦辣酸甜，留下悲欣交集的爱缕情丝。该剧主要表现李叔同的前半生，那么他与3位女性——妻子静娴、歌妓李苹香、日本少女雪子——的感情纠葛自然是重头戏，但戏中并没有刻意渲染他的风流韵事，而是通过人物之间产生的合情合理的戏剧冲突，将那一代青年知识分子惯常具有的政治迷惘、文化焦虑和情感苦闷真实地表现出来。观众可以通过这些情感冲突，体会到"人间最是情难了"的真谛，从而有助于从情感角度理解李叔同出儒入释的漫漫心路。

至于有人批评该剧对"最重要的李叔同出家的理由却避而不谈"，这对一部戏剧作品来说未免有些苛求了。李叔同出家的原因，如同王国维自沉，是20世纪一大难解之谜，学术界研讨多年，迄无定论。有人认为李叔同出家是因为他的父亲信佛，也有人说是因为当时的乱世让李叔同绝望，还有人说是因为他的家庭经济破产迫使，甚至有人说李叔同是像贾宝玉那样看破红尘才出的家……可能是其中一种或几种原因，也可能另有其他不为人知的原因，但不管是哪种原因，至今都是谜。如此"谜"雾重重，怎么能够要求话剧《李叔同》一下子揭出谜底呢？

由"人间最是情难了"，联想到赵大民曾经编导过的另一部话剧经典《钗头凤》。陆游与李叔同虽然相隔七八百年，但他们都是多情之人，而他们的婚姻却又都很不幸。一句"山盟虽在，锦书难托"，有爱，有恨，有痛，有怨，百感交集，万箭攒心。于是，一种难以名状的悲哀，冲胸破喉而出："莫，莫，莫！"事已至此，再也无可补救、无法挽回了，这万千感慨还想它做什么，说它做什么？于是快刀斩乱麻：罢了，罢了，罢了！明明言犹未尽，意犹未了，情犹未终，却偏偏这么不了了之。话剧《李叔同》以男主人公不顾女主人公"泪痕红浥鲛绡透"，毅然决然地皈依佛门为收束，正是以果断的"不了了之"来了却人间最难了之情，也算是对千古名篇《钗头凤》的一种别解吧。

2008年1月29日

# 烽烟炮火中的一声箫鼓

　　"善良的东西，美好的东西，能达到一种极致。在一定的时代，在一定的环境，可以达到顶点。我经历了美好的极致，那就是抗日战争……我的文学创作，就是从这个时候开始的。我的作品，表现了这种善良的东西和美好的东西。"这是1980年孙犁在与《文艺报》记者一次谈话中说的。他把自己认为最美好的东西，与几十年前那场艰苦卓绝的战争紧密地联系在一起。

　　依孙犁的性情和兴趣，可以想见，如果没有突如其来而且旷日持久的抗日战争，他会成为陶渊明、王维那样的诗人。他喜欢朴实的田园和静谧的自然，他所感觉到的一切美好都离不开这朴实和静谧，他笔下的一切美好也都是在这朴实和静谧中生发的。

　　抗日战争爆发前夕，孙犁居于白洋淀，所见所爱就正是这样的朴实和静谧：家家有船，淀水清澈得发蓝、发黑；村里村外、房上地下，可以看到山堆海积般的大小苇垛；一进街里，到处鸭子、芦花乱飞……荷花淀的荷花，看不到边，驾一只小船驶到中间，便像入了桃源。淀的四周，长起芦苇，菱角的红叶，映着朝阳的光辉……这很容易使人联想起陶渊明的《归园田居》：
"……方宅十余亩，草屋八九间。榆柳荫后檐，桃李罗堂前。暖暖远人村，依依墟里烟。狗吠深巷中，鸡鸣桑树颠……"联想起王维的《山居秋暝》："……明月松间照，清泉石上流。竹喧归浣女，莲动下渔舟……"如果没有战争的爆发，孙犁本来是可以过过这样的田园生活，至少是可以做做这样的田园梦的。

然而，还是浓烈的火药成全了作家，残酷的战争造就了孙犁。历史的不幸与灾难，转化为文学的幸运与收获。孙犁晚年在谈到作家赵树理应运而生时说："当赵树理带着一支破笔，几张破纸，走进抗日的雄伟行列时，他并不是一名作家……他是大江巨河中的一支细流，大江推动了细流，汹涌前去……正当一位文艺青年需要用武之地的时候，他遇到了最广大的场所，最丰富的营养，最有利的条件。"赵树理所走的路，也正是孙犁所走的路。与大多数人民一样，孙犁十分自觉地参加了这场战争，因为"当时，一个老太太喂着一只心爱的母鸡，她就会想到：如果儿子不去打仗，不只她自己活不成，她手里的这只母鸡也活不成。一个小男孩放牧着一只小山羊，他也会想到：如果父亲不去打仗，不只他自己不能活，他牵着的这只小山羊也不能活"。人民认识了战争，最终赢得了战争。

孙犁的田园梦虽然破灭了，但他把烙在自己心里的白洋淀般美好的感情倾注在抗战文学中，并以其散文化、抒情化的现实主义小说创作道路而独树一帜。他的抗战小说，着重表现普通人民的性格美、灵魂美、人情美；以抒情的笔触形成自然流动的抒情结构，建立诗化的艺术世界；在艺术表现上，追求纯美的艺术个性和清新、隽永、秀雅的艺术风格。中国现代文学史家们无法回避的"荷花淀风格"或"荷花淀派"，正是孙犁对抗战文学独特而重要的贡献。与同写于20世纪40年代的著名抗战题材小说如《吕梁英雄传》、《新儿女英雄传》等相比，《荷花淀》写得更为优美，也更为从容。

一场伟大的战争使孙犁没有做成陶渊明或王维，但他"少无适俗韵，性本爱丘山"的性情却终生都没有改变。晚年，写作环境和生活环境改善了不少，但他仍然像荷叶一样保持着素朴、宁静和淡泊，"宁可闭门谢客，面壁南窗，展吐余丝，织补过往。毁誉荣枯，是不在意中的了"。他此时的心境，是否已经回归到他魂牵梦绕的抗日战争爆发前那桃源般的白洋淀了？

读孙犁的《荷花淀》，感受它的优美和从容，总会想到陆游的《游山西村》："莫笑农家腊酒浑，丰年留客足鸡豚。山重水复疑无路，柳暗花明又一村。箫鼓追随春社近，衣冠简朴古风存。从今若许闲乘月，拄杖无时夜叩门。"一般读者只领会到这首诗赞扬了农家的淳朴，表达了诗人与农家亲密无间的情谊；然而，如果考虑到当时金人南侵，陆游因主张北伐而获罪罢官还乡的背景，就会理解他通过写爱家乡而寄托爱国的情感，明白这是这位爱国诗人写的另一种类型的爱国诗。《荷花淀》也是这种类型的爱国作品。孙犁以优美和从容的笔调，写战争背景下白洋淀人民优美和从容的生活。人民美好的品格、美好的希望不泯灭，国家就不会灭亡。《荷花淀》，这烽烟炮火中的一声箫鼓，比当时和后来那么多直接写烽烟炮火的作品，来得更巧妙，更耐看。

2005年8月30日

# 雀情·亲情·画情

——张蒲生和他的作品

"重阳咏晚晴，笔墨吐心声。醉写秋菊意，花香不借风。"这是今年78岁的张蒲生先生在一幅描绘秋意的写意花鸟画上的自题诗。此诗此画，是他此时此刻的心境。

金秋时节，江天寥廓。沽水两岸，云淡菊黄。由天津美术学院主办的"张蒲生执教54周年、从艺62周年美术作品展"近日在天津美术学院美术馆拉开帷幕。展览汇集了张蒲生先生数十年创作的百余幅精品力作，为众多书画爱好者和美院师生提供了一道视觉盛宴。

张蒲生先生是当代著名画家、美术教育家，在全国书画界享有很高的声誉。为纪念改革开放30周年，中国文化艺术界杰出人物推选委员会推选张蒲生为中国画坛30位杰出人物之一。张蒲生

1936年生于陕西省大荔县，1960年毕业于西安美术学院，现为天津美术学院教授，曾任天津美术学院副院长、中国书画报社社长。张蒲生擅长写意花鸟画，梅、兰、竹、菊、月季、牡丹、雄鹰、游鱼等常见于他的笔下，尤其擅长画麻雀。其作品多描绘平凡的事物，给人以十分朴实、亲切的感觉。画面中常常表现一群麻雀的各种动态，充溢着活泼而欢快的气氛。出版有《张蒲生画集》、《张蒲生评集》等，作品多次在国内外展出，代表作《瓦雀归巢》、《晨曲》、《麦场无人时》、《雀趣》、《风雨欲来》等多次在全国美展中获奖，并被多家美术馆、博物馆、纪念馆收藏。张学良将军是著名的艺术收藏家，曾经珍藏了宋代以来大量的书画精品，他生前特意收藏了一幅张蒲生的代表作。

此次张蒲生画展开幕式后举办的艺术研讨会，开得朴素而热烈。数十位天津美术学院老教授和历届毕业生争先发言，大家除了高度评价张蒲生在艺术创作方面取得的突出成就外，几乎都谈到改革开放初期在天津美术学院历史转折的关键时刻张蒲生所发挥的重要作用，谈到张蒲生在担任天津美术学院副院长长达八年的时间里在师资建设、人才培养和解决教职工生活实际困难方面所付出的大量心血和汗水。天津美术学院在举办孙其峰先生书画作品展之后，当月即举办"张蒲生执教54周年、从艺62周年美术作品展"，这是对在天津美术学院发展史上具有特殊贡献的老领导、老教授的一种尊敬，也是对天津美术学院光辉历史的一种弘扬。矗立在天津美术学院美术馆门前中山路旁镶嵌着张蒲生先生大幅彩色照片的宣传牌，在无声地告诉来往的人们：张蒲生是天津美术学院的一面旗帜。

画麻雀是张蒲生的看家菜、拿手戏。最早的麻雀画出现在六朝，唐代的边鸾，五代的滕昌佑，宋代的赵佶，明末清初的八大山人，清代的华新罗、任伯年，近代以来的齐白石、王梦白、金拱北、丰子恺、赵少昂、黄胄、孙其峰、汤文选等，都是画雀高手。当今最精于此道、万众瞩目者，则非张蒲生莫属。尤其像张蒲生这样在一幅作品里画这么多形态各异、生动有趣的瓦雀者，确是史无前例的。但在他笔下麻雀的造型与动态各有特色，即使数十上百的雀群，也没有重复雷同。张蒲生明确提出自己画的麻雀，并非广义上的麻雀，而是特定意义上的"瓦雀"，即农家茅屋瓦舍中的"家雀"。他立志用小瓦雀表现大精神、大境界，并为其笔下的瓦雀注入了浓浓的乡情乡思、鲜明的时代特色和个人的独特情怀。

张蒲生画瓦雀，实是表现画家自己生活在宇宙社会中的精神家园。他的瓦雀作品，有他的思乡之情，有他童年生活的乐趣，有他对农家生活、劳动、田园等各种场景的美好忆念，有他对生活中冰霜雨雪及各种艰难坎坷的顽强应对及抗争，有他在获得成果后的欢乐歌唱，有他对时代变化的灵感妙悟。所以他画瓦雀就是画他自己的情感，画他自己的身世，画他自己的遭遇，画他自己的酸甜苦辣与喜怒哀乐，更是画他的心灵、梦幻与追求。如他在其画集后记中所说："我是陕西人，从小爱麻雀，画麻雀。麻雀虽小，也很普通。但是因为普通，它才更向命运抗争与奋斗。生活中的我正像一只小小的麻雀，精神家园在我心。仰视苍穹，世界的一切装在我心中。"对此，著名美术史论家水天中先生深有感触地说："我在蒲生的水墨画作品前，感受到特殊的温情，它挥发着一种舒畅、和谐、质朴的生活情味。"

张蒲生画瓦雀，也表现了画家对自由奔放的艺术生命的追求。张蒲生在西安美术学院受到邱石冥、郑乃珖等名家影响，在天津美术学院师承孙其峰、溥佐、萧朗等名家，对于八大山人、吴昌硕、齐白石、徐悲鸿等人的花鸟画更是情有独钟。著名美术史论家王振德先生指出，张蒲生画雀较孙其峰先生画雀在造型上更为简练，更为多样，更为随意，也更为生动活泼，即更为个性化、情绪化了。在笔墨上，也变得轻巧任性，不再像孙先生画麻雀那样追求厚重古拙，变书卷气味而为农家情趣。不求笔墨的凝重与洒脱，只求生活气息的浓郁。观张蒲生的画，令人觉得每幅都很新鲜、灵动：题材是新的，构图也大胆出新，画中的瓦雀更是活泼动人。正如张蒲生自己所说："我以我画写我心，我以我心竟自由。"

六十多年来，张蒲生一直怀着充沛的感情画他的瓦雀，画他的作品。雀情、亲情和画情，是他创作的本源，更是他创作的动力。为了表述生活、表达感情、表现艺术，他要多画画，画好画。近两年，张蒲生深患眼疾，视力低下，但他努力克服生理上、生活上的困难，保持着积极乐观的心态，依然濡墨含毫，勤奋创作，画了很多大尺幅的写意作品。他不愿放下手中的画笔，因为每当他拿起画笔时，他的脑海里就会油然映现出那些自由欢快的瓦雀，还有那些粗犷的农家茅屋瓦舍、磨盘、篱笆和电线杆；映现出幼时他那位民间艺人的祖母教他画画的情景，还有目前他那位同是画家的老伴儿重病卧床的情景；映现出几十年来在生活上、艺术上帮助过他的许许多多恩人的面孔，还有目前还需要他帮助的乡亲们、朋友们，也包括很多陌生人们的面孔。所有这些感情，凝聚在他的画笔上，凝聚在他的生命中，成为他最重要的使命，而且是永恒的使命。这与当下那些纯为画画而画画，或为金钱而画画的"画家"们相比，是有明显区别的。

这样的雀情、亲情和画情，使得张蒲生的作品吸引人、感染人、打动人，拥有众多的观赏者、爱好者、心仪者。这也是那些纯为画画而画画，或为金钱而画画的"画家"们所不能理解和无法达到的。

如今，年近八旬的张蒲生先生仍在不懈追求艺术上的阳光色彩，追求积极向上的乐观精神。"串红开似火，繁蕊报秋风。叶乱托花秀，含霜色更浓。"这首《一串红》画上的自题诗，正是张蒲生先生的晚霞风采、人生写照。

2014年9月30日

# 玩转那一晕旧时明月

　　每年春、秋两季艺术品大拍之前，我都能收到很多拍卖行寄赠的拍卖图录，有的拍卖行一场就印几十本图录，摞起来差不多有半人高，真是下了大工夫。最近一季大拍，更是硕果累累，成绩斐然，过亿元成交的航母级拍品就有好几件，令人心惊目眩，亢奋不已。然而，引起我极大兴趣的，并不是王羲之的《平安帖》，也不是陈栝的《情韵墨花》，而是一本不算太厚的嘉德专场图录，它的封面上印着"旧时明月——一个文人的翰墨因缘"。"一个文人"是谁？我首先就猜到了董桥；打开图录一看拍品，可不，就是董桥。这是一个打动人心的消息：董桥的书画藏品，竟然也拿出来拍卖了。

　　董桥，一位玩转文字的高手，成了玩转古董字画的高手。

　　20年前，柳苏在《读书》杂志上写了一篇《你一定要看董桥》，使这位香港文化人走进大陆无数读书人的阅读视野，以至出现了大量的"董丝""桥迷"。今天，我们应该写一篇《你一定要知道董桥是高手》。你看他的藏品，多么的可观，仅是这次拍卖的字画，其作者就有徐悲鸿、溥心畬、张大千、陈半丁、林风眠、刘奎龄、任伯年、谢稚柳、傅抱石、李可染、陈少梅、弘一法师、台静农、沈从文、周作人、胡适，都是高人。在拍卖预展现场亲眼欣赏过它们的人都说，这批藏品就如董桥的文字，精致，玲珑，恬淡间透着丝丝的雅致；而且每件藏品后面都有一个了得的大家和故事，每个故事都泛着青花瓷一般的古韵。

现在看来，董桥不仅是玩转古董字画的高手，而且是玩转古董字画市场的高手。

董桥的朋友、天津著名收藏家张传伦先生告诉我，此次"旧时明月——一个文人的翰墨因缘"专场，董桥书画藏品共拍出四千多万元，远远超出原来预计的一千万元，而且全部成交，震惊拍场。他还告诉我，董桥闻讯也非常高兴。董桥的"粉丝"、北京作家董小染也告诉我："您喜欢的那幅画（指董桥藏品中胡也佛的一幅《金瓶梅》工笔春宫）拍价最高。"我知道，其中绝大多数拍品，曾先后"著录"在董桥近几年出版的《白描》、《小风景》、《故事》、《记忆的注脚》等散文随笔集中，早已深入人心。这次拍卖的极大成功，充分体现了文玩的名人效应，特别是文人效应。

说到藏品的文人效应，令人印象最深的是2003年举办的"俪松居长物——王世襄、袁荃猷珍藏中国艺术品"专场拍卖会。该专场推出的一百多件拍品的总估价为两千多万元，但最终成交金额高达六千多万元，且百分之百成交，当时引起轰动。王世襄和董桥都是文人，但也有些区别：王世襄是大收藏家，而董桥则是喜欢收藏的随笔作家。从王世襄"俪松居长物"的专业收藏，到董桥"旧时明月"的业余收藏，可以看到，精英文人的文化附加值的社会认知度在不断增加，这是社会文明、进步的一种表现。

毋庸置疑，无论是王世襄还是董桥，它们的藏品都普遍卖出了高价，有的要比正常情况下高出好几倍。也就是说，这些藏品如果让普通人送拍，是绝对卖不到这么好的价格的。这又不能不肯定王世襄、董桥的高明：他们在集存藏品的同时，用自己的慧心，更用自己的妙笔，为这些藏品制作了醒目而权威的文化标签。

董桥随笔的好处是，以今烛古，以古鉴今，恣意横生，饶有兴味。那些精彩的篇什，如同穿越时间的微风，抚过一个个旧日的尘梦，把清朗的明月和睿智的心灵一同呈现在读者面前。他写古玩的随笔，更是如鱼得水，如鸟入林，在对历史事件和历史人物进行谛视与观照的过程中，给人一种宁静而又深沉的感受。人们看到他的藏品，自然会联想到他的文章，领会他的修养，如此，怎么能不对他的藏品高看一眼呢？

人，能写能玩；东西，能进能出——执著而洒脱，坚定而超逸。那一晕旧时明月，着实被董桥玩转了。

写作离不开生活，尽人皆知；然而，并非所有人都能意识到：书斋里也有生活，鉴赏字画、收藏古董也是生活，把它们写下来，把它们的高妙和优雅写出来，同样能写得满纸云蒸霞蔚，溢彩流金。因此，你一定要看董桥，你一定要知道董桥是高手。

文人受到社会的高度重视，恐怕尚需时日；所幸的是，文人的藏品现在的确值钱了。

2011年1月17日

# 过我眼，即我有

看了我那篇《玩转那一晕旧时明月》，董桥的"粉丝"、北京作家董小染女士即发来网信，问了我一个非常值得推究的问题："把这么多字画藏品拿出来拍掉，董桥是不是会心痛上几天？"

且不说董桥自己的感受，此事连我都觉得心痛。一个文人，怎么可以把精神上与自己息息相通乃至相依为命的东西卖掉呢？这不等于英雄卖宝剑、美人卖妆奁吗？

最初得知董桥将其书画藏品拿出来拍卖的消息，我也不敢相信真有其事。说不敢相信，还不如说不肯相信，更不如说不忍相信。董桥出版的几十种著作我都看过，其中有些在大陆尚未出版过，我是特意托友人从香江代购或网购来的。因而我知道，董桥的那些藏品是他花了几十年时间，费尽周折，从世界各地辗转搜集来的，其中很多藏品都有着独特的背景和复杂的传承，它们身上或薄或厚的包浆，都浸透着收藏者的心血与情感。特别是它们已经荣幸地成为董桥许多随笔佳作的主角，董桥的读者熟悉和喜爱它们，如同熟悉和喜爱董桥。而今一场拍卖会下来，它们已经不再属于董桥了，真让人有些刹那间"樯橹灰飞烟灭"的感觉。就在这时，董桥的另一位忠实读者、百花文艺出版社编审高为先生还来问我："你说，董桥这些藏品是不是被很多买家分别买走了？"我正惋惜，无以解忧，便颇有些不礼貌地反问他："你满怀辛酸地提出这种答案明摆着的问题，难道是想让回答者比你更辛酸吗？"

我想，要摆脱这种惋惜和辛酸的心情，把这个文化现象想通，还得找个明白人聊聊。我首先想到的就是董桥的朋友、天津著名收藏家张传伦先生。传伦先生平素倾心收藏古董、古石，闲时喜欢临帖练字，前不久他出版的专著《柳如是与绛云峰》还得到了董桥的激赏。以前有一次谈到收藏精品的价值时，传伦先生曾深有感触地说："就和董先生说得一样啊，现在坊间的老东西确实比晨星还少哩！大家富了，艺术的世俗功能也多起来，万竿空心的商机牵起满街嫁妹的投资，书画市场炒成天价不必说，原本是书斋多宝格中的怡情雅玩也变身成了银行保险箱里的万贯家业，要再守不住几样好东西，还能有几缕清风、几晕明月陪我老去呢？"谈到董桥这次的割爱，传伦先生笑着解释道："董先生这次拍出的是书画藏品，而他最有价值的藏品是杂项。他的文房杂项不是一件也没有动吗？"

传伦先生的话，似乎可以慰藉一下我和很多"董丝""桥迷"近来一度极为失望的心灵。然而，冷静下来，我又想：董桥今天可以把这些字画藏品拿出来拍掉，明天能保准不把那些杂项藏品拿出来拍掉吗？

其实，世界上从来就没有永远的收藏家，收藏家只不过是其藏品暂时的保管者或拥有者。以撰著《明式家具珍赏》、《明式家具研究》享誉海内外的中国古典家具收藏大家王世襄先生，他的收藏观就比较豁达，认为一切收藏皆"由我得之，由我遣之"。对于一切藏品，他的态度是："只要我对它进行过研究，获得知识，归宿得当，能起作用，我不但舍得，而且会很高兴。"20世纪90年代初上海博物馆新建，王世襄的老友、香港实业家庄贵仑想买一批家具捐给上博，以了却父亲的遗愿，经与王世襄多次商谈，最后以市值十分之一的价格买下了王世襄所藏的79件珍贵家具。王世襄用这笔钱在北京朝阳区芳草地购寓所一处，在俪松新居，他开始了晚年著述的最后一个重要阶段。王世襄虽然失去了那些珍贵家具的拥有权，但他却因此赢得了一个幸福安定的晚年，并在这个幸福安定的晚年里创造了新的学术辉煌。其得与失，显而易见。

回过头来再看董桥，他对收藏原本也是十分达观的。记得他曾经说过："收藏、鉴赏和研究是孤独而不寂寞的游戏。孤独，说的是非常个人的文化生活：一得之愚，偶得之趣，都不足为同道说，说了同道也未必有分享的气度；集藏之家天生是酸葡萄家。不寂寞，说的是自得其乐和自以为是的偏心，自家的藏品都是稀世的珍品，越看越好，人家说不真是人家浅薄。"董桥就是以这样平和、宽容的态度，用自己的稿费购买自己喜欢的藏品，并以自己的学养品读出藏品中深厚的文化内涵，在自己的随笔中写出文人特有的高雅境界、高华气派、高贵品位与高卓精神，成为当代文人收藏的一个典范。

"过我眼，即我有。"与所有财富一样，古玩字画也是身外之物。如果我们平生有幸与它们相遇相伴，能做到悦目赏心，也就足够了。

2011年2月15日

# 花好月圆

岁岁中秋，今又中秋。海上生明月，天涯共此时。当此之时，全中国的百姓，全世界的华人，看到的是同一轮圆月，感受的是同一份心境，恰如宋人晁端礼《行香子》词中所吟咏的——"愿花长好，人长健，月长圆"。

那年，也在中秋，文人李渔到扬州桃花庵游玩，寺中方丈诚邀他同赏月景。三五之夜，明月圆盈，银辉满寺。二人边走边谈，缓步登上绎经台。但见清光万丈，静寂无声，唯有风拂月波，掀动衣袂。二人不觉渐入佳境，兴致勃勃地作起对子来。方丈吟道："有月即登台，无论春夏秋冬。"李渔对曰："是风皆入座，不分南北东西。"这副流传千古的佳对，表述的是人类对特定意象所产生的共同体悟。一个民族，一个国家，乃至整个世界，每年都要有规律性地过节、过年，说明人们需要这样的共同体悟。

中秋时节，花好月圆。月圆之月，独一无二，举世无双；而花好之花，则因地域、气候、文化和风俗的差异而呈现着丰富多样性。由此联想到中国各个城市的市花，它们各有各的特色，但如果将这些市花串起来看，却正是表现中国文化丰富多样性的一份难得的清单。

以天津的市花为例，月季在天津栽培历史悠久，天津是月季的重要产区；月季花绚丽多彩，馥郁芬芳，且四季花开不断，深受市民喜爱。1984年根据市民评选结果，市园林局、园林学会推荐，市人大常委会批准将月季定为天津市市花；20世纪90年代初期，天津还举办了几届很有声势"月季花节"。月季成为天津的市花，自然是有充分理由的，但这并不等于说月季在天津是一枝独秀。在天津这样具有丰富历史文化内涵和浓郁生活时尚氛围的大都市，能与月季媲美的花卉还有很多种，如菊花，每到秋季，天津的公园常常举办大型菊展，前往观赏的市民络绎不绝；如荷花，天津湖泊池塘遍布，荷莲广植，处处见景；如兰花，天津拥有很多养兰的名家高手；如玫瑰，天津青年男女传情达意的首选花卉就是玫瑰，其市场消费量不输于任何城市。今年春天我写了一篇关于蔷薇的小文，刚贴在博客上，就有好几位热心的博友告诉我在天津什么什么地方种植着蔷薇，非常好看，让我去观赏。我自己也留心寻访，发现盛开的蔷薇足以称得上是我们城市一大迷人的景观。此外，像牡丹、海棠、茉莉、丁香、石榴、桃花等，都是我们十分熟悉和喜爱的天津城市的美丽天使。

日前在报上看到天津文史专家侯福志先生写的《芍药曾被选

为天津"市花"》一文，极感兴趣。据该文介绍，1928年11月20日，《北洋画报》向读者公开征选天津市"市花"。1929年1月5日，《北洋画报》刊出《市花答案揭晓》："前本报征求关于天津市花答案，蒙阅者纷纷投函，年前已接有百数十件，唯以选举芍药者为最多。芍药前有王小隐君倡之于先，复经众意公选于后，故本报即假定芍药为天津市市花。"关于芍药与天津的关系，此前我只知道两点：其一，芍药是扬州的市花，而在历史上扬州与天津的联系十分密切；其二，天津博物馆藏有一件国宝级文物清乾隆珐琅彩芍药雉鸡图玉壶春瓶，瓶上所绘芍药异常华美。我猜想，20世纪20年代将芍药选为天津"市花"，一定与20世纪80年代将月季定为天津市花一样，都是采取了天津市民心气的最大公约数，或者说是天津城市精神的最大公约数。

因此，我尤为欣赏《北洋画报》为市花规定的五个条件："一是易于培植，二是普通易见，三是为人喜爱，四是符合本地人的性格，五是富有意义。"其可贵之处在于不仅注重自然标准和物质层面，而且注重人文标准和精神层面。而法国艺术家德拉克洛瓦在1857年发表的《美的多样性》一文中说，"风尚的影响比气候的影响更大"，我觉得，很多城市确定的市花，如牡丹之于洛阳、梅花之于南京、木棉之于广州等，都印证了这种影响。

如此解读一过，"花好月圆"不再是一个普通的中秋佳节祝福语，它的寓意显得丰富而深刻，既包含着世人祈愿的共同性，同时也包含着世人审美的多样性。繁花伴一月，一月照繁花，这共同性与多样性交融于此时此刻，也算是"和而不同"吧。

2011年9月7日

# 天津的招牌戏越多越好

天津人向来爱戏、懂戏，天津的戏迷多、票友多，天津的名角多、好戏多，天津是戏剧的乐土，天津是戏剧的天堂。

我生活在天津，又长期从事文化工作，看的好戏自然不少。三年多来，应天津戏剧界朋友之邀，我看过话剧《铁肩担道》（应该剧编剧赵大民先生、李郁文女士之邀）、《相士无非子》（应该剧编剧林希先生之邀），京剧《香莲案》（应该剧编剧刘连群先生之邀），评剧《吕布与貂蝉》（应该剧导演贾真先生之邀）、《剑魂》（应该剧总策划蒋连升先生之邀），河北梆子《晚雪》（应该剧总策划张浩先生之邀）、《刘兰芝》（应该剧总策划张浩先生之邀）等。这些戏，或新创，或由传统剧目改编，皆因排练精心，演出精彩，受到天津观众喜爱。我在剧场身临其境，深深地感受到台上台下气氛的热烈。

2010年夏，我随天津一个文化代表团到甘肃敦煌参观考察。到达敦煌的当晚，当地文化部门安排我们在敦煌大剧院观看一台大型歌舞剧，主要表现敦煌灿烂辉煌的文化艺术，剧名好像叫

《大梦敦煌》。初到敦煌，观赏这样壮观而优美的歌舞剧，令人感到震撼，也感到愉悦，觉得接待单位对远方来的宾朋十分重视。这样的文化大餐，实在胜过任何的美酒佳肴。

2012年初夏，有关单位在天津隆重举办著名历史学家、南开大学教授来新夏先生九秩诞辰庆祝活动，全国各地许多著名学者纷纷来津祝贺。我想起来新夏先生早年曾经担任京剧《火烧望海楼》的编剧，我也看过京剧名家厉慧良、马少良等演唱该剧的录像，就想与一些专业或业余的京剧院团联系，在津重排上演《火烧望海楼》，以此招待各地学者朋友，为来新夏先生九秩诞辰庆祝活动锦上添花。本来这想法是完全可以实现的，但因我恰巧到南方出差，未能在津参与来新夏先生九秩诞辰庆祝活动，此事也只好作罢了。

近些年，天津越来越吸引全国各地的游客。如果把与天津历史文化相关的名剧，如话剧《雷雨》、《日出》，京剧《火烧望海楼》、《红灯照》、《六号门》，评剧《杨三姐告状》等，固定为天津各戏剧院团的招牌戏，常排常演，随看随有，那岂不是在外地游客面前又为天津增加了一分吸引力？

招牌戏的魅力不比寻常。例如湖北省京剧院的招牌戏《徐九经升官记》，曾经风靡全国，堪称中国京剧史上的一部经典之作。1981年，《徐九经升官记》第一次进京演出，连演34场，场场爆满，观众达四万多人次，受到吴祖光、阿甲、范钧宏、马少波等戏剧界专家的盛赞。剧中扮演徐九经的朱世慧也因此剧成为享誉全国的丑角表演艺术家，获得"梅花奖""梅兰芳金奖"等多项国家级大奖。2010年该剧在北京参加全国京剧优秀剧目展演期间，作为湖北省京剧院院长的朱世慧说："这出戏演了30年、670多场，已经成为我院原创剧目中的精品。我们总结的经验就是，对待艺术要锲而不舍，在演出中不断地修改。这出戏前前后后已经改了十几次，大的改动也有五六次。要遵循京剧艺术自身的规律办事，所有的形式都要为内容服务。"再如浙江越剧团的招牌戏《九斤姑娘》，2009年以来演出超过200场，该剧主演王滨梅更是凭借"九斤姑娘"这一角色获得"梅花奖"。作为《九斤姑娘》的第二季，最新的风俗喜剧《五市街风情》也已首演。推出并常演招牌戏，是一个剧团乃至一个剧种持续发展的标志。其中人才是剧团兴旺发达的关键，也是戏剧事业持续发展的根基，引进人才、培养人才、留住人才以及后备人才的储备，是系统、长期、艰苦的工作。改革开放以来，天津戏剧得到持续发展，与重视培养人才、重用优秀青年演员有很大关系。

当然，招牌也需要新创，如同招牌戏需要创新。例如由于白先勇先生近十年来对昆曲推广的不断努力，大家看到了新编《牡丹亭》等重要艺术成果。再借着中国昆曲被联合国列为"人类口头遗产和非物质遗产代表作"，加上昆曲界的共同努力，社会上尤其是青年人对昆曲的喜爱度越来越高，确实使昆曲进入了一个新阶段。再如作为国际优秀芭蕾舞团的荷兰国家芭蕾舞团，其优势除了经常演出古典芭蕾外，当代芭蕾也成为该团的招牌，因为该团既有汉斯·范·曼恩这样在国际舞台享有盛誉的大编导，更有现代舞带动舞台革命的理念，因此，他们演出的当代芭蕾是世界一流水准的。2010年该团在中国国家大剧院演出，赢得了中国观众。多年来，天津戏剧院团坚持改编与新创两条腿走路，实践证明，这是一条保招牌、创招牌的成功之路。

"睿之眼"专栏在《天津日报》开办了三年多，我为这个专栏写了近百篇随笔。这期间，天津演了这么多好戏，天津戏剧界的朋友请我看了这么多好戏，而我却没有写过一篇关于天津戏剧的文章。今天写下这篇小文，算是还个人情。俗话说：生旦净末丑，神仙老虎狗。文武坤乱全能来，拉幕打旗扫后台。愿天津戏剧界的朋友们继续大显身手，让天津继续好戏连台。

2014年5月26日

# 常去博物馆是一种修养

近些年各地博物馆越建越多，喜欢参观博物馆的人也越来越多。特别是在博物馆全面免费开放后，文化遗产事业的经济功能更多地体现在间接贡献上，其中文物旅游的贡献尤为重要。有关专家按比较保守的方式测算，仅这一项贡献已远大于各级政府对文物系统的财政投入，博物馆全面免费开放后仍然如此。所以，博物馆事业绝不是财政的包袱，而是社会、经济效益兼备且能拉动产业增长的事业。更为重要的是，博物馆在现代城市文化塑造方面的功能已经越来越受到政府和民众的重视，并确实在打造现代城市文化、引领城市文化发展、树立城市形象等方面发挥着极其重要的作用。博物馆作为现代城市文化功能区和地标，通过对文物的收藏、保护和展示，在提升公众的文化素质和修养的同时，传承和培育着城市的历史文化内涵，民众对城市的亲切感、认同感、满意度等要素随着城市新文化的形成而得到强化。城市文化软实力的增强，必然会促进城市经济的发展，最终将提升城市的综合实力和竞争力。现在外地的朋友到天津来，可玩可看的地方非常多，简直是目不暇接，每当他们向我咨询时，我总是建议他们拿出一天或半天时间参观一两座天津的博物馆，并且告诉他们参观后保证感觉大饱眼福，不虚此行。

我有三个习惯，从上大学开始，迄今已经保持了三十多年。一是有好书必买、必读，二是有好戏必到剧场去看，三是有好的展览必到美术馆、博物馆去看。我自认为，这是几个好习惯。我的工作得心应手，写作题材丰富，生活充实自信，皆得益于这些好习惯。仅就博物馆而言，我参观过国内外各种类型的博物馆数百座，其中有些参观过数十次，对馆藏品如数家珍，还结识了很多博物馆界的朋友，包括各个门类的权威专家。收藏家马未都说，人都是有博物馆情结的，我自认为具有这种情结。喜欢博物馆，常去博物馆，博物馆情结就会越来越深，逐渐影响甚至控制我们的情绪。在那一件件记载着历史、承载着先人创造的文化的宏大或精美的藏品面前，我们会觉得自己很渺小，很粗陋，很无可奈何，但这样的感觉却正是一种难得的冷却，它让我们沉静下来，对人生进行理性的思考和梳理，重新确定自己在历史上和社会上的坐标，充分利用自己有限的时空和能力而有所作为。有经典存在，有经典引导，我们必然会少走一些弯路。

这些年博物馆越来越得到青睐，与爱好收藏的人越来越多有很大关系。我喜欢逛古玩市场，也喜欢逛博物馆，把这两个地方当成一枚硬币的两个面。逛地摊，可以真切地了解市场上古玩仿造能力和手法的日新月异；逛博物馆，则可以纠正长期泡在地摊上得到的偏见和误识。如果长期只看地摊货，容易降低自己的审美层次，即俗话说的"看坏了眼"。

还有很多不专门搞收藏的人，也喜欢逛博物馆，他们往往在提升自己审美层次的同时，体验着审美的丰富性。勤奋的作家赵玫，写过一本《博物馆书》，记录了那些让她震撼和感动的博物馆。她说："我之所以喜欢博物馆，是因为博物馆是人类文化的一种重要载体，一种地域的象征性符号，也是其历史文化的沿革与浓缩。而那些好的博物馆会让你流连忘返。譬如巴黎的卢浮宫和奥赛博物馆，不仅收藏了大量艺术珍品令人一饱眼福，还能让我们了解了世界艺术发展史等相关知识。我尤其喜欢由巴黎老火车站改建的奥赛博物馆，不仅让人看到众多印象派画家的作品，还能从马奈、莫奈、德加、梵·高以及高更的作品中，感受到他们那些充满颠覆性的艺术观念，以及与传统方式迥然不同的绘画风格。"很多人与赵玫有着相同的感受：博物馆就像是没有教室的课堂，以展品、文字和影像传播人类文化，因此，每到一座博物馆或名人故居，都会带着一种近乎"朝圣"的心理。这样的"朝圣"，无疑会使精神上的渴求得到一定的满足。

希望更多的博物馆在推出文物精品让观众了解和欣赏其中的技术和艺术的同时，也通过文物组合展示文物之间的相互关系，让观众明白当时的生活状态，明白文物背后的社会发展状态，进而憧憬几百年前乃至几千年前祖先的物质场景和物化的精神。掌握具有见证意义的历史细节的人越多，能够最接近真实地还原历史的人越多，博物馆事业就越成功。

与博物馆越来越多、服务越来越人性化相比，我们的学者和作家对博物馆的重视和利用还是显得有些不够。在我的朋友圈里，不乏有思想、有学问、有技艺的人士，但平时与他们聊天时，却较少听他们提到博物馆。常去博物馆，应当成为当代人的一种修养。我们有能力、有热情怀想和回望历史，才会更好地活在当下，才会把今天的真实情感和精神高度传给后人。

2014年12月21日

# 文人重收藏是天津好传统

　　近些年在外地开会约稿，感觉到各地朋友对天津尤其是天津文化越来越看重，在这方面总有谈不尽的话题。其中给大家比较深刻的一个印象，是天津的文人重视收藏、喜欢收藏，而且善于利用藏品做学问、写文章，天津的文化风格因此而显得扎实、牢靠、少虚妄、不浮躁。

　　对此，我比外地朋友更有深切的体会。治学必先收藏，著述必有实据，靠藏品说话，拿实物较真，收藏即是生活，藏品滋养精神，这确是天津文人的优秀传统。天津文人不以收藏自矜，其实他们中间不乏名副其实的收藏家，只不过其收藏之名往往为学问之名所掩罢了。

　　在对天津城市文化进行分析时，一些学者从不同角度提出了如"盐商文化""运河文化""码头文化""移民文化""商埠文化""租界文化"等诸多概念。笔者认为，虽然其中任何一个概念也无法完全涵盖天津城市文化特色，但至少自清初至近代开埠初期的近二百年间，盐商在引导和推进天津文化方面发挥的作用最为重要。盐商巨富查氏水西庄的文化贡献极为显著，而收藏便是其中一个大项，藏品包括经史、方志、地理、诗文、书画、金石、文物等，数量多，种类全。查氏等清代天津盐商的收藏理念，于今仍有一定的余响。

难能可贵的是，天津盐商富而思文、重视收藏者不在少数。康乾时期以业盐而成为巨富的安尚义、安岐父子，收藏之阔，鉴赏之精，名扬全国。曾被乾隆皇帝收藏过、现存于天津博物馆的"镇馆之宝"《雪景寒林图》，就经过安岐之手。《雪景寒林图》为北宋著名山水画家范宽所绘，安岐在其《墨缘汇观》中曾经著录和赏评，画上钤有"安氏仪周书画之章"等印。此外，安岐还喜欢收藏古代典籍，家中多藏善本。他出资刻印书籍名帖，重刻过孙过庭《书谱》数石，曾嵌于扬州康山草堂壁上。安岐选择其精美书画藏品，汇录于《墨缘汇观》一书。该书汇录法书始于三国魏钟繇《荐季直表》、西晋陆机《平复帖》，止于明代董其昌；名画始自东晋顾恺之《女史箴图》、隋代展子虔《游春图》，亦止于明代董其昌。正录记叙纸绢、作品内容，凡名人题跋、收藏印记、装裱、纸绢、尺寸等，一一毕举，使后人得据以考察真伪。间作考订，并论书法、画法。续录仅载标题，略记大概。安岐治学严谨，鉴别认真，叙述简当，为同类书中精审之作。《墨缘汇观》近年翻印甚多，可见其作为著名中国书画评鉴著录书的价值，越来越为人们所认识和利用。像安氏这样的大盐商如此重视收藏文物，进而治学著书，对天津城市文化特色的形成和走向无法不产生重大影响。

清末民国时期，天津作为中国北方最大的工商业城市和高官巨富的聚居地，也成为文物收藏的一方热土。同时，天津大量的奇珍异宝又吸引了全国各地的文人雅士，促进了天津文化的繁荣。徐世昌、梁启超、李盛铎、罗振玉、方若、袁克文、陶湘、王襄、周叔弢等，都是天津的著名文人兼大收藏家，他们学养丰厚，独具慧眼，以各自的珍贵藏品佐证了中国辉煌的文明史。

令人欣喜的是，天津现当代文人继承了历代文人治学兼顾收藏的好传统。很多卓有成就的学者、作家、艺术家，如龚望、李鹤年、林崧、方纪、吴云心、唐石父、王学仲、张仲、涂宗涛、杨大辛、华非、张金明、邱思达、冯骥才等先生，都拥有丰富而有特色的藏品。天津中青年学者重视收藏而著述丰硕的更是大有人在，如章用秀先生对天津乡贤特别是李叔同师友书画墨迹的研究，姜维群先生对民国家具和扇骨的研究，由国庆先生对老广告和民俗文化的研究，都以大量的独家藏品为依据，使其研究工作更具有可持续性，研究成果更具有真实性，得到了海内外专家和读者青睐，让他们感叹天津真是藏龙卧虎，这无疑也增强了天津文化的传播力。

虽然文人重视收藏并非天津一地的独有现象，但是天津文人收藏自古代、近代、现代直至当代一脉相承，藏品或家传，或师承，或转让，或捐赠，递存有绪，文人收藏家掌握社会主流话语权，收藏作为文化的重要性成为民间共识，文人收藏的成果影响地方学风、文风，成为城市文化鲜明特征之一。在全国各大都市中，天津的这些特点是十分突出的，也是值得研究的。

"沧海日，赤城霞，峨眉雪，巫峡云，洞庭月，彭蠡烟，潇湘雨，武彝峰，庐山瀑布，合宇宙奇观，绘吾斋壁；少陵诗，摩诘画，左传文，马迁史，薛涛笺，右军帖，南华经，相如赋，屈子离骚，收古今绝艺，置我山窗。"这是清代文人邓石如为书斋所撰楹联。多少年来，兼容物我、家国、古今、情志，囊括众美，是文人的一种理想。有了这样的理想，人生才可若云蒸霞蔚，波澜壮阔，朝晖夕阴，气象万千。天津文人喜爱收藏，正是寄寓着这样美好的理想。如此宝贵的传统，我们没有理由不继承下来、坚持下去，并且发扬光大。

2014年3月17日

# 复建水西庄要有一间真正的书房

　　水西庄，是天津文人的一个梦。复建水西庄，寄寓着当代天津文人振兴天津文化的殷切希望。理想的水西庄，是真正文化的水西庄，而不只是传统的符号、旅游的景点或者城市的饰品。

　　复建文化的水西庄，意义非凡，但洵非易事。

　　难点之一，是环境巨变。历史上的水西庄地处城西三里，河滨郊野，水木清丽，风景幽雅；而今要复建在高楼林立、华厦麇集的现代化大都市之中，最多能达到"闹中取静"的效果，很难营造出古典、高雅、闲适、静谧的文化氛围。

　　难点之二，是传承失绪。昔日水西庄的楼台亭榭早已荡然无存，踏访原址几乎无从寻踪，其遗物仅可见一对移置于他处的石狮。历史的断陷和文物的缺失，可能使水西庄复建工程成为难度很大的古代建筑园林复建工程，至少要比复建圆明园困难。复建后，专家和市民在文化理性和情感上能否认可和接受，必将面临重大考验。

　　难点之三，是水西庄本身历史文化的复杂多样。水西庄建成至今近三百年，兴旺时期达一百多年，其间几经扩建、整修，变化极大，选择哪个时期、哪种风格的水西庄作为复建模本，是依据乾隆初年的《秋庄夜雨读书图》，还是依据道光年间的《水西庄修禊图》？哪一种模本更能反映水西庄文化风貌和天津文化特色？这是一门颇耐推究的大学问。

总之，成功复建一座文化的水西庄，需要集思广益、科学论证、充分准备、谨慎从事。

复建文化的水西庄，体现数百年天津的人文繁盛、艺术风雅，建议至少要复建一间真正的文人书房。乾隆初年查为仁曾在水西庄修筑澹宜书屋，他于《澹宜书屋六咏》小序中描述说："今冬就其屋旁隙地，广为数所，有室可以储书，有楼可以眺听，有堂有庵有廊可以觞咏，可以结跏，可以步蹀，闲冷之事，无不宜之。"该书收入的应和之作分别来自长洲沈德潜、海宁陈邦彦、仁和吴廷华、钱塘符曾等27人，大都是驰誉全国的一流的文人学者。他们应查氏之邀来此驻足，休闲游赏，尽情描述水西庄的美景佳色，称颂主人的精深学识和"身与白云共吞吐，心闲何必身出家"的高旷胸怀。可见，澹宜书屋对"南北诸公"有着十足的吸引力。

竹间楼，亦为水西庄中建筑，与澹宜书屋相对，是查为仁的读书处。道光初年，津门著名文士梅成栋参与重修水西庄，追慕查氏之竹间楼，希复旧观，故以"欲起竹间楼"作为名室，并著有《欲起竹间楼存稿》，是天津重要的乡邦文献。欲起竹间楼及《欲起竹间楼存稿》，是对水西庄开创的天津读书文化的弘扬。

中国古代读书的环境，特别是明清时期独立的书房，与中国古代园林相融共生。古代书房清简古雅、自然恬静的氛围，与文人园林穷幽极览、天人合一的环境互为呼应，共同体现出古代文人淡泊宁静的生活旨趣和忘形放怀的精神追求。如明代高濂在《遵生八笺·燕闲清赏笺》中所说："时乎坐陈钟鼎，几列琴书，榻排松窗之下，图展兰室之中，帘栊香霭，栏槛花妍。虽咽水餐云，亦足以忘饥永日，冰玉吾斋，一洗人间氛垢矣，清心乐志，孰过于此？"倘若复建水西庄之澹宜书屋、竹间楼，就要尽力表达这样的文化情怀，体现以水西庄主人为代表的传统文人广置文物图籍，"寄情于山水禅悦，交友于书卷之间"的文化生活风貌。

去年10月初，天津市河北区首批十个公园书吧初步建成，开始免费对外开放。这个被整体命名为"津城书吧"项目的建设和使用，给广大市民提供了融入自然、享受生活的高品质阅读空间。人们可以在游览公园之余步入书吧，同时感受书香与花香，在越来越喧嚣的都市中享受片刻慢节奏的休闲生活。在曹家花园里，一座探入湖心的典雅别致的建筑"日新堂"，便被专门开辟出来作为公园书吧，而且还有个十分风雅的名字叫"遂闲书屋"。这座书屋采用清末民初典型民居的建筑样式，宽敞的大厅里整齐地摆放着镂空仿古书架，插架图书琳琅满目，几把古典式木椅围绕在方桌旁，墙角处摆放着盆栽绿色植物，墙上还挂着书法匾额，俨然一间清代学者书斋。在水西庄复建书房，可以借鉴公园书吧的经验，将书房建设成重点收藏天津文史图书、方便天津文人学者进行文化学术交流的文人书吧、文化沙龙，为繁荣天津文化添砖加瓦。

2013年1月19日

# 后张仲时代民俗研究的意义

　　张仲先生离开我们整整五年了。这五年来，每每参加各种文化会议和文人聚会，总能听到有人从不同的角度提到他，提到他在民俗研究及许多领域的独到贡献，提到他与天津这座城市的特殊渊源，也提到他对朋友和晚辈们的热心帮助与提携。在这样的五年里，可以说张仲先生并没有离去，因为他活在了朋友们的心中、话语中；如果说他确实已经离去了，那么细品一下大家对他的深切追念，其中无疑包含着一层重要的言外之意，即：张仲先生走后，他所从事的民俗研究及诸多文化事业所呈现的缺失状态是多么的明显。

　　一个人的真正价值，在于相对社会来说，没有人能够替代他，或者覆盖他。张仲先生就是这样的人。记得五年前在张仲先生追思会上，冯骥才先生对几位在场的学者说了一段话，大意是："张仲研究的东西，如天津的民俗、历史等，你们也在研究，但是你们与他不一样，你们可能更多地用学术的、学院的方法去研究，而张仲却是身在其中，那些东西在他的身上是鲜活的。"张仲先生是回民，出身于天津的名门望族，与文化世家和文化名人多有交往，自幼崇尚文化；他半生经历坎坷，长期遭受苦难，熟悉底层生活，社会阅历丰富；他出生时父亲已是盲人，老年不幸丧妻，去世时还留下一个弱智的儿子，特殊的家庭境遇对他无疑也是一种深刻的磨砺。张仲先生意志坚强，不懈拼搏，学识渊博，辛勤耕耘，在很多领域都有杰出的成就。他不仅是著名的民俗学家，还是著名的天津文史学者、文物收藏鉴赏家、津味小说家、艺术评论家和编辑家，是以"杂家"面目出现的"大家"。他在民俗学方面的成就最为突出，是天津民俗研究的领军者，在全国具有很高的知名度，晚年荣获中国民间文艺最高奖"山花奖·民间文艺成就奖"，其文化大家的地位得到社会公认。

张仲先生曾经担任《天津日报·满庭芳》主编，在报社里他是我的业务导师、前辈编辑，在生活中我们是情谊至深的忘年交。自他离休直至病重的十几年里，我们每周即使不见一面也至少要通一次电话，联系十分密切。对我的工作、学习和生活，他给予过许多无私而有力的支持和帮助。在张仲先生晚年，他将自己写的很多文章交我编辑发表，我们还曾将各自的著作交由同一套丛书出版。二十多年的交往，使我对张仲先生的学问有了比较全面、深入的了解。张仲先生刚去世时，我即对其哲嗣张尺先生提出建议：仲老收藏的文物、书籍等都不能动，谁来买都不能卖，因为仲老去世时有很多东西都没来得及写出来，他是带着满肚子的掌故和学问离开的，他的藏品是他精神世界的物化和外延，将来有条件时我们可以用这些文物、书籍做线索整理出一些有价值的文字来。令人高兴的是，五年来，张尺先生正是这样坚守的。

张仲先生去世后，我时常重读他的著作，摸寻他的研究方法和写作技巧，略有所悟。譬如他的所有文章都直接取材于社会生活，讲究细节，真实可信。这让我想起巴尔扎克的《人间喜剧》，它分为私人生活、外省生活、巴黎生活、政治生活、军事生活、乡间生活等场面，"在这六个部分里罗列着构成这个社会的通史的全部'风俗研究'"（《人间喜剧·前言》）。事实上，一部《人间喜剧》便是一部法兰西社会贵族衰败、资产阶级新兴的历史的生动再现。读了张仲先生的民俗研究论著，再读他的《龙嘴大铜壶》等津味民俗小说，我们也会发现，他是从理性和感性两翼立体地表述着传统文化的衰落及其向新文化的转化，他的研究绝非无的放矢，他的作品更是十足地接地气。

龚望、周汝昌、王树村、来新夏、王学仲、范曾等先生都曾跟我说过，张仲是天津地方民俗的活化石、活字典，张仲本人就是天津一宝。冯骥才先生说："关于老天津，无论什么问题都问不住张仲，方言俚语、民俗典故、街道巷里、五行八作乃至不起眼儿的一些小物件，只要是有特色的、有历史的，拿到张仲面前，他都能将其中的来龙去脉讲个清清楚楚。"在这些文化大家和名人眼里，张仲先生是闪闪发光的。

民俗学属于社会基层文化，旧时治民俗学往往会受到封建文人、贵族化学者的轻视和歧视，甚至会受到笑骂和打击。五四时期北大征集歌谣拉开了中国民俗学的序幕，这是现代学术史上光辉的一页。但时至今日，依然有人漠视和轻视民俗学。从历史上看，民俗学的命运与人们对它的认知有极大的关系。天津出现了张仲这位得到社会认知的民俗大家，是我们这座城市的幸运与骄傲，值得我们倍加珍惜。

我认为，系统、全面地总结和研究张仲及其著述，是推进天津民俗研究和历史文化研究的一项重要内容。首要的工作，就是整理出版张仲文集和张仲藏品集。

整个社会在飞速发展，每个城市也在讲求发展，同时需要保持自己的特色，显示属于自己的文化传统。文化是城市的灵魂，而民俗文化又是城市文化中最基层、最质朴、最本真、最耐久的文化。因此，城市发展一定要保护民俗文化。这是我们在后张仲时代继续推进天津民俗研究的现实理由。

2013年9月16日

# "津味文学"与城市文化

近些年，"津味文学"或"津味小说"成为人们经常讨论的话题。但是由于天津历史文化的纷繁复杂，对天津城市文化特色很难一语概括，所以对"津味文学"或"津味文学"也一时难下定义。例如有人认为："津味小说是具有天津地域特色的市井民俗小说，它是以一方水土写人文，突出地域风格特点、地方风俗习惯、地区人物性格的乡土文学。'津味'即采用天津方言，通过津沽文化表现广阔繁杂社会生活的文学风格，它既不同于'京味'，又有别于'海派'、晋军、湘军等，而是以天津一方热土的丰厚文化底蕴为基础，及津风、津味、津韵血脉流畅的笔触，通过不同时代、不同人物的刻画，展现出可歌可泣、幽默诙谐的风云故事和人物形象，以表现不同时代天津人的精神风貌。"我觉得这样的概括不无道理，但也稍嫌泛泛和模糊。像这样特意指出一个地方的文学区别于其他地方的文学，恰恰说明这个地方的文学特色难以归纳。

谈起"津味文学"，天津无疑是它的发生地，而"津味文学"本身就是对天津文化的一种重要阐释，是古代和近代以来天津城市在当代的一种特定存在风貌。所谓"津味儿"，就是天津特有的传统文化对天津人心理意识的潜移默化的影响和塑造。学者杨东平先生在《城市季风》一书中谈"京味文学"时写道："'京味文学'是以老北京人和他们的生活空间——胡同世界为题材，写市民社会生活中的风俗人物，俗人俗物，具有明显的平民化倾向和通俗文学的价值……"这里明确指出"京味文学"以北京胡同为题材，可惜没见《城市季风》写到天津，如果写到，那么"津味文学"会以天津哪样的生活空间为题材呢？是老城和三岔河口，还是租界洋楼，或者南市"三不管"？对于城市文化长期多元化的天津来说，这恐怕还真是个难题。

但无论是"津味文学"，还是"京味文学"，都须"具有明显的平民化倾向和通俗文学的价值"。对于这一点，可能是无可争议的。作为体现城市文化特色的城市文学，应当具有平民精神和通俗意识，只有这样，才能得到广大市民读者的认同，才能被文学史家将其作为一种风格现象去把握。由此，老舍的《骆驼祥子》、邓友梅的《那五》、刘恒的《贫嘴张大民的幸福生活》等，才能成为不同历史时期"京味文学"的代表作；同理，冯骥才的《神鞭》、张仲的《龙嘴大铜壶》、林希的《高买》等，也才能成为新时期"津味文学"的代表作。

天津城市文化丰富厚重，"津味文学"也一定有着丰厚的内涵，并且是历史悠久、传承有序的。近年常有外地的文学爱好者问我："津味文学"有没有出现过家喻户晓的名作家？过去天津有没有出现过像写北京的老舍、张恨水那样的大作家？我回答：有。谁？刘云若。

作为生活在天津的中国现代言情小说大家，终年仅五十来岁的刘云若一生创作的小说至少有五十多部。他曾经同时开写七部小说，但故事情节、人物关系一丝不乱，被时人誉为"五百年来无此奇"。当代作家邓友梅说，早年爱读刘云若的《旧巷斜阳》，由此走上文学道路。刘云若的《粉墨筝琶》、《红杏出墙记》等，近些年被改编成电视连续剧，热播于荧屏。

刘云若是天津土生土长的作家，他的小说有着浓厚的天津地域文化特点，尤擅写社会底层和妇女生活。套用一下恩格斯对巴尔扎克《人间喜剧》的现实主义艺术成就的评语，我们似乎也可以这样说："一部刘云若小说所蕴含的民国时期天津社会生活信息，比天津所有历史学家提供给我们的全部信息还要丰富。"刘云若作品，是纯正的"津津有味"的"津味文学"。

如今的写作者，标榜"津味小说"的，不在少数。其存在的问题，一是题材扎堆儿、情节重复，结果如"津味小说"作家林希所说，"使人一提起天津味儿，立即就联想到打架骂街，要么就是吸鸦片、玩妓女，稍微斯文一点的，写到租界地的遗老遗少，也不外就是讨小老婆，霸占民女罢了"。二是表现地域文化特征往往表面化、符号化，如"津味小说"作家、天津民俗专家张仲所言，"光会写天津话'嘛'、'哏儿'，光会写鸟市、三不管、落马湖、八大碗等'浮皮儿'的外貌，甚至光会写天津事儿，很难说会出津味儿"。在近些年反映清末民国时期天津生活的电视剧中，这些问题表现得尤为突出。这些作品表现天津饮食，如果能展现一下"八大碗"就好了，可惜它们只会给观众如此印象：整个天津的饮食文化，不过就是一个字号的包子。

天津的刘云若说过，自己要与狄更斯比肩；天津的宫白羽更直白，说他写小说就是师承大仲马。这不是玩笑话，也绝非狂言妄语，很值得文学史研究者重视。如果从通俗文学的本质看，刘云若、宫白羽与狄更斯、大仲马确实是一脉相承的。狄更斯和大仲马小说的通俗性很强，可以算是欧洲的通俗小说大师；刘云若、宫白羽以言情小说、武侠小说各擅胜场，皆是作品等身，影响巨大，无疑是中国现代的通俗小说大师。当代"津味文学"作者应该从这些前辈大师身上获得有益的借鉴，创作出具有天津风格和天津特色、读者喜闻乐见的"津味文学"作品来。

2014年1月20日

# 中文系为什么不能培养作家

继复旦大学、南京大学、上海大学、广东外语外贸大学等高校开设创意写作专业后，北京大学中文系今年正式招收"创意写作"专业硕士研究生。北京大学中文系2014年招生目录显示，拟招收专业型硕士生（创意写作方向）40名。创业写作在英美国家有着悠久传统，近年来，这一专业也在中国各高校纷纷出现，引起教育界、文学界和媒体的广泛关注。对此，北大中文系负责人有一个解答：不是培养作家，而是应用型人才。据介绍，北大创意写作专业硕士的培养目标是"具有深厚专业基础、高水平写作能力和出色创意才华的高层次的应用型写作人才"。

中国高校中文系公开表明不培养作家，由来已久。据曾任北大中文系主任的陈平原教授说："抗战中西南联大中文系主任罗常培以及20世纪五六十年代北大中文系主任杨晦，都曾公开宣称：中文系不培养作家。"1983年我一考入北大中文系文学专业，就听系领导和老师说：北大中文系不培养作家。我记得，当时就有很多同学对此不满或不解。

　　长期以来，中文系不培养作家，培养什么人呢？培养的是"语文工作者"，即语文教师、研究人员、文秘、编辑、记者等。过去几十年，国内中文系毕业生都能被分配到或自己找到这样的工作岗位，中文系的培养任务也就算圆满完成了。但由于天分、机遇等因素，从中文系一毕业就能成为作家的学生数量极少，毕业多年后能够成为名作家的学生也不会太多，中文系培养人才的业绩因此难以及时体现，自然就不如干脆声明"不培养作家"了。

　　高校中文系最近再次表明"不培养作家"，使我又想起吴组缃先生那句名言："中文系的学生不会写东西，就等于糖不甜。"高校中文系不培养作家，就像美术院校不培养画家，音乐院校不培养歌唱家、演奏家和作曲家一样，总给人一种"糖不甜"的感觉。

　　中文系"不培养作家"，原因很多，中文系也确有诸多难处与不便，但我觉得陈平原教授谈到的一条很关键："不是我们不要，而是做不到。"我曾经自豪地说，我有幸聆听过吴组缃和林庚讲学授课。这两位先生，一位是中国现代著名小说家，一位是中国现代著名诗人，都被写入中国现代文学史中；一位主讲小说史，一位主讲诗歌史，都是各自领域的学术带头人。听已被写入文学史中的作家、诗人讲文学史，这是我们这些届北大中文系学生特有的享受。如今高校的中文系教师，他们本身都是在长期

"不培养作家"的理念和环境下被培养出来的，他们又如何能够把自己的学生培养成作家？

近百年来，声称"不培养作家"的北大中文系，实际上在它的学生中涌现了不少著名作家和诗人，如杨振声、俞平伯、孙伏园、台静农、张中行、张充和、柳存仁、汪曾祺、李瑛、刘绍棠、刘锦云、邵华、曹文轩、陈建功、张蔓菱、刘震云、骆一禾、黄蓓佳、高洪波……我相信，这些作家和诗人，都不会讳言北大中文系对他们的培育之功。

自有现代高等教育以来，经历过大学文学专业学习而成为世界著名作家、诗人的，亦大有人在，例如《十字军骑士》的作者、波兰作家亨利克·显克微支，曾在华沙高等学校语文系学习；《吉檀迦利》的作者、印度诗人拉宾德拉纳特·泰戈尔，曾在伦敦大学学习英国文学；《鼠疫》的作者、生于阿尔及利亚的法国作家阿尔贝·加缪，曾在阿尔及尔大学学习哲学和古典文学；《尤利西斯》的作者、爱尔兰作家詹姆斯·乔伊斯，曾获得都柏林大学现代语学士学位；《蝇王》的作者、英国作家威廉·戈尔丁，曾在牛津大学学习文学；《所罗门之歌》的作者、美国黑人作家托妮·莫里森，曾在霍华德大学学习英语和古典文学……我查阅了一下进入21世纪以来获得诺贝尔文学奖的当代作家、诗人的履历，发现其中有大学文学专业背景的所占比例很大：2001年诺贝尔文学奖获得者、印度裔英国作家维·苏·奈保尔，曾在牛津大学学习英国文学；2003年诺贝尔文学奖获得者、南非作家约·马·库切，曾在得克萨斯大学获得英语和语言学博士学位；2008年诺贝尔文学奖获得者、法国作家勒·克莱齐奥，曾在尼斯大学获得文学学士学位；2009年诺贝尔文学奖获得者、生于罗马尼亚的德国作家赫塔·米勒，曾在蒂米什瓦拉大学学习德国社会文化和罗马尼亚文学；2010年诺贝尔文学奖获得者、秘鲁作家马里奥·巴尔加斯·略萨，曾在圣马尔科斯大学双主修文学与法律，本科毕业后入同校语言学研究所做研究生，后来还获得马德里大学文学哲学博士学位（研究文学的哲学博士）；2013年诺贝尔文学奖获得者、加拿大作家爱丽丝·门罗，曾在西安大略大学主修英语……

我想，他们所读过的大学及其文学专业，绝不会否认这样优秀的作家或诗人是它们培养出来的，更不会满世界宣传自己"不培养作家"。

2014年2月17日

# 我的《理智与情感》

前不久，我18年前翻译出版的世界文学名著《理智与情感》由译林出版社再版。此次译林出版社出版的《理智与情感》，被列入"双语译林·壹力文库"，两册一套，前一册为我的中文译文，后一册为简·奥斯汀的英文原著，这样既体现了译著的独立价值，又方便了读者对照原文。译林出版社是在中国享有盛誉、非常权威的专业翻译出版社，出版过很多当代优秀翻译家的精彩译著，赢得读者青睐。在《理智与情感》中文译本多达数十种的今天，该社选择我的译本郑重出版，是对我在外国文学翻译方面取得些许成绩的极大鼓励。该书甫一发行，便成为亚马逊、当当网、京东商城等大型购物网站的畅销书，也反映出众多读者的普遍认可。

想起18年前，即1995年，在《理智与情感》初稿完成200周年之际，我翻译的这部名著的中文版由天津人民出版社出版。那时此书便颇受读书界欢迎，当年10月一印，印了一万五千册，很快售罄；11月即重印，又印了一万五千册。18年后的今天，回望此书的出版历程，不禁感慨：只要这个世界还存在，理智与情感，就是一个挥之不去的话题。

作为《理智与情感》的译者，我为宣传简·奥斯汀尽了一份努力，但还是想借拙译重印的机会，再次表达对简·奥斯汀的敬意。简·奥斯汀是一位天才女作家，她在世时就受到过大作家司各特的好评。她的小说对一百多年来的英国文学和世界文学的影响是广泛而深刻的，英国桂冠诗人丁尼生等人将她与莎士比亚并提，英国现代意识流文学大师弗吉尼亚·伍尔芙称她是"女性之中最完美的艺术家"，英国现代著名小说家和批评家福斯特在《小说面面观》里提出著名的"圆形人物说"主要就是以简·奥斯汀塑造的人物为例的。就在前不久，英格兰银行宣布，新版10英镑纸币将正式使用简·奥斯汀的头像，以此向这位誉满全球的女作家致敬。新版10英镑纸币将在2017年即简·奥斯汀逝世200周年时发行，简·奥斯汀的头像将取代现版10英镑纸币上达尔文的头像。英格兰银行行长马克·卡尼在声明中称，简·奥斯汀在英国纸币上的历史人物中理应享有一席之地，"她的小说具有持久不衰的吸引力，她被公认为英国文学史上最伟大的作家之一"。2013年是《傲慢与偏见》出版200周年，新版10英镑钞票在简·奥斯汀头像下方还将印上《傲慢与偏见》中的一句话："我说呀，什么娱乐也抵不上读书的乐趣。"

《理智与情感》是《傲慢与偏见》的姊妹篇，这部长篇小说是一部久经历史考验、深受读者喜爱的世界文学名著。作者通过塑造埃莉诺与玛丽安这性格各异的两姊妹形象，通过人物的悲欢离合、情节的跌宕起伏，鲜明地展示了理智与情感的矛盾。1996年，台湾著名导演李安根据同名小说改编导演的美国影片《理智与情感》，获得了第四十六届柏林电影节大奖"柏林金熊奖"。这部影片是李安与英国女星艾玛·汤普森联手合作的，此前已获得七项奥斯卡奖提名。当时还不到20岁的刚出道的英国女演员凯特·温斯莱特，也因参演此片而获得奥斯卡最佳女配角提名，一夜成名，此后屡获大奖，成为家喻户晓的国际巨星。二百多年来，《理智与情感》这部不朽名著，不仅抚慰和滋养了千万读者的心灵，也衍生并成就了更多的文化功业和文化名人。

理智与情感的矛盾，是人生经常遭遇而又无法回避的问题，也是文学作品难以回避的主题。1995年，我在《〈理智与情感〉译者序》中说过："在当今社会和观念大变革的时代，理智与情感的矛盾仍然困扰着每一个青年人，影响着人们的人生观、爱情观和道德观，时时刻刻需要人们做出抉择。因此，读一读《理智与情感》不无现实意义。"此后，在发表于1996年的《关于〈理智与情感〉》一文中，我又写道："新的世纪在向人们招手，新的理智与情感的矛盾也在世纪之交的路口等待着人们。到那个时候，人们会再一次打开《理智与情感》的。"进入21世纪以来，确如当年所料，传统的理智与情感的矛盾并未消失，而新的理智与情感的矛盾又不断出现。2012年，我在《理智与情感：永恒的话题》一文中再次从更深层面帮助读者理解这个主题："理智与情感的矛盾，从广义的形而上学层面看，是人类心灵的一种永恒追求，是对人生的意义、生活的价值、悲剧的本源等问题的了解和问询；这种追求本身，既是理智的，又是情感的。看看它们的英文表达——Sense and Sensibility，就会更加明白两者的难解难分……"我提出，在这样错综纷繁的文化背景和社会背景下，重读经典作品《理智与情感》，无疑是很具现实意义的。它在理清和减除爱情婚姻观念纠结困惑方面的效果，估计比那些所谓"心灵鸡汤"类的图书要好得多。

多年来，我喜欢收藏《理智与情感》的各种版本，仅自英、美、加等国搜购的各种英文版本，就有数十种。闲时，阅览国外出版的《理智与情感》的各种版本，欣赏它们精致的装帧、封面和插图，也是一种享受。其中一组插图，有39幅，乃休·汤姆森所绘。汤姆森是维多利亚时代最负盛名的画家之一，在所有为简·奥斯汀作品创作插图的画家中，他是最广为人知、最受喜爱的一位。对于《理智与情感》，汤姆森能从细小的情节中捕捉简·奥斯汀微妙的幽默，以略带喜剧夸张而不失谨严浑然的造型、精致细腻而优美流畅的线条，以及往往处于戏剧化冲突中的场景，赋予其笔下人物鲜活的生命，从而形象生动地阐释了这部杰出作品，同时真实地描绘出一组反映19世纪初英国中产阶级生活的风俗画面。如果拙译《理智与情感》今后还有再版的机会，那么采用这组插图应该是个不错的主意。

本文的题目，我曾想用"我与《理智与情感》"，或者"我译《理智与情感》"，后来好好想了想，还是用了"我的《理智与情感》"。多少年来，我用心阅读、欣赏、研究、翻译、收藏《理智与情感》，它早已融进了我的生活和思想。

我更看重的是，近18年来，拙译《理智与情感》已经成为我与简·奥斯汀之间、我与广大读者之间、简·奥斯汀与广大读者之间交流的一座桥梁。这是一桩值得珍惜的书缘、文学缘、精神缘。

2013年11月19日

第4辑·师谊

# 吴小如先生二三事

5月11日晚，吴小如先生以92岁高寿离我们而去。连日来，我夜不能寐，回忆起三十多年来与吴先生的交往，特别是吴先生对我的教育和帮助，感慨万端。

1983年至1987年我在北大上学期间，曾经听过吴小如先生的讲座，并向他请教过学术问题。当时北大中文系教我专业课的老师，很多都是吴先生教过的学生。吴小如先生本来与吴组缃、林庚、王瑶等老先生一样，都是我的太老师辈，但是后来他给我写信，都是称我"足下"，他给其他学生写信，也都称"足下"，他在一篇文章中也明确说"老师对学生，每称'足下'"。回到天津这边论，与我交往密切的吴小如先生的弟弟、著名戏曲评论家吴同宾先生，吴小如先生的好友、著名历史学家来新夏先生，都是我的老师辈。吴小如先生的父亲、久居津门的书法大师吴玉如先生在天津有很多弟子，年龄最长的李鹤年先生与我有过直接的交往，而李鹤老的外甥张大耀先生又是我的高中老师；吴玉如先生的另一位弟子华非先生，其夫人是我母亲的同事，其公子是我的小学同学，华非先生本人又是我自幼至今在书画、工艺和收藏方面的老师；而吴玉如先生年纪较轻的弟子，如韩嘉祥、尹连城先生，对吴小如先生也尊称"先生"，与我则以兄弟相论。吴小如先生曾在天津实验中学前身工商附中读书，前几年我儿子在实验中学上学时，我让儿子通过老师将此事提示给该校领导，受到学校重视，在后来编撰的校史中将吴小如先生列为杰出校友。我与吴小如先生共处在一个庞大而密集的文化人际网络中，彼此有着千丝万缕的联系。

自我1987年北大毕业至今20多年来，吴小如先生是北大老师中与我联系最多的一位，也是为我所编《天津日报》副刊赐稿最多的一位。师生之谊加上作者与编者之谊，我们的感情自然非比寻常。

今年，《天津日报》副刊"满庭芳"创刊整整30年。"满庭芳"创刊伊始，吴小如先生就应约撰写京剧等方面的专栏文章，此后供稿不断，而且刊发频率很高，直到前几年他手不能书。吴先生的学术随笔和京剧文章，是"满庭芳"的招牌菜，拥有众多的读者和戏迷。经我责编的吴先生所撰《积极弘扬"猪跑学"》一文，还被选入了大学语文教材。

吴小如先生不仅是"满庭芳"的骨干作者，还以自己崇高的声望和深厚的人脉积极宣传《天津日报》副刊。他曾多次打电话或写信给张中行、启功、王世襄、朱家溍、周汝昌等学术文化大家，请他们支持我的工作。支持我的工作，其实就是支持《天津日报》，就是为《天津日报》副刊写稿，配合《天津日报》记者采访。吴先生做出的努力，通过这些老先生本人和其他渠道反馈到我这里，令我十分感动。

30年来，《天津日报·满庭芳》在全国报纸副刊界一直保持着很高的品质和声誉，在北京一直拥有一支强大而稳健的名家作者队伍，这与像吴小如先生这样的大师级作者的鼎力支持和热心宣传密不可分。

吴小如先生一生刚直不阿，所交往者几乎是清一色的布衣书生。2012年，为庆祝吴小如先生九十华诞，北京大学出版社出版了《学者吴小如》一书。书中所收文章有回忆吴先生教书育人者，有评价吴先生学术成就者，有描述吴先生儒者风范者，对于人们全面了解吴小如先生，以及后学应该如何尊师求道，有很大的启发意义。据说吴先生看到样书情绪很好，说："别人都是死后出一本纪念文集，我活着时看看这些文章，看看大家对我评价怎么样，免得我死后看不见了，等于是追悼会的悼词我提前听见了。"作家肖复兴先生评价道："读吴小如先生的学生编写的《学者吴小如》一书，最过目难忘的是小如先生的冰雪精神，赤子之心。特别提及其少作对名家以及他的老师的评点，直言不讳，率真而激扬，真是令人格外感喟。因为面对今日文坛见多不怪的红包派发、商业操作的吹捧文章，这样的文字，几成绝响。"

《学者吴小如》书中文章的作者多为吴先生的友朋和门生，如邵燕祥、何满子、刘绪源、沈玉成、子张、陈熙中、林薇、刘宁、韩嘉祥、刘凤桥、白化文、汪少华、顾农、张鸣、朱则杰、陈丹晨、王水照、周偁、袁良骏、诸天寅、张锦池、陈学勇、胡友鸣等。看看这些名字，就知道吴先生平时交往什么人、喜欢什么人了。该书也收录两篇拙文，名列其中，我引以为荣。

吴小如先生与我无话不谈，除了谈学问，也涉及生活方面。老年的吴先生，身体和精力比一般老先生要好得多，但老伴儿的病却牵扯了他很多精力。吴先生的老伴儿长期患帕金森症和糖尿病，家里虽然请过保姆，但按吴先生自己的话说，"有些事保姆是干不了的"，于是，很多家务，尤其是直接照顾病人的事，便由吴先生承担起来。老伴儿服的药种类繁多，每隔几天，吴先生就要仔细地把各种药按剂量分成一个一个的小包，以便病人定时服用。此外，吴先生也要买菜、做饭。他多次对我说，再到北大就去他家吃饭，说："你尝尝我炒菜的手艺，我觉得现在练得不错了。"老人家是热诚地邀请，但我听了却感觉有些苦涩，真是一家有一家难念的经。

大约在20年前，一个休息日的上午，吴先生把电话打到我家，说他到天津来了。我连忙赶到他下榻的长城宾馆，得知他是被天津的一位老朋友接来，为这位老朋友的公子做证婚人。吴先生特意说，出来一趟真不容易，那位老朋友为让吴先生在外安心，还专门派人到吴先生家照顾他的病老伴儿，直到吴先生回家。吴先生还告诉我，家里的钱都给老伴儿看病花了，手头颇紧，好在前些天一位在香港工作的老朋友请他赴港讲学，他讲了两次课，人家给了一万五千港币的讲课费。那时香港还未回归，这么高的讲课费对于内地学者来说简直是天价。吴先生无奈地说，挣这个钱就是为给老伴儿看病，并嘱咐我，这事不能让北大知道。我说，北大知道才好呢，您课讲得好在北大是出了名的，您的课就该值这个价。

我从朋友处打听到，吴先生的病老伴儿没有劳保，家里确实够窘困的。从那往后，此事一直挂在我心里。20世纪90年代中期，天津学者谭汝为先生欲出版他校注的《人间词话·人间词》，他久慕吴小如先生的学问与书法，便托我请吴先生题写书名。吴先生很快写好寄来，为该书增色不少。20世纪90年代后期，一位朋友做生意挣了些钱，便投资于文化，买了不少名人字画。他诚心诚意地征求我的意见，我便建议他购藏一些吴小如先生的书法。这位朋友知道吴小如先生的父亲吴玉如先生的书名，也看过吴小如先生本人的书法作品，马上让我与吴小如先生联系，要买几幅吴先生的书法。我在电话中对吴先生说："这些年找您求字的人不少，您都是无偿地写，而且无尽无休；眼下这位朋友也特别喜欢您的字，但一定要给您润笔费。"吴先生明白我的好意，他在电话里略有沉吟，还是回答说："我这不成卖字了吗！我看还是算了吧。人家什么时候到家来，我送给他一幅就是了。"

从北京到天津，很多朋友都知道吴小如先生最给我面子。但为了自己不要钱，吴先生头一次拒绝了我。

过了几年，到了21世纪初，我听说吴先生老伴儿的病越来越严重，家里经济压力更大，吴先生多年前就想改善一下住房的愿望也无从实现了。吴先生虽然依旧笔耕不辍，但精神状态明显不如从前，时常表现得很悲观。我每次给吴先生打电话，他不拿我当外人，总是唉声叹气，说一句"凑合活着吧"。有一次通电话，吴先生可能是刚跟老太太闹了别扭，觉得自己很委屈，声音哽咽，甚至说出"活着真没意思"这样的话。我与吴先生毕竟不在一座城市，远水解不了近渴，只好在电话里劝慰他，像哄小孩似的哄了他半天，乃至厉声批评他："您真是老糊涂了，怎么能跟病人较真儿呢！"好说歹说，听到他情绪稍微安定了，才挂了电话。

大概在那前后，那位当初想买吴先生书法的朋友又来找我，说已专门备好了钱，还是想购藏吴先生的书法。我考虑到吴先生最近的情况，就硬着头皮给吴先生打电话，晓之以理。这一次，吴先生竟被我说动了。他还与我商量，定个什么价格合适。特别是他还特意问我一句："你要提成吗？你的提成怎么给？"我一听这话，还真有门儿，立即回答："您有时间再给我写幅字就成。"因为在很多年前，吴先生曾经主动给我写过两幅书法作品。于是与吴先生说好，让他先写几幅，过一两周我带那位朋友登门拜访。没想到，隔了一天，我接到了吴先生一封急信。他在信中说，思前想后，都活到这般岁数了，何必让人说自己卖字。信末还让我原谅他的反悔。

这是吴先生唯一一次让我原谅他，还是为了他自己不要钱。

子曰："君子固穷，小人穷斯滥矣。"我在吴小如先生身上，看到了什么是君子。

吴先生的老伴儿于2010年10月去世，享年82岁。如果没有吴先生的悉心照料，长年重病缠身的老太太是很难享此高寿的。本来吴先生可以因此而解脱，放心做些自己想做的事了，但他却不幸患了脑血栓，手不能写字，足不良于行。然而，他还是那么的老而弥坚，终日看书，手不释卷，在家里给青年人讲课，为各地的学者审稿，直至生命的最后一息。

在吴小如先生去世前两个月，他以《吴小如诗词选》获得《诗刊》2013年度"子曰"诗人奖（诗词奖）。评委会的评价是："吴小如先生乃国学名家，学问精深，温厚儒雅，声誉卓著。他的诗词作品，历尽沧桑而愈见深邃，洞悉世事而愈见旷达。深刻地表现了饱经风雨的知识分子的人生感悟，展示了一位当代文人刚正不阿的风骨和节操。"我觉得，对于吴小如先生来说，这个奖可能没有任何意义，但这个评价却是非常中肯的。

2014年5月19日

# 吴小如先生 "知人论世"

收到《人民武警报》刘凤桥先生寄其所编《吴小如手录宋词》，欣赏书中逸墨雅韵之余，更多的是一种亲近感和钦敬感。

自我1987年北大毕业至今20多年来，吴小如先生是北大老师中与我联系最多的一位，也是为我所编副刊赐稿最多的一位。师生之谊加上作者与编者之谊，我们的感情自然非比寻常。

关于吴小如先生，我曾写过多篇文章，有的侧重写其人，有的侧重写其书。但无论是写其人还是写其书，都要"知人论世"，这也是受了吴先生的影响，吴先生是特别提倡写文章要"知人论世"的。

知人论世，出自《孟子·万章下》："颂其诗，读其书，不知其人可乎？是以论其世也。"指了解一个人还需要研究他所处的时代背景。

早在20世纪40年代，吴先生在为钱钟书《人·兽·鬼》所写的书评中就明确提出："书评的责任是评'书'，不是评'人'。不过书有作者，为了认识书、了解书，不能不说及作者，尤其是作者与书的关系。古人已有读书须'知人论世'的准则，在今日依然需要。"

知人论世，成为吴先生文章的一种风格，一种特色。他写的文章信息量大，立体感强，深受读者喜爱，与这样的风格和特色有很大的关系。有的报刊编辑，一看吴先生写的书评，评书的文字不多，写人的文字却不少，以为跑了题，于是想删掉那些"多余的"写人的文字。吴先生得知，当然很不高兴，便写信给编辑，讲讲写文章要"知人论世"的道理。

2008年，吴先生出版了一本《吴小如讲〈孟子〉》，其自述成书过程，"自丙戌至丁亥（2006—2007），约岁余。手录孟子一通，每章略加浅解，聊陈鄙见……今老病侵寻，桑榆迟暮，乃录以成帙，亦聊收秉烛余光之未效耳"。有高明的读家发现，吴先生生于1922年，草成此书时已届85岁，与孟子编纂其书时年龄恰恰相当，其知人论世感同身受，当倍于常人。

我钦佩吴小如先生，因为他是知识分子中的多面手，是一位博学而高产的学者。20世纪80年代中期我在北大图书馆看书时，经常在《北京日报》、《北京晚报》等报刊见到吴先生的文章。与我一起在图书馆看书的技术物理系王德民老师订了一份《北京科技报》，那上面也不断地刊发吴先生的文章。王德民老师多次拿着报纸跟我赞叹道："你们这位吴先生真是了不起呀，文章几乎是一天一篇！"

在我到《天津日报》工作之前，吴小如先生就已经是这家报纸副刊的骨干作者了，尤其是他写的京剧方面的文章，成为"满庭芳"副刊的招牌菜，吸引了大量的戏迷和读者。从20世纪90年代初开始到现在，吴先生在《天津日报》发的稿子则几乎都是经我手处理的。

吴先生的倔强是遐迩闻名的。那些年很多年轻的京剧演员提着礼物登门拜见他，"吴伯伯""吴伯伯"地叫着，求他写评论在报纸上捧捧，都被他拒绝。为此，他也得罪了不少人。他的倔强，同样表现在与报纸编辑打交道上。一件事，因工作需要，我在20世纪90年代中期第二次到本报出版部做夜班编辑，暂时不编副刊了，便将吴先生寄来的他孙女（当时上高中，现在上海一家报纸工作）写的一篇散文交给另一位副刊编辑处理。文章见报后，我收到了吴先生的信，他告诉我他孙女那篇文章是经他修改过的，是他认为写得不错才交给我的，可是见报后他发现文章的最后一句话（我记得那句话里有"拈花一笑"一词）被删掉了，他认为删得很没道理，说编辑不能因为是中学生写的稿子就随意删改。为此，他态度十分坚决地表示："在你回来编副刊之前，我不会再给贵报写稿了。"他是这样说的，也是这样做的，直到两年多以后我再次编副刊，他才继续为本报供稿。还有一件事，另一家著名报纸，可能也是因为处理稿子的事，吴先生发誓不再给该报写稿了，从那时到现在十几年了，果然没见该报发表过吴先生的大作。

　　真正了解吴小如先生的人都知道，他虽然倔强，却乐于助人。只要他看得上你，觉得你行，就会不讲条件、不遗余力地帮助你。20多年了，他对我的态度始终是真诚而热情的，让我觉得这个正直的老头儿其实是非常可爱的。

2010年6月1日

# 来新夏先生之人格与风格

当代广有影响的学术大家、南开大学教授来新夏先生，即将迎来90诞辰。来先生学贯古今，耄耋之年犹笔耕不辍，堪称学林佳话；其交游南北，友生众多，皆以接谈聆教为乐事。日前，在来先生的家乡浙江萧山举行了来新夏教授学术思想研讨会；近日，天津市历史学学会艺术史专业委员会、南开大学地方文献研究室和天津记忆志愿者团队精心组织筹备，将在津举行有全国各地数十位知名学者参加的来新夏教授学术讨论会。对于繁荣学术来说，这样有具体标杆的研讨活动自然是很有意义的。

我在求学期间就拜读来新夏先生的学术著作，颇受教益。20世纪80年代后期，我做文化记者，采访对口单位是出版社和图书馆，而来先生当时正主持南开大学出版社和南开大学图书馆工作，因此相互联系密切，我有幸经常聆听先生教诲。近二十年来，来先生在本报副刊上发表了很多有分量的随笔和书评，我也得以顺借编者与作者的关系不断地受到先生的指导和帮助。来先生的很多老少知交，老者如吴小如先生，少者如徐雁、王稼句、伍立杨先生，亦是我的师长或朋友，相同的文化人脉，也增进了我与来先生的情谊。近几年，我有了更多的机会向来先生当面请教，特别是2008年秋天在山东淄博参加第六届全国民间读书年会期间，与先生相处多日，屡作长谈，对他的人格与风格有了新的认识。

来新夏先生是中国优秀学术传统的继承者，也是当代诸多学术领域的开拓者。他的学问启蒙来自祖父来裕恂先生，而学术研究则起步于北平辅仁大学，受该校校长、著名历史学家陈垣先生和著名目录学家余嘉锡先生影响至深。基于良好的家学和师承，又经过自己数十年的拼搏奋斗，来新夏先生以历史学、目录学、方志学分进合击各有重大成就，被誉为"纵横三学"的学术大家。2006年，中华书局推出了一套"皓首学术随笔"丛书，作者除来新夏先生外，还有季羡林、任继愈、何满子、黄裳、吴冠中、吴小如、戴逸诸先生，他们当时都已是耄耋之人（如今其中已有多位辞世），在学界声名远扬，影响甚大。来新夏先生当之无愧地居于当代最有影响的人文学者之列，南开大学为有这样的杰出教授而骄傲，天津学界为有这样的学术大家而荣耀。

来新夏先生取得卓尔不群的学术成就，与他特立独行的人格与风格有着很大关系。他以几十年来一以贯之的坚韧与热忱，严谨与专诚，潜心于形似枯燥而内涵丰富的学术领域之中，博观约取，集腋成裘，终至硕果累累，堪称最勤奋的"老黄牛"。仅以撰著《近三百年人物年谱知见录》为例，他曾在20世纪中叶花了整整十年时间，埋头检读清人年谱七百余种，写成五十余万言，不料竟在浩劫年月付之一炬，后来大气候稍有松动，他即重理笔墨，再度完成这部嘉惠学林之书，近年增订再版，竟达百万言之巨。有人统计，到目前为止，来先生已经出版九十余种书籍，与他的年岁相埒，只多不少，是名副其实的"著作等身"。

作为一名知识分子，应该始终相信：老实治学才是硬道理，多出成果才是硬道理；作家要靠作品说话，学者要凭著述生存。无论条件多么恶劣，环境多么浮躁，都不能知难而退、自暴自弃；无论自己已经取得了多么显著的成就，也不能抱有丝毫的满足与懈怠。来新夏先生晚年之所以能够成为学术大家，是因为他在人生的各个时期都是实干家，他总是为自己想办法搞学问，总是为自己找理由写文章。这是他90年经历给予我们最宝贵的启示。

九秩大寿前夕，来新夏先生收到了来自海内外的很多贺联、贺诗。我想到的，则是唐代李端的一首《赠郭驸马》："青春都尉最风流，二十功成便拜侯。金距斗鸡过上苑，玉鞭骑马出长楸。熏香荀令偏怜少，傅粉何郎不解愁。日暮吹箫杨柳陌，路人遥指凤凰楼。"我愿借此诗意，表达对来新夏先生俊逸风采和超众才华的仰慕。

我不想使用"如东海""比南山"之类的祝寿词语。因为我所看到和知道的来新夏先生，就是一位秉持少年情怀、永不服老的老人。用他自己的话说，"余年登耄耋，自幸生活自在，尚能笔耕"，"自己虽然已年近九十，但春蚕之心不死，有生之年，誓不挂笔"。

因此，我只能说：来公青春不老，进取之心未泯；新著宏论迭出，高寿岂非言早？

2012年6月1日

# 来公题赠 "读书是福"

3月31日晚上，我们一家三口在滨江道逛街，到一家餐厅吃冰激凌。我太太从小有个嗜好，就是不论春夏秋冬都喜欢吃冰激凌，我也习惯了陪她吃。手机忽然响了，山东作家阿滢先生来电说，刚刚从朋友的微博中得知，来新夏先生今天下午去世了。我吃冰激凌从不嫌凉，但这一刻我的心都凉了。

多次听来新夏先生念叨，人活过90岁，就是活一会儿算一会儿了。《清稗类钞·丧祭类》载："俗有所谓'喜丧'者，则以死者之福寿兼备为可喜也。"如今来先生以92岁高龄仙逝，福寿全归，足可谓"老喜丧"了，但我却总是不愿接受这一现实。后来听来先生的老友、南开大学教授宁宗一先生说，就在几周前，受校友委托，由宁先生牵线，组织南开人文学科80岁以上的"十老"在天津电台做视屏讲座，来公因年岁最高而一马当先，竟一周连讲三次。兴奋之余还在电话中对宁先生讲，咱们这些人真是"吃这碗饭的"，是教书的"料儿"，一讲课就收刹不住。就在人们感叹生命之神奇、敬佩和叹服来公敬业之精神时，不料竟传来他的噩耗。

来新夏先生是《天津日报》副刊几十年的老作者，与报社几代编辑结下了深厚的友谊。特别是在20世纪80年代，来先生与报社的老编辑朱其华老师、刘书申老师、张仲老师等交往甚多。他们当时都是五六十岁，刚刚从受压抑、受迫害的时代被解放出来，青春焕发，干劲十足，对文化事业贡献很大。正是这些老先生的全力奉献，为后来天津文化的繁荣发展打下了良好的基础。来先生晚年，在发表的文章中，在与我的谈话中，经常提到报社这些老编辑、老朋友，还多次勉励我一定要把《天津日报》副刊的优秀传统坚持好，弘扬好。

2003年7月，报社举办"孙犁与天津"研讨会，以纪念孙犁逝世一周年，我给来新夏先生打电话，邀请他出席。当时已年逾八旬的来先生毫不迟疑，非常爽快地答应了，并说："《天津日报》的事，我哪能不去！"在会上，来先生做了精彩的发言，他指出，孙犁晚年的散文，无论是从文学意义上讲，还是从学术意义上讲，都是独一无二的；孙犁文章中的传统底蕴，他的文采，均达到了一个高峰。会后不久，来先生便将他的发言撰成《重读孙犁〈耕堂读书记〉》一文，在《天津日报·满庭芳》刊发。该文末尾对孙犁随笔总结道："他的这些学术随笔用情之深、底蕴之厚、涉及之广、延伸之远、见解之新，不是一般随笔所能并论的，它以情、厚、广、深、新几大特色，为学术随笔树立了良好的典型，把自己铸造成一位学者型的作家。"其实，反观来先生几十年来发表的随笔，也完全具备这些特色。来先生感情丰盈，文心常秉，他的随笔的影响力远远超迈学界，拥有广大的读者群，可以说他是一位"作家型的学者"。

2012年6月，有关单位在津隆重举办来新夏先生九秩诞辰庆祝活动，并编辑出版贺寿文集，我应约写了一篇文章，深情回顾了自20世纪80年代后期以来我与来先生的密切交往，高度评价了来先生广博卓巨的学术成就，真诚表达了我对来先生俊逸风采和超众才华的仰慕。拙文题为《来新夏先生之人格与风格》，是摹用了文学评论家李长之先生写于20世纪40年代的学术名著《司马迁之人格与风格》的书名。后来很多朋友都对我说，这个标题用意深，起得好。

2013年9月28日下午，来新夏先生应天津问津书院之邀到该院作"袁世凯在津推行北洋新政"讲座。来先生精神十足，连续讲了一个多小时，内容丰富，观点鲜明，讲堂座无虚席，听众掌声热烈。我特意带着在南开大学读研的儿子到场聆听讲座，来先生见了十分高兴，讲座结束后还与我们父子俩在问津书院庭院中聊天、合影。

2013年11月14日下午，苏州学者王稼句先生来津拜访来先生，当晚，我和天津作家、学者谢大光、王振良、由国庆先生与来先生夫妇、王稼句先生等在南开大学餐叙。来先生谈道，最近读了我发表的关于钱币的系列文章，感觉角度新颖，历史细节运用得当。来先生夫人焦静宜老师也说，尤其是写外国钱币，要掌握那么多知识，更不容易。

此后的几个月，虽然与来先生没再见面，但他老人家时常给我打电话、写信，赐稿的频率也很高，明显超过前些年。其中有两篇是他为朋友的书写的序，本来根据报社不成文的规矩，只有在图书正式出版后才能在报纸上刊发序跋，但我和同事们考虑到来先生毕竟年事已高，充分理解他希望尽快看到自己文章面世的心情，便将这两篇书序稍作改动，变通为读书札记，经来先生同意，都及时地刊出了。来先生与《天津日报》长达半个多世纪的情缘，在我们这一代编辑手里，以高调的乐章鸣奏了圆满的尾声。

2014年元旦前夕，来新夏先生用毛笔题赠"读书是福"给我。这体现了在将近三十年的交往中他对我的了解与关爱，也寄予了他对包括我在内的晚辈学子的永久的期望与祝福。

司马迁在《报任安书》中说过："修身者智之府也，爱施者仁之端也，取予者义之符也，耻辱者勇之决也，立名者行之极也。士有此五者，然后可以托于世，列于君子之林矣。"我认为，来新夏先生就符合这些标准，他是完全可以"托于世，列于君子之林"的。在送别来先生的时候，请允许我重写一遍我在《来新夏先生之人格与风格》中曾经写过的一句话："来新夏先生当之无愧地居于当代最有影响的人文学者之列，南开大学为有这样的杰出教授而骄傲，天津学界为有这样的学术大家而荣耀。"

2014年4月15日

# 王学仲，中国书法的一面大旗

10月6日下午，我应邀到天津美术馆观看画展，遇到天津市书法家协会主席唐云来先生。他告诉我，他刚才去了医院，看望了王学仲先生。他心情沉重地说，王先生这回恐怕够呛了，也许就是这两天的事了。我说我也去看看王先生吧，唐先生说医院管理很严，他是被破例允许穿上防护服进到病房看望的。他说，王先生有时意识还清醒，看到特别熟悉的人来了，喉咙里便发出含混的声音，大概是表示感谢的意思。在随后的半个多小时里，我和唐云来先生一边看画展，一边聊着关于王学仲先生的话题。然后，我们一起到天津美术馆一楼会议室参加一个艺术研讨会。会议期间，唐先生出去接了一个很长的电话，继而他便提前退席了，我估计这很可能与王学仲先生有关。王学仲先生是中国书法家协会顾问、天津市书法家协会名誉主席，也是唐云来先生的老师，于公于私唐先生都会为此而忙碌。接下来，我分别与原天津画院院长白金先生、本报资深摄影记者杨新生先生等联系，请他们找找有关王学仲先生的资料。翌日，仍在国庆长假中，我在家里翻阅着王先生赠给我的著作，还有他写给我的信札，静静地等待着一个终将到来但自己极不愿到来的时刻。转天，即10月8日，一大早，杨新生先生第一个打来电话，说王先生刚刚走了。

这些天，秋风秋雨中，我脑海里总是浮现出二十多年来与王学仲先生在一起度过的那些欢愉的时光，耳畔仿佛又响起他那高亢的山东音和爽朗的大笑声。

黾翁已逝，黾园犹在。失去黾翁的黾园，今后还会历春夏秋冬，但还会有风花雪月吗？

20世纪八九十年代，在坐落于美丽的敬业湖畔的黾园，即天津大学王学仲艺术研究所所在地，我曾数十次拜访过王学仲先生。凡有书画诗词等活动，王先生即邀请本报前辈编辑朱其华、张仲、朱帆等先生到黾园参加，我自然也叨陪末座。大家都喜欢黾园的清雅幽静，更喜欢黾翁的豪爽好客。在黾园里，王先生让我参观过他收藏的陶瓷、青铜器、古代书画等文物珍品和藏书，以及他本人的书法、国画、油画、水彩画代表作，还给我介绍认识了很多海内外文艺名家。

20多年间，王学仲先生给我写过数十封信，赠给过我多幅他的书画作品、几十部他的著作，我们也多次在黾园他的会客室、工作室、休息室和庭院中的池塘边对面长谈，使我对他的艺术和人生有了比较全面的了解。黾园的一块巨石上，镌刻着"四我庭"三个大字，其含义是"扬我国风，立我国魂，求我时尚，写我怀抱"，我觉得这既是王学仲先生的艺术宣言，也是他人生的真实写照。

王学仲先生学养深厚、才华横溢，而又淡泊名利、德艺双馨。他终生致力于中国传统书法的现代写意，居功至伟。他为中国书法拓展更广泛的世界性认同，贡献巨大。他诗、文、书、画四绝，著作等身，成果丰硕。他提出"黾学"主张，努力建立一个包含哲学、美学、书学、画学和文学等的立体式、开放型的学术体系，使他成为一位具有独立见解和开拓精神的文艺理论家、美学思想家。他是一位杰出的艺术教育家，桃李满天下，孙伯翔、顾志新、卢善启、唐云来、赵士英等当代著名书法家皆出自其门下。统观王学仲先生的言行、教学、创作和治学，处处体现着对中华民族传统文化创新发展的特殊使命感和崇高责任感。

如果我们承认当代还存在大师的话，那么只有具备了这些条件的人，取得了这些成就的人，才可以称为大师。王学仲先生就是这样的大师。他是真正的大师。目前，有一些书法家，名炒得很火，字卖得很贵，也被称为大师；然而，一旦把他们放在王学仲这面明亮的镜子面前，云泥之别即可立见。

唐太宗李世民极其喜爱并高度评价王羲之的书法，他亲自为《晋书·王羲之传》写了一段传论，评曰："所以详察古今，研精篆素，尽善尽美，其唯王逸少乎！观其点曳之工，裁成之妙，烟霏露结，状若断而还连；凤翥龙蟠，势如斜而反直。玩之不觉为倦，览之莫识其端，心慕手追，此人而已。"可谓推崇备至。他还说："其余区区之类，何足论哉！"所谓"区区之类"，从前文看，指钟繇、王献之、萧子云等人。此外，他又指出，张芝、师宜官"无复余踪""罕有遗迹"，则自然也不足论了。客观地说，钟、小王、萧等人也是书法史上很有风格、很有影响的人物，但以人格力量、思想、学养及艺术成就等论，确实没有谁能比得上王羲之。由此想到，在社会转型时期，面对文化浮躁、炒作成风、鱼龙混杂的现象，对艺术家及其成就进行真诚、客观、科学的评价，实在不是一件容易的事。而王学仲先生的书法是足以借"玩之不觉为倦，览之莫识其端"其言谓之的，是值得我们"心慕手追"的，是需要我们今后不断地学习、欣赏和研究的。

数百年来，天津书法名家辈出，群星璀璨。改革开放以来，天津更凸现出吴玉如、王学仲、孙伯翔等影响海内外的书坛巨擘。当代天津书法百花齐放，争芳吐艳，使天津成为名副其实的中国书法艺术重镇。在推动天津书法艺术发展、繁荣天津文化的进程中，王学仲先生和王学仲艺术研究所发挥了极其重要的作用。

王学仲先生以自己超人的才华、智慧和勤奋，为中国书法树起了一面大旗。近十年来，王先生因年迈多病，很少参加社会活动，也很少出现在媒体上，而这面大旗依然迎风招展。现在，虽然王先生辞世而去，但是他的精神风范、他的作品的艺术魅力亦不会随之消逝，这面大旗一定会长久地飘扬在中国书法艺术发展的未来征程中。

2013年10月29日

# 先生之风

——我眼中的吴组缃、林庚、王瑶

一

2008年4月27日，我在我编的《天津日报·满庭芳》上，以头条位置刊发了我的大学同学、北大中文系教授孔庆东的文章《留得一千八百担——纪念吴组缃先生百年诞辰》。孔庆东这篇文章写于4月13日，此前一天，他参加了在北大举行的吴组缃先生诞辰百年纪念会。我上大学时，专业兴趣主要在中国古典文学上，因而比其他同学更关注和了解吴组缃先生。后来我在几篇文章中都写到过吴先生，引起很多北大校友的亲切回响。吴组缃先生百年诞辰之际，我刊发孔庆东这篇文章，实际也是借此表达我自己对吴先生的缅怀之情。

2007年夏天，我们北大中文系八三级同学回母校聚会，纪念大学毕业二十周年。座谈中，我再次提到吴组缃先生那句对我影响极大的名言："中文系的学生不会写东西，就等于糖不甜。"重温此语，我实是有感而发的。我的潜台词是：以我们文学八三班的五十人来说，当初人人都是满怀着文学理想，以各省文科状元或高分考生的身份来到未名湖畔，经受中国最高学府的文学洗礼的；而今呢，虽然每个人都在各自领域里有所成就，但坚持写东西的却没有几人。这是文学的失宠，还是我们的弩俗？这是文学的尴尬，还是我们的悲哀？

吴组缃先生留给我印象最深的，是他的卓然风骨。北大的很多老师都知道吴先生的脾气倔强，而且都说这与他和周恩来有特殊关系有关。新中国成立时，吴先生刚过不惑之年，以写农村和农民称誉文坛的他，完全可以继续他的小说创作，但是他却毅然转了舵，致力于中国古代小说的教学与研究，没有再从事文学创作。据说他做出这个改变自己人生的重要决定，就是接受了周恩来总理的建议。他的倔强，体现在口头上，就是无所顾忌。他给我们讲《红楼梦》时，提到一位学者的一个观点，他表示不同意，又谈到听说这位学者是当时一位高级领导人的儿子，紧接着便说："我管他是谁儿子！"话音刚落，就激起课堂一片掌声。

古代文学教研室的吕乃岩老师告诉我，吴先生一直就是这么耿直。"左"的时代，有人将小说《三国演义》中的人物与作者罗贯中所处元末明初时期的历史人物生拉硬扯，牵强附会，吴先生认为不能把这样的知识灌输给学生们，就在讨论时拍案而起，带头反对，说："我不同意朱元璋就是曹操！"吕乃岩老师见吴先生打了头炮，自己的胆子也壮了，马上说："那……元顺帝，他也不是个汉献帝呀！"我曾在宿舍里多次向同学们模仿吕老师说这话时的山东口音，阿忆同学总是跟我学，引得室友们哈哈大笑。

吴先生在文学界和学术界享有崇高地位，主要还是由于他的见识不凡。他善于将生活感受、创作经验和研究成果融合成自己独到的见解。大家都知道他批评过茅盾的小说，我也亲耳听他批评过姚雪垠的《李自成》，那真是不留情面，但却鞭辟入里，令人信服。

孔庆东写的这篇纪念文章在本报刊发前，我的领导删去了其中的一句话："吴小如先生高度赞扬了吴组缃的讲课艺术，并以他惯有的犀利，斥责了百家讲坛上某些人'讲的那叫什么东西！'"领导删去这句话，当然是不愿意给读者以贬低"百家讲坛"的感觉。我们上学时，中文系的中年教师习惯上称吴组缃先生为"大吴先生"，而称吴小如先生为"小吴先生"。虽然当时吴小如先生已经从中文系调到中国中古史研究中心，但大家依然把他当做中文系的老先生，有重要的讲座和活动还是要请他出场唱主角。但无论是"大吴先生"还是"小吴先生"，都有一个全校公认的突出特点：课讲得好。因此，我能读懂吴小如先生那句话的弦外音：教授，首先要课讲得好。

孔庆东本人也在"百家讲坛"讲过金庸和鲁迅，是"百家讲坛"的著名"坛主"，他以亲身经历评价道："我还有幸听过吴组缃先生的讲座，那是他在北大最后的演讲，真是大师级的。'百家讲坛'里的诸位老师，只有周汝昌先生有那样的水平。不过吴组缃还是上不了'百家讲坛'的，就因为一条：普通话不达标也。"我认为孔庆东的话说得十分公道，因为吴组缃先生在北大最后的那次演讲，我是和孔庆东一起听的，而且我们是坐在大型阶梯教室头一排的正中间，我还当场回答了吴先生提出的有关《红楼梦》的三个问题。

## 二

1987年5月27日下午，春夏之交，天气晴好。我们北大中文系八三级同学聚集在图书馆东面的大草坪（可惜这个大草坪后来消失了，被图书馆扩建为它的一部分），以远处的博雅塔为背景，以班为单位，请来系里各专业二十多位任课老师，拍摄毕业照。20年后，随着我们文学班中的一些人成为社会名人，我班的这幅毕业照自然也就升值了。近年我才从同学网上发现一个情况，我班那次拍摄毕业照，不仅留下了一幅正式的毕业照，而且还留下了一幅"预备照"，即同学们在等待拍摄毕业照时三三两两交头接耳的非常生活化的照片。而在这幅"预备照"上，唯独找不到我和孔庆东两人的身影。

那是因为我和孔庆东去请林庚先生了。

那天师生已基本聚齐，马上就要拍摄了。我扫了一眼来的老师，有教过我们课的谢冕、钱理群、葛晓音（我这是挑后来名气特别大的说），当然少不了我们的班主任温儒敏（后来当过北大出版社总编辑、北大中文系主任），年纪最大的当属六十多岁的陈贻焮先生。同学们也碰了碰情况，通报一下哪位老师因病、哪位老师因事不能参加。我是一个追求完美的人，加上平时就特别尊敬老先生，就提出应该把林庚先生请来。大家听了，一致拥护，并委托我去请。孔庆东是系学生会主席，又是我的室友，就主动提出与我一起去请，并告诉大家再耐心等一会儿。那幅"预备照"就是同学们在等待我和孔庆东去请林庚先生的空当儿拍摄的。

在庭前翠竹掩映下，刚刚午休过的林庚先生缓缓地打开平房寓所的大门。听我们说明了来意，他带着歉意说，近来身体不好，头晕，不能参加拍照了，并让我们代问同学们好。看到林先生身体清瘦，面色有些苍白，我就说了几句劝老人家保重身体、好好休养的话，便拉着孔庆东赶回去参加拍照了。

从图书馆东草坪到燕南园林先生寓所并不远，但我和孔庆东因为心急，跑了一个来回，还是出了一身小汗。赶回摄影现场时，师生们已基本就位，于是我就站在第三排的最左边加入了合影。

林先生虽然没有参加我们的拍照，但他那与竹为邻的清癯的形象，永远印在了我的脑海里。

那时，林先生已经77岁。谁也没有想到，从那以后，这位瘦弱的老人又走过了将近20年的漫长岁月，直至2006年10月4日在睡梦中悄然西去。我想，他的长寿，必定得益于他晚年的淡泊。此时，不禁默念起他半个多世纪前的诗作《秋之色》："清蓝的风色里早上的冻叶/高高的窗子前人忘了日夜/你这时若打着口哨子去了/无边的颜料里将化为蝴蝶。"

我庆幸，我聆听过吴组缃和林庚讲学授课。这两位先生，一位是现代著名小说家，一位是现代著名诗人，都被写入中国现代文学史中；一位主讲小说史，一位主讲诗歌史，都是各自领域的学术带头人。听已被写入文学史中的人讲文学史，这是我们这些届北大中文系学生特有的享受，今后的大学生和研究生恐怕不会再有这样的机会了。例如林庚先生给我们讲"洞庭波兮木叶下"中的"木叶"，通过比较"木叶"与"树叶"的差异，来阐释古代诗歌语言在表达和运用上生动、形象、准确的特点，他这种独到的学识，即发自他敏慧的诗心，别人是难以企及的。

"盛唐气象""少年精神"，不仅是林先生对唐诗的概括，也是他自己对生命的追求。他喜欢描写阳光、春天，以轻快的笔调抒写饱含生命力的东西。"先生的心是透亮的。"在北大庆祝林先生九五华诞大会上，吴小如先生讲的这句话，真似画龙点睛。是的，林先生的心就像玉石那样晶莹，像泉水那样澄澈，像孩童那样本真，纯然是诗的品性，因而显得特别透亮。

林先生曾论屈原曰："人不仅是诗的作者，而且人本身就是诗。"这一条，林先生做到了，我们能做到吗？

# 三

回忆起来，我与王瑶先生还有一个小小的因缘。那是20世纪80年代在北大读书时，有一次系里发票，让同学们到人民剧场看一场新排的话剧。戏是晚场的，我下午就进了城，为的是逛逛书店。傍晚时分，我逛至新街口新华书店，这里离护国寺人民剧场只有一站多地。书店快关门时，我忽然发现架上有一套崭新的《中国新文学史稿》，顿时欣喜异常。王瑶先生的这部《中国新文学史稿》初版于20世纪50年代初，是中国现代文学史学科的奠基之作，我上中学时就借此书的老版本看过，知道它的分量。现在有幸遇到再版不久的这套书，岂有不买之理，于是赶紧掏钱。这套书上、下两册，定价两元多，在当时也算较贵的。我买了它，兜里的晚饭钱也就没了。

抱着《中国新文学史稿》走进人民剧场，找到自己的座位坐下，我眼前突然一亮，心想真是太巧了：坐在旁边的正是此书的作者、中国现代文学研究的开山祖王瑶先生。他手里攥着一支熄了的烟斗，陪着他的，是他的研究生、我的班主任温儒敏。我把裹着书店包装纸的《中国新文学史稿》拿给王先生看，告诉他是刚买的。王先生接过去看了看，点点头，很高兴。那时我们上课用的教材是唐弢、严家炎（当时我们的系主任）主编的三卷本《中国现代文学史》，王先生见到有学生课外买他写的文学史看，当然很高兴。就这样，在观剧之前，我与王先生、温老师愉快地聊了十几分钟。王先生用他那口山西话告诉我，初版的《中国新文学史稿》上、下册是分着出版的：上册由北京开明书店出版，下册则由上海新文艺出版社出版，而且两册出版时间相距近两年。

我听说有人曾经问过吴组缃先生，为什么他只研究古代文学，不研究现代文学。吴先生说："我让给王瑶了！本来我是研究现代文学的，王瑶非要研究，我就让给他啦！"听吴先生的口气，好像是照顾小兄弟一般。其实，王瑶先生在古典文学研究方面也取得过重要成就，著有《中古文学史论》，编注有《陶渊明集》。不过我也听说王瑶先生喜欢拿吴组缃先生开玩笑，最有名的便是那句："你那'一千八百担'，一辈子也吃不完！"能有这样的传闻，说明两位先生的友谊是至深的，正如吴先生在悼念王先生的诗中所写的那样："建国之初喜晤君，清华先后本同门。国文教学共开路，适时巨著独创新。四十年来同手足，相亲相敬更知心。"诗中的"巨著"，即指王先生的《中国新文学史稿》。

因温儒敏老师是我们的班主任，到我们32楼416宿舍视察的次数最多，最爱和我聊天，而他的硕士生导师和博士生导师又都是王瑶先生，他经常谈到王先生对他的教诲，甚至到了言必称"王瑶老先生"的地步，目的是以老先生为楷模，带动和激励我们更好地完成学业，所以我知道王先生的信息也最多。我不喜欢运动，体育成绩不好，温老师在督促我争取达标的同时，又说，其实他自己也不爱锻炼，进而说，其实王瑶老先生从来也不锻炼。也别说，在我的印象里，王先生的身体与其他老教授相比，真算是硬朗的。

王先生不仅从来不锻炼，而且烟瘾还特别大。这就不能不说到他的那支烟斗。吴小如先生曾在《教授与烟斗》一文中，将几位老先生的嗜烟如命写得活灵活现。他特别指出：如果说吴组缃先生的烟斗是常不离手，则王瑶先生的烟斗是永不离口。与王先生一起下乡"三同"的学生，就爱讲这样的笑话："王瑶老师除睡觉外，一天到晚总叼着烟斗，连洗脸时也不把烟斗拿开……王瑶老师在擦左边面颊时，把烟斗歪向右唇角叼着；等到擦右边时，再把烟斗推到左唇角……"

　　然而，王先生终究只活了75岁。这个年龄，与其他老教授相比，又真算是可惜了些。我不知道，他的死是否与他不爱锻炼和嗜烟如命有关。人们或许可以从谢冕、乐黛云、钱理群等人发表的纪念文章的字里行间，寻觅到他逝去的真正原因。王瑶，早已被校内外公认为北大精神的代表人物。人们怀念他，敬仰他，实际上是在表达对一种精神和人格的怀念和敬仰。这是他留给我们的远比他的代表著作《中国新文学史稿》更为重要的财产。

　　　　　　　　　　　　　　　　　　　　　2009年6月1日

# 孙犁：大隐于市，寂寞功成

　　因为孙犁，2013年的5月，注定会成为值得记忆的文学之月。

　　5月8日，我到河北省保定市河北大学新校区，参加由河北大学，中国阅读学研究会、中共安平县委、安平县人民政府主办，河北大学新闻传播学院承办的"2013华夏阅读论坛之孙犁百年诞辰纪念暨校园纯文学阅读推广研讨会"。5月11日，我到北京市朝阳区大悦城单向街书店，参加百花文艺出版社举办的"荷香百年——《孙犁文集》（补订版）首发式"和主题沙龙活动。5月14日，我到北京中国现代文学馆，参加由中国作家协会主办，天津市作家协会、天津日报社、中国现代文学馆承办的"孙犁百年诞辰纪念座谈会"。活动期间，与全国各地数十位孙犁生前好友、孙犁研究者相聚，共同缅怀我们尊敬的文学大师，探讨百年孙犁对中国文学的影响与启示，我觉得获益良多。

　　纪念孙犁百年诞辰期间，我看到了一尊自己熟悉的孙犁塑像。这件孙犁胸像作品，是十余年前孙犁逝世后，由我提议，由著名工艺美术家、天津泥人张彩塑工作室主任傅长圣先生创作的。作品设计、创作过程中,我与傅长圣先生曾经多次研究、切磋。作品完成后,孙犁的亲友普遍认为其生动、传神,体现了孙犁的文人风骨。最近,这件仿铜泥塑作品被以定瓷的形式复制,展现在世人面前,我感到特别高兴。

凝视这尊孙犁塑像,精读众多孙犁作品,我们会产生与作家李贯通相同的感悟:"孙犁的文字是最具营养的,不矫情,不刺激,无霸气。随手一翻,可以从孙犁的书里翻出一轮平和之月,照得见他的清泉为心,松石为骨,也照得见他的藏在荷田竹影中的智慧与奥妙。"现代的人提倡"慢阅读",提倡过简单生活,其实只要学习孙犁就行,因为他早就在这样实践了。他过的是最简单的生活,他的智慧与奥妙源于他的淡泊。

由孙犁的淡泊,联想到列夫·托尔斯泰的淡漠。托尔斯泰是阿·诺贝尔最喜爱的作家。1901年,首届诺贝尔文学奖颁奖,得主是法国诗人苏利·普吕多姆,而呼声甚高的托尔斯泰却名落孙山,引起舆论一片哗然。1902年,瑞典文学院常任秘书解释说,托尔斯泰落选是因为他对道德持怀疑态度,对宗教缺乏深刻认识。1986年,瑞典文学院院士埃斯帕马克在《诺贝尔文学奖》一书中回忆道:按照诺贝尔的遗嘱,文学奖的获得者必须"创作出具有理想倾向的最佳作品",而早期的18位院士认为托尔斯泰的无政府主义思想与"理想倾向"背道而驰。当时,尽管外面闹得沸沸扬扬，托尔斯泰本人却十分淡漠。他说幸亏没获奖，因为金钱"只会带来邪恶"。孙犁一生淡泊，晚年愈甚，这与托尔斯泰晚年对名利的淡漠，在精神上是相通的。淡泊人生，首先是对名利的淡漠。像托尔斯泰和孙犁这样卓有成就的文学家，他们淡泊的处世态度就更加具有启示作用。

孙犁的外孙女、作家张璇，近期写了二十多篇回忆姥爷的文章，很有反响，也很有价值，有助于我们进一步理解孙犁，研究孙犁。如她的《善待"过客"》一文，写孙犁养鸟，总结出孙犁有几个和别人不同的习惯：他养独鸟，他养小鸟，他不遛鸟。只这三个习惯，就把孙犁的性格写透了。这使人不由自主地想起孙犁关于"文人宜散不宜聚"的忠告，从而细细揣摩这句话的深刻内涵。接下去，张璇写孙犁为让鸟儿晒太阳，还有一套功课要做，"姥爷做这一系列事情的时候，不疾不缓，有条不紊，似有节奏。看着看着，好像时间慢了下来，世界静了下来。"在张璇的眼里，孙犁注定是孤独的，因为生命的本相是孤独的。因为孤独，孙犁才要善待"过客"。

其实早在1982年，孙犁就在为《贾平凹散文自选集》所作序中，坦诚地披露了自己的心迹："我不敢说阅人多矣，更不敢说阅文多矣。就仅有的一点经验来说，文艺之途正如人生之途，过早的金榜、骏马、高官、高楼，过多的花红热闹，鼓噪喧腾，并不一定是好事。人之一生，或是作家一生，要能经受得清苦和寂寞，经受得污蔑和凌辱。要之，在这条道路上，冷也能安得，热也能处得，风里也来得，雨里也去得。在历史上，到头来退却的，或者说是销声敛迹的，常常不是坚定的战士，而是那些跳梁的小丑。"孙犁以"耕堂""芸斋"为室名，为书名，以农夫般的劳动姿态生存，不凑热闹，不求闻达，更不骛私利。他的人格，与他作品的风格相统一，产生双重的魅力，成为文学界一道独特的风景，同时也为整个文学界提供了一个为文为人的参照。

百年孙犁，也唤起人们对孙犁与天津人地关系的思考。天津具有特殊而深厚的文化底蕴，既是藏龙卧虎之地，也在源源不断地为全国培养和输送文艺人才。因了定力，也因了随缘，孙犁在这个繁华巨埠久住稳居半个多世纪，闹中求静，寂寞修炼，最终取得辉煌的文学成就。如果换在北京、上海，或者其他任何城市，孙犁能否为文学做出这样独到的贡献，那真是无法想象。事实是，天津成就了孙犁，孙犁也成就了天津。

2013年5月19日

# 秀才人情纸一张

南京的《开卷》是我格外喜爱的民间读书刊物。喜爱的原因之一是该刊特别重视那些年逾古稀的老作家、老学者的稿子。仲夏，在美丽舒爽的青岛海滨幸遇《开卷》执行主编董宁文（子聪）兄，谈起老年文人的手迹在现时弥足珍贵，以及《开卷》这些年为老文人们所做的扎扎实实的工作，颇有感触。从我在北大中文系读书，到在《天津日报》工作后跑文化、编副刊，与老文人们打了20多年的交道，不能不颇有感触。但到动笔时，考虑篇幅所限，挑来挑去，只好拣近的说——我们天津的老文人孙犁、梁斌和方纪。

说近，那可真不是一般的近。孙犁、梁斌和方纪，不仅是我的作者，不仅是我的采访对象，而且——先说孙犁，刚解放一进城就在《天津日报》工作，直到去世也没办离休手续，而且主要是编文艺副刊，与我是同报社同部门的同事；再说方纪，曾经是本报文艺部（我目前所在部门）的前身——副刊科的科长，他的夫人黄人晓也是我们文艺部的编辑；三说梁斌，他与《天津日报》虽然没有直接关系，但他的夫人散帼英离休前是我们报社的办公室主任。不用说，孙犁、梁斌和方纪的子女，我也大多认识。

这还不能算近，因为这毕竟是人缘上的；还有精神上的，这个层面更为重要。孙犁、梁斌和方纪这三个老头儿，不约而同，都很喜欢我。喜欢的突出表现，是对我直言不讳，肯掏出心里话。举个例子，孙犁对我说，天津文化界谁谁我不感兴趣，不想见；到了梁斌那里，他就说谁谁不好，是思想问题；再到了方纪那里，他就说谁谁不好，作品不好，人品也不好，有一次在书画展现场，他当着我的面，激动得差点儿拿拐杖把一幅他认为作品不好人品也不好的作者（一位领导）写的书法从墙上挑下来。

这三个老头儿喜欢我，信任我，才有如此表现。要知道他们都比我年长五十来岁，在他们面前，我只是一个小小孩；要知道他们不只写下了中国新文学经典《荷花淀》、《红旗谱》和《挥手之间》，他们还都有很深的政治资历——他们都很早就投身革命，梁斌是正部级干部（作家极少能到这一级），方纪早就够副部级，孙犁晚年也得以享受副部级待遇——在他们面前，我只是一个小小兵。虽然我与他们在年龄和资历上相距甚远，但由于他们对我喜欢和信任，我就不用改倚小卖小的坏毛病，说话办事无所顾忌，所以彼此打得是一种放心、轻松和愉快的交道。

有文学史研究者认为，解放区作家，或从解放区进城的作家，文化素质普遍较低。说实话，我原先也是这样看的。然而，孙犁、梁斌和方纪动摇了甚至改变了我的看法。也许，他们是其中的特例吧。仅以字画收藏论，孙犁家里有陈师曾、齐白石的画，方纪写字盖的印章是齐白石给他刻的，梁斌更是收藏过足够重量级文物的海派大家虚谷的手卷。依现在的市场行情看，这些东西绝不是一般文人所能玩得起的。无疑，他们当年很有眼光；或许，他们是以"秀才人情纸一张"的平和心态对待这些东西的。

秀才人情纸一张，或者有时再说得吝啬点儿——秀才人情纸半张，多指文人之间一张字、一幅画、一封信或一本书的过往，含有"礼轻情意重"和"君子之交淡如水"的意思。难得孙犁、梁斌和方纪，不仅早年有着相似的经历，而且晚年有着相同的爱好——或钟情翰墨，或迷恋丹青。以我多年的观察，晚年的孙犁以写作为主，书法为辅；梁斌以书画为主（其中又以绘画成绩更为突出，有评论家将他的画与其堂弟、大画家黄胄的画相提并论），以写作为辅；方纪则更是全身心地投在书法上，还当过天津市书法家协会名誉主席。因此，很多人都以得到他们的一张字、一幅画、一封信或一本签名书为荣耀。在我的印象里，孙犁、梁斌和方纪虽然赶上了市场经济，却从未卖过自己的书画作品，但他们对好朋友却是蛮大方的，该送就送，天津文化圈儿里很多人都收藏有他们的手迹。

　　我信实了"秀才人情纸一张"的真义，所以虽然机会很多，但是所获却寥寥。还是先说孙犁，我只求他为我的散文集《槐前夜话》题过书名。他十分爽快，当场拿毛笔写了一横一竖，供我选用。当时百花社刚刚推出新版八卷本《孙犁文集》，孙犁看上去很高兴（孙犁自己说过，当他接到出版社送来的这套书时，"忽然有一种满足感也是一种幻灭感"；那么，我所见到的是他的"满足感"），问我有没有这套书，我说已经有了，他提示我，愿意为我的这套《孙犁文集》签名，但我总想有机会再说，所以一直没有再去麻烦他。再说梁斌，我给他写关于他绘画的专访，在他的书房兼画室里采访他一个下午，他边画边聊，如果我张口要一张画，那肯定没问题，但我认为采访毕竟是一种工作状态，此时要画不太合适，今后还有机会，所以就此作罢了。梁斌的《一个小说家的自述》出版，在北京人民大会堂举行了规格很高的首发式和研讨会，我也与会了，看到很多人都请梁斌在书上签名，我想我就别跟着凑这个热闹了。三说方纪，我与他接触最多，一年之中光是参观各种书画展就能碰上十几次，但越熟悉，就越觉得不着急求字，所以一直也就没求。但是，我家有他的字。我太太结婚前在书店工作，她经常帮助方纪买书，方纪曾经送给她二十来幅书法作品。1999年我搬家后，我太太整理家里存的字画，找到六七幅方纪的书法，特意挑出其中的一副大对子给我看。我一看，吓了一跳：以前真是熟视无睹，怎么没意识到方纪用左手写的字会这么好！

孙犁、梁斌和方纪去世后，我在搜集他们资料时特别注意他们的手迹，因为这些手迹已经是他们生命中不可分割的重要组成部分。很多朋友知道我的这一点点特长，就拿来他们收藏的孙犁、梁斌和方纪的手迹，让我辨认字迹，或解释含义。前几年，在天津国际拍卖有限公司月末举办的小型拍卖会上，出现过几幅梁斌的画作，起拍价并不高，只有一二百元，有朋友想买，就让我鉴定过。3年前，方纪的同乡、青年书法家刘运峰兄告诉我，广东路靠近人民公园的一家小裱画店正在出售十几幅方纪书法，价格也不贵，每幅只要几百元，我便去看，发现出售的不仅是方纪的真迹，而且有的还是精品，便动员和鼓励同去的青年书法家朋友刘运峰、张绍文、赵飙、傅杰等每人买了一两幅，他们都觉得很值，我也算给流落于市场的方纪书法找到了知音。

正是因为有了与这些老文人们打了20多年交道的经历和资格，所以我十分讨厌和蔑视那些费尽心机、不择手段地向老文人们索要手迹，然后靠着这零缣寸楮来抬高自身、招摇过市的人。鲁迅说过，凡有名人弃世，总有若干闲人争相攀附，谬托知己，这是足以令逝者不安、生者侧目的。冯雪峰、瞿秋白、萧军、许寿裳等，都是与鲁迅十分知心或亲近的人，但《鲁迅全集》里很少或者没有收入鲁迅致这几位的信，我们能够据此认定鲁迅与他们的关系不好或疏远吗？同样，《孙犁全集》中收与没收孙犁写给他的信，也并不能说明他与孙犁关系的远近亲疏。据我所知，亲近而没收的原因有几种：第一，没有，因为话孙犁已经当面说了，或者托人传达了，没有必要再写信；第二，有信，但没拿孙犁当名人，没有保存意识，找不到了；第三，有信，也没丢，但不愿有攀附名人之嫌，所以没有提供。去年姜德明先生送我一本《尘封的记忆——茅盾友朋手札》，里面收录了天津著名文学评论家、编辑家金梅先生四十多年前与茅公的几通长篇通信，态度认真，内容丰富，而且讨论了一些实质性问题，我认为，像这样的信才能证明通信者之间的密切关系，从而显现通信者双方或一方的文学或文化地位。大家、名人也是人，他们都有应酬，都写过应酬信，信中的只言片语往往说明不了任何问题，那是到不了"秀才人情纸一张"的境界的。清高也好，淡泊也好，作为文人，还是应该提倡和恪守"秀才人情纸一张"的本义的。

孙犁、梁斌和方纪，业已离我们而远去了，天津和中国不再有这么有性格的文人了。我们痛感，我们所缺失的，是与他们的精神联系，而不是他们的一张字、一幅画、一封信或一本书，更不是他们的零缣寸楮、只言片语。

2006年7月17日

# 天津日报两位著名世界语者

天津日报社是天津文化的一个大本营、大舞台。报纸创刊60多年来，不仅出色地完成了作为主流媒体所承担的各项重要的宣传任务，报社内部在文化、文艺领域也是人才辈出，群星璀璨，编辑、记者中涌现了多位光耀津门的领军人物和享誉全国的名家大师。劳荣和方纪，这两位天津日报文艺副刊的名编辑，也同是著名的世界语者，都曾为推动天津世界语运动发展作出了杰出贡献。

天津市世界语协会成立于1985年。劳荣是协会筹备工作的主导者，被聘为协会首届顾问，方纪则当选为协会首任会长。今年是天津市世界语协会成立30周年，回望协会发展的历程，总结协会取得的成就，使人们更加缅怀劳荣、方纪两位前辈。

世界语，是波兰医生柴门霍夫博士于1887年创立的一种语言。柴门霍夫希望全人类借助这种语言达到相互了解，消除仇恨和战争，实现平等与博爱。他在公布这种语言方案时用的笔名是Doktoro Esperanto，意为"希望者博士"，后来人们就把这种语言称作Esperanto。20世纪初，世界语刚传入中国时，曾有人把它音译为"爱斯不难读"语，也有叫"万国新语"的。后来有人借用日本人的意译名称"世界语"，一直沿用至今。世界语是在印欧语系基础上创制出的一种人造语言，具有科学性强、声音优美、富于表现力等特点。世界语现已传播到一百多个国家，约有一千多万人掌握和使用这种语言，已被应用于政治、经济、文教、科技、出版、交通、邮电、广播、旅游和互联网等各个领域。用世界语出版的书籍超过三万种，期刊一百余种。

自20世纪初世界语传入中国后，即得到很多中国文化精英的支持。蔡元培、鲁迅、周作人、胡愈之、巴金、恽代英等都学习过世界语。北京大学等高校也开设了世界语课程。《新青年》自第二卷第三号（1916年11月1日）起，还陆续发表了讨论世界语的通信。改革开放后，中国世界语运动的航船重新鼓起风帆，破浪前进。1981年，楚图南、胡愈之、巴金、谢冰心、白寿彝、叶圣陶、夏衍等发起的中国世界语之友会成立，在社会上产生了广泛影响。天津是中国世界语运动的重镇，近百年来涌现出很多推动天津世界语运动发展的积极分子，马千里、方之中、李霁野、方纪、劳荣、吴火、李原、苏阿芒、高成鸢等是他们中的优秀代表。

世界语者，指使用或推广使用世界语的人。在世界语者们看来，拥有"世界语者"这个特有的称呼，是他们的一种骄傲。We

have friends all over the world，这是当年我们初学英语时常说的一句话，其实，世界语者才是真正的"朋友遍天下"。全世界的世界语者相互之间皆为朋友，无论他们是否认识，是否有相同的国籍、肤色、性别或者身份。凡是接触过世界语者的人们，对世界语者的印象，大都是热情、友好。近代以来的世界名人中，不乏著名的世界语者，如托尔斯泰、铁托、卡斯特罗、索罗斯、普京等。

劳荣（1911—1989），原名李学多，后改名李守先，笔名劳荣。曾任天津英文《华北明星报》校对，《每月科学》《科学知识》杂志编辑，《大公报》英文翻译、副刊编辑，《天津日报》副刊编辑、副刊组组长，《新港》杂志编委、编辑部副主任，天津市作协理事，市翻译工作者协会顾问等。他通过世界语走上文学之路，并运用世界语等语言翻译了很多外国文艺作品，为中外文化交流作出显著贡献。主要译作和著作有《被打穿了的布告》《裁判》《枞林的喧嘈》《为了和平》《沉默的防御工事》《奴隶之歌》《中国的微笑》《西里西亚之歌》《花束集》《世界语运动二三事》（此书实为最早的中国世界语运动简史）等。2008年，十卷本《劳荣文集》出版。早在1932年，劳荣就在南京自学世界语。1934年，他与王任叔（巴人）、瞿白音等发起成立南京世界语学会，并担任执行委员。后在天津长期从事世界语活动，积极筹划成立世界语组织。1951年，当选中华全国世界语协会理事。1979年中央有关部门通知各地成立世界语协会，委派劳荣主导天津协会筹备工作。1985年天津市世界语协会成立，聘请他为顾问。

方纪（1919—1998），原名冯骥，笔名公羊子。曾任延安《解放日报》副刊编辑、文艺组组长，《天津日报》副刊科科长，天津市文化局局长，市作协主席，市委宣传部副部长，市文联党组书记、名誉主席，中国文联委员，中国作协理事等。著有中篇小说《老桑树底下的故事》《不连续的故事》，评论集《学剑集》，散文集《长江行》，诗集《不尽长江滚滚来》《大江东去》等。散文《挥手之间》曾被选入中学语文教材。晚年致力于书法创作，引起世人瞩目。方纪是一位多才多艺、才华横溢的文学家、艺术家。早在延安时期，方纪就在延安世界语者协会理事长庄栋等人教的世界语班上学习世界语。新中国成立后，方纪曾从事外事方面的领导工作，如担任保卫世界和平大会天津分会秘书长、中苏友好协会天津分会总干事，亦与他喜爱世界语有关。1985年方纪当选天津市世界语协会首任会长后，不顾年迈体弱，为协会发展作出了很多重要贡献。

20世纪80年代后期，我在前辈编辑劳荣先生、方纪先生的影响和带动下，开始学习世界语。在学习过程中，曾得到天津市世界语协会骨干高成鸢先生、郝未宁先生的具体指导和帮助。我最早参加世界语沙龙活动，至今也有20多年了。20世纪90年代初期，我成为中华全国世界语协会会员、天津市世界语协会常务理事。今年6月，我有幸被天津市世界语协会聘为名誉会长。在今年10月举行的天津市世界语协会成立30周年纪念大会上，我特别谈到天津日报历史上有两位著名的世界语者——劳荣和方纪，谈到他们是天津市世界语协会的两位重要创始人，是天津世界语发展史上两个里程碑式的人物。世界语在中国发展最快、影响最大的两个时期，一是五四新文化运动时期，一是改革开放时期。冰心说过："懂得世界语，就懂得世界。"对于我们来说，劳荣和方纪就是努力"懂得世界"的先行者。他们的理想与实践，很有现实意义，值得我们重视和学习。

2015年12月8日

# 像黄裳那样一辈子读好书

《天津在回忆里》，是黄裳先生的散文名篇。1987年我在《名作欣赏》杂志上首次读到，十分喜爱。文章题目不寻常的倒装，让"天津"两个字赫然立起，将作者持续几十年的人生记忆，尤其是对一座城市不间断的想念，真切地呈现于读者眼前。

首读这篇文章的时候，我从北大毕业，即将回津参加工作，因此读之倍觉亲切，好似闻到了飘在天津街头的熟悉的糖炒栗子的香味儿，进而与作者深有同感——"这个城市是温暖的"。同时，也对擅长描摹天津风光与人文的黄裳先生充满了钦敬之情。

到《天津日报》工作后不久，与报社编委兼文化部主任刘书申老师闲聊，偶然谈及这篇文章，方知此文即是刘老师约黄裳先生写的，首发于《天津日报》副刊。刘老师还说，身为《文汇报》编委的黄裳先生到天津来，时任《天津日报》总编辑的鲁思老师曾亲自宴请他。

20世纪90年代初，我开始编辑《天津日报·书林》，首先就想到作为大藏书家、大书话家的黄裳先生。黄裳先生很给面子，迅即赐稿支持。至今，我还保留着他写给我的信。那时，我不仅已将改革开放后出版的黄裳著作购存齐备，而且注意搜集新中国成立前后出版的黄裳著作早期版本。记得曾经从和平路古籍书店淘得一本旧版黄著《旧戏新谈》，上面盖有某文化单位资料室的藏书章，书里还夹着一张借书卡，卡上有天津著名戏曲专家王永运先生20世纪50年代借书的记录。近些年，黄裳著作大量再版重印，全国各地涌现了为数不少的"黄迷"，甚至还有热心人编辑出版了《爱黄裳》一书，若以我20余年与黄裳先生交往和藏读黄著的资历论，大概也够得上"元老级"的"黄迷"了吧。

20多年来，黄裳一直是我与各地书友交往过程中一个老生常谈而又常谈常新的热门话题。这些书友，包括陈子善、王稼句、徐雁、薛冰、王振羽、董宁文、高为等知名的文化人，他们与黄裳打过交道、研究黄裳或为黄裳做过编辑，深谙其为人为文之道。一辈子读好书，是书友们对黄裳最深刻的印象，也是大家觉得最应该学习黄裳的地方。在黄裳90多年的人生历程中，政治风云变幻无穷，文化波澜此起彼伏，他本人也有着奇特的境遇和多彩的生活，晚年更是多次身陷沸沸扬扬的笔仗之中，但他始终坚持读书，坚持读好书。一个人读几本好书不难，难的是一辈子读好书。

每个人都不是随便的花朵，都不会无故而绽放。黄裳一辈子读好书，因为他有大量优质的藏书做基础。有人说他是中国当代藏书界的泰斗，也有人说他是中国最后一位传统意义上的藏书家，这样的荣誉恐怕唯有黄裳能够享受。他二十多岁便进入古籍善本收藏领域，此后除了"文革"期间被迫与心爱的藏书小别，他从来没有长期离开过自己的藏书。生命中最后一段日子里，他不愿虚耗在医院，宁愿回家与书为伴，对书籍的感情可谓至深至极。黄裳视天津为第二故乡，20世纪30年代他就读于天津南开中学，其藏书生涯即是从天津劝业场、天祥市场的旧书店、旧书摊发轫的。2010年天津市有关单位在"天津市十大藏书家"评选活动结束时，授予黄裳"特别荣誉奖"，以表彰他对引领天津藏书文化发展所做出的贡献。黄裳先生虽然没能亲临颁奖现场，但彼时他的心里一定在洋溢着《天津在回忆里》的那种深情和暖意。另一位从天津起步的大藏书家姜德明先生在《书信的故事》中的话可以为此作个旁证："我为黄裳兄时常念及天津而感到欣慰。"

或许会有人说，黄裳先生有条件读好书，而一般人没有他那么多的好版本呀。实际上，所谓"好书"不一定全在版本，而更在品位。黄裳所读之书，不论古今中外，皆看重其文化品位。黄裳毕生出版过数十种著作，无论是书话、书评、序跋、版本研究，还是散文、杂文、剧评、采访记、游记、译文，除了体现出渊博的知识、精深的学问外，还体现出作者思想的独立性、个性的自由性、情感的丰富性、审美的情趣性和爱好的持久性。这也是黄裳与当下很多专门为朋友书、时髦书、畅销书写书评的"书评家",以及不甚读书的"散文家"之间的最大区别。

作家池莉在谈到读书的快乐时说:"我们每个人只能活一辈子,但通过阅读,一个人可以活好几个一辈子。"黄裳先生虽然去了,但他一辈子读了那么多好书,又用那些好书写了那么多好文章,为世人留下了一笔不可替代的宝贵的文化遗产。凭着这笔财富,他不仅"可以活好几个一辈子",他的文章更是会千古不朽的——读书,读好书,使生命的历程更久远。

2012年9月24日

# 采访启功先生

　　2005年6月30日，启功先生以93岁高龄辞世，新华社发布的消息称他为"国学大师、书画大师"，并介绍了他的主要身份：中国人民政治协商会议全国委员会常务委员会委员、国家文物鉴定委员会主任委员、中央文史研究馆馆长、中国书法家协会名誉主席、北京师范大学教授、博士研究生导师。启功先生是一位博学多才的文化大师，是诸多学术和艺术领域的泰斗，而我最初的印象，他是一位"红学家"。

　　1979年《红楼梦学刊》创刊，正上初中的我很快就买到一本。那时社会上学术文化刊物很少，因此我非常珍爱这本杂志，翻来覆去地看，连该刊所有编委的姓名都背下来了：王利器、王朝闻、吴世昌、吴组缃、吴恩裕、周汝昌、周绍良、张毕来、顾颉刚、郭豫衡、蒋和森、端木蕻良……里面也有启功。后来我才知道，早在20世纪50年代，启功先生就笺注过程乙本，出版了新中国成立后第一个《红楼梦》注释本。

　　启功先生研究《红楼梦》，有其独特的优势。他学识渊博，是一位大"杂家"，正适合解析《红楼梦》这部大"杂书"。他是清代皇室后裔，为中华书局标点过《清史稿》，熟悉清代的历史和满族的文化，对《红楼梦》中涉及的风俗、礼仪、名物、制度以及人物的心态，有着更深层次的体会和理解。有一次与启先生聊天，谈到黛玉不能嫁给宝玉的理由，他说这其实是一个简单的常识问题：不能"血亲还家"，或叫"骨肉还家"。黛玉是宝玉姑姑家的女儿，姑姑的女儿嫁给舅舅的儿子就是"血亲还家"。我们的古人还是很科学的，虽然表兄妹可以通婚，但绝不能"血亲还家"，那样生出的孩子有缺陷，"其生不蕃"。这个常识一直在民间流传，农村老太太都懂，《红楼梦》自然不能例外。启先生解读《红楼梦》，发常人之未见，不神化古典名著，不拔高作者思想，最大程度地指出历史的真实和文学的真实，既具权威性，又有亲和力，令读者信服，从而正确欣赏这部小说时真时假、忽隐忽显的神奇笔法，进而感受到曹雪芹"将真事隐去""借假语村言"的苦心孤诣。

20世纪八九十年代，我曾多次采访启功先生，在天津印象较深的有两次：一次是80年代末，启先生和国家文物局中国古代书画鉴定组其他专家来津，对天津市艺术博物馆的书画馆藏进行鉴定；另一次是1992年他80岁时，应天津市艺术博物馆馆长云希正先生之邀，在天津举办个人书画展。前不久，山东作家阿滢先生写了一篇介绍我的文章，先后在《中国新闻出版报》、《文汇读书周报》等报刊发表，其中有这样一段："一次，启功去天津，罗文华与众多记者前去采访，有关部门为启功身体着想，规定采访时间为半个小时，启功因午睡晚出来了几分钟，一见面就作揖致歉……当谈到他的《自撰墓志铭》时，罗文华当场背诵下来，启功很兴奋，聊兴大发，无形中延长了采访时间……"此次采访，启先生给了我好大面子，他是在天津新闻界抬举我，实际上形成了由我领衔提问的采访局面，日后天津各报刊出的通讯报道其实几乎就是我与启先生的对话内容。如今回想起这件往事，启先生那和蔼微笑的表情，他对年轻人、对新闻记者宽厚慈爱的态度，依然深深地感动着我。

启功先生鉴定书画作品，讲解鉴赏心得，我细心观察过，聆听过，领悟颇多，受益匪浅；我也曾多次看他写字，比较熟悉其书法特点。近些年，经常有朋友拿来各种各样的字画让我鉴定，其中署名启功的书法最多，每年我都能见到几十件，里面绝大多数是赝品，而且多半是低仿，放在在京、津两市的地摊上一幅也就只能卖个二三十元。更可恶的是，有人竟然在仿冒古人的书画赝品上以启功的名义题字落款："此系真迹无疑。"曾有一位大款朋友花六万元买了一幅文徵明书法赝品，邀我"同赏"，我见那上面就有冒充启功的鉴定款识，便指出书作之伪，并告诉他这绝不是启功先生写的鉴定意见。这位朋友问我为什么这么有根，我直言相告："张中行八十高龄才出山，发表文章不会欺世；启元白（启功先生字'元白'）没儿没女没牵挂，鉴定字画无由骗人。"在启先生身上，智慧与道德、才华与人格达到了完美的统一。

说到智慧和才华，启功先生也给世人留下了遗憾。他的学生、南开大学教授来新夏先生曾发出感叹："为什么启功老师如海的学问，如山的高龄，竟没有一人能尽得其传？"对此，我亦有同感：前无古人，后无来者，必是大师；但我们更希望看到的，是"后有来者"的大师。

2010年1月

# 给周汝昌先生做编辑

　　"话到津城六百年，万艘曾聚一桥连。银河卧地星辉灿，虹影龙光第一篇。"2004年纪念天津建城六百周年时，我约周汝昌先生写了一组名为"六百春秋话天津"的文章，发在《天津日报·满庭芳》的"沽上丛话"专栏。此诗即出自这组文章的第一篇《虹影龙光天津桥》中。周汝昌先生是从天津走出去的红学大家，他一直热爱自己的家乡，几十年来发表了无数歌颂天津的诗文，深受三津七十二沽广大读者的敬重。

　　日月忽其不淹兮，一晃，我已经有十多年没见到周汝昌先生了。20世纪80年代到90年代初，我在京、津两地曾多次目睹周先生的风采。但也有一件令人遗憾的事。大约在1988年，一天下午，我完成采访任务回到报社，见办公桌上压着一张纸条，一看，是文艺部名编辑张仲老师昨天下午写给我的，告诉我今天他要陪周汝昌先生逛古文化街，让我一同参加。因昨天下午我出去采访没回报社，当时家里没装电话，更没有什么"呼机"，仲老没有别的方式通知我，因此我就错过了一次与周汝昌先生"亲近"的机会。转天，我看到《天津日报》第二版刊出仲老亲自写的一篇通讯（凡署"本报记者张仲"的新闻稿，一定是很重要的），报道了周汝昌先生游览古文化街的实况，里面还提到街上由周先生以独特的瘦金体题写匾额的一座小公园"宫南别苑"（现在已经消逝了）。我想，如果我参加了这次活动，仲老一定会让我来写这篇通讯的。

周汝昌先生的手迹，我也有幸见过不少。那时，文艺部老编辑张金池老师负责编发周先生的稿件，他极为认真，每次都先将周先生的原稿誊录一遍，看不清楚的地方随时与周先生查对核实，再将自己誊清的稿子发排，这样就减少了见报出错的几率。我与金池老一同编过"满庭芳"，他对我非常关照，也经常拿周先生的原稿给我看，让我帮助辨识其中的一些字词。在我20多年的编辑生涯中，接触了大量像张中行、孙犁、周汝昌、吴小如这样大师级作者的原稿、手迹，一方面锻炼出一种能够裕如地应对和处理名家稿件的信心和能力，一方面也从他们的原稿、手迹中直接感受和吸纳了丰富自己人生和修养的博大气息。这，对于从事为人做嫁衣的编辑职业的人来说，也算是一大便利与收益吧。

近10年来，周先生刊载在《天津日报》上的文章，多半是由我编发的。比起仲老、金池老来，我的条件优越多了，因为稿子已经由周先生的女儿兼助手周伦玲（有些书上也作"周伦苓"）誊清，或者由周先生口述、伦玲大姐笔录完成，并通过电子邮件传来。我自幼就是个"红谜"，上大学时就发表过两篇关于《红楼梦》的评论文章，十几年前寒斋集存的有关《红楼梦》的书籍就有整整一书柜，所以由我来编辑周汝昌先生的稿件，周先生和伦玲大姐非常满意，双方合作默契。这表现在：第一，近些年，经我约稿、编辑，刊发在"满庭芳"上的周先生文章有几十篇，包括几组系列文章。其间，周先生还将他新出版的《红楼小讲》（曾在"满庭芳"连载）等著作赐我，因他目力极低，书上他签名的字都是核桃般大小，而且是下面一个字半套着上面一个字。第二，伦玲大姐不仅给我传来大量周先生的文章，而且把她自己写的重头文章及时供我刊用，如2006年3月12日她在"满庭芳"头条发表的《帮父亲编书》一文，向世人介绍了周汝昌先生在米寿之年有八本红学书籍问世的盛况及过程，"为的是让读者了解一下成书的来龙去脉，了解一下父亲写作的艰辛"，见报后很受读者关注。第三，周先生和伦玲大姐不仅自家长期供稿，还热心地为我推荐了一些优秀作者，如中华诗词学会副会长、著名学者周笃文先生，他在"满庭芳"发表的《诗家本色绝清奇——谈谈沈鹏先生的诗缘》一文，就很有分量，书法大家、原中国书法家协会主席沈鹏先生看到报纸后，还特意赐书给我，表示十分满意。

　　周汝昌先生爱家乡，家乡人民也惦念着他。这些年，我分别从他的故乡津南咸水沽镇的朋友那里，从天津水西庄研究会、南市街红学会、实验中学那里，从名画家杜明岑先生、名中医张贵发先生那里，收到过周先生健康愉快的信息。2008年4月13日，在周先生九十一华诞前夕，本报编辑和津南文友一起，专程进京为老人贺寿。这位编辑回来说，周先生耳目虽弱，但文思清晰，话语精当，精神矍铄，谈兴很好。我听了十分开心，又想到近年周先生在央视"百家讲坛"上的精彩演讲，觉得将"宝刀不老"这个词送给他，简直是再合适不过了。

2010年1月16日

# 他为人们提供了一种活法

所谓"燕园三老""未名四老"或"朗润四老"之称，是近十几年才频繁出现在各类媒体上的，似乎已经约定俗成了；回想20世纪80年代我在北大上学时，却从未听到过这些叫法。

按照一些记者的说法，季羡林、金克木、张中行三位老先生，并称"燕园三老"；他们三位，再加上邓广铭先生，则合称"未名四老"。对此，我个人认为，"燕园三老"还算叫得出去，而"未名四老"的称谓却不太恰当，因为它虽然与未名湖有关，但这四老显然不是"未名"，而是"有名""知名""闻名""著名"。四位先生实则皆住在未名湖北面的后湖，那地方叫朗润园，所以我的北大校友、散文名家、人民日报高级记者卜毓方先生在一篇文章中又称他们为"朗润园四老"，简称"朗润四老"。我觉得，这样称呼多少还有些道理。

这几位老先生当中，唯有张中行先生不是北大的教授，他是人民教育出版社的编辑。也许正是这个原因，我上大学的几年里，几乎没听任何老师和同学提到过"张中行"这三个字。虽然张先生毕业于老北大，他服务了几十年的出版社也坐落在老北大旧址，晚年他又住在新北大校园里，但在1986年秋天他的散文集《负暄琐话》出版之前，却很少有人把他与北大联系在一起。即使是在《负暄琐话》出版后的一段时间里，也没见它在北大里面有多大响动。倒是像我这样已经从北大毕业走出校门的人，读到书中所述老北大的衣食住行、奇人异事，不禁勾起对母校浓烈的眷恋之情，自然也就注意起写书的这位老校友来。《负暄琐话》是张中行先生的成名著作，也是他的代表著作，因此就有人呼他为"负翁"，与这个书名有关，意为"晒太阳的老汉"。但我不愿这样叫他，现在欠着银行钱的人才叫"负翁"呢，张先生不仅不欠别人的钱，还经常掏钱援助有困难的朋友，称其为"负翁"很不合适，我还是愿意随着他那些晚辈同事的习惯，叫他"行公"吧。

行公比我年长56岁，比我早毕业于北大中文系52年，是我的老前辈、老学长，但我是亲眼看着他走上文坛，看着他"暴得大名"的。我为什么敢这样说呢？其一，我当编辑在先，他出名在后。其二，我是他的著作较早的知音和评论者之一。其三，在他写作的黄金期，我编发了他很多文章，至今我还保存着他写给我的十几封信。2006年行公终于以97岁高龄驾鹤西行了，我写了一篇纪念他的文章，题为《伟大的布衣》，在《天津日报》发表后，读者纷纷来信表扬鼓励，此文还连获2006年度天津市新闻奖报纸副刊作品奖一等奖、第十七届中国新闻奖报纸副刊作品复评暨年赛二等奖。一位喜爱行公作品的博士生看到我的小文，寄来一本行公自传《流年碎影》，让我写上几句话，我便在书的扉页上写出了自己的感悟："张中行先生的伟大之处，是为人们提供了一种活法。一种活法，比一万本书更有价值。"

行公在我眼里，虽一介寒士而不卑不亢，活得超脱而充实，有滋有味，令人羡慕。他一生清醒，认为教育的成功就是教人"疑"，让人不信。北大纪念建校九十周年时约他撰文，他文章的题目就是《怀疑与信仰》。他的《禅外说禅》、《顺生论》，最适合疗治当下的心浮气躁。

2007年初秋，我应书画家唐吟方先生之约，到北京炎黄艺术馆参观一个名为"古韵今芬"的文人学者书画展，晚餐时与以簪花小楷参展的著名女学者、女才子扬之水先生同桌交谈。她告诉我，张中行先生生前曾多次跟她说，他在天津日报社有一个小朋友、好朋友。扬之水本名赵丽雅，曾是《读书》杂志的名编，近年醉心于名物研究并颇有建树，我久仰其名却是初次相见，是行公的遗言使我们缩短了交往的距离。

前些天听台湾师范大学教授曾仕强先生在央视"百家讲坛"讲述《易经的奥秘》，我注意到，他两次谈到"孔子没有死"。曾教授动情地说："你看现在孔子死了没有？你可以说他没有死。你只要心中有他，他就活在你心中。他怎么会死？""中国人是你活在大家的心中，你就永远不会死。你看，孔子永远没有死过，他活在我们心中。"由是，我可以说：张中行先生也没有死，他活在我们心中。行公对我们这些年轻人的关爱和教诲，早已化为一种相知相识的精神动力。它启益人生的功效，足以超越所有时空界限，"与天壤而同久，共三光而永光"。

2009年12月26日

# 伟大的布衣

张中行先生的办公室里挤着三四张办公桌。他的那张旧桌子靠紧里面，桌上摆着一个干净饱满的大鸭梨。我读过他的一篇散文《案头清供》，就随口说了一句"这鸭梨也是您的案头清供"。张先生点头微笑。他笑的时候，本来不大的眼睛就显得更加朴实和慈祥。

1992年10月21日下午3时，我到北京沙滩后街人民教育出版社，拜访我仰慕多年的张中行先生。那时张先生已经83岁，但仍坚持工作，每周从城外北大的家到城里的出版社往返一次，倒公共汽车。他告诉我，如果人民教育出版社编的语文教材在使用过程中出现了问题，而且专家之间意见不同，就会找他解决。按我的理解，他是最后和最高的裁决者。出版社肯让一个如此高龄的老爷子上班，自然有其特殊而重要的用处。

这是我们之间唯一的一次面谈。此前此后，都是书信往还。他出了新书，总不忘寄给我，签名之外，还要题上几句话。每有天津的朋友去看他，他都让他们给我带好。带过好的，有出版家张道梁先生、书法家陈传武先生等。此外，我还写过一篇关于他收藏砚台的文章，记得里面有一句是："叶公好龙是假，行公好砚是真。"

他是我大学的校友、系友，但他比我长56岁，比我早毕业52年，实是我太老师那一代人，对于学问戈戈似我辈来说，简直是高不可及。可能是我在天津第一个宣传他的书的缘故吧，他便将我引为忘年知音，这对我来说实是一种谬奖。

那时，我已经工作多年，辛勤劳苦，按部就班，精神时常困顿，感觉前途渺茫。读了钱钟书和孙犁的书，品味他们的人生，我增强了定力和耐力；而汪曾祺和张中行，一位70岁出大名，一位80岁出大名，又都是我的前辈校友（汪先生曾就读于西南联大中文系），他们的大器晚成，则使我更加自信和从容。

张先生的故乡在天津武清，他青年时代又在天津生活和工作过，至今还有很多亲友住在天津，因此，他对天津的感情自然是极为深厚的。20世纪90年代初期和中期，是他写作的黄金时期，他应我之约为《天津日报》写了数十篇文章，其中不乏传世名作。1998年，他年近九旬的时候，大病了一场，从此不再见到报刊上有他的新作。即使这样，在我的诚邀下，他还是勉力为新创办的《天津日报》"收藏"版题写了刊名。

十几年来，在我眼里，不见张先生有什么"国学大师"的派头和架势。他布衣布履，粗茶淡饭，食无鱼，出无车，就是一个普普通通的读书人。当然，他有思想，有性格，有学问，有才华。

有思想，有性格，有学问，有才华，而能安于布衣布履，粗茶淡饭，食无鱼，出无车，正是他的不凡之处，伟大之处。

他认为《顺生论》是自己最重要的作品。他强调顺生。什么叫"顺生"？顺生不是逆来顺受，也不是苟延残喘的苟活，而是要顺应潮流，要顺应生活的自然趋势，在这个过程中热爱生命，珍爱自己，热爱生活，享受生活。顺生，说起来容易，做起来就难了，因为任何人也不敢预期自己准能活到80岁，活到90岁，甚至活到97岁。就拿张先生本人做例子，他是活到80岁才"暴得大名"，好文章一发而不可收，洋洋洒洒写了10年，作品一版再版，人称"文坛老旋风"。正是由于张先生一生信奉"顺生"，实践"顺生"，得"顺生"之利，才有机会在晚年完成了"顺生"之学。有的人创造了生命的奇迹，但是没有创造学问的奇迹；有的人创造了学问的奇迹，但是没有创造生命的奇迹。只有少数人既创造了生命的奇迹，又创造了学问的奇迹，张先生就是这样一个人。张爱玲说"出名要趁早"，她自己确实做到了，可谓少年得志；比较而言，张中行的大器晚成显然更为难得。季羡林先生称张中行先生是"高人、逸人、至人、超人"，道理尽在于此。

在将近一个世纪的生命历程中，他历经坎坷，却始终泰然处之。他出身农民家庭，一生清贫，家里摆设极为简陋，除了两书柜书几乎别无一物。他为自己的住所起了个雅号叫"都市柴门"，安于在柴门内做他的布衣学者。虽然他一辈子没钱，却从来没把钱当回事。他写了那么多书，却没有留下稿费。接近他的人披露："他接电话我在旁边听。人家说什么什么稿费来了给您，他说：'算了，算了，你拿去吧，我不要了。'就让人家拿走了。我听过这样的电话，不止一次。"一位同事的钱被偷了，多少日都难过得缓不过来。张先生见之，大动恻隐之心，竟拿出相当于被盗钱数的一半交到他手里，安慰他说，就算是咱俩一起被偷了。一次，一个晚辈送给他一瓶"人头马"，偏偏他只认"二锅头"，就将这瓶"贵客"很随便地丢在了屋角。后来，他看报纸上说"人头马"值一千八，想喝了吧，但一想到喝一两就等于喝掉了一百八，实在下不了口；送人吧，又怕背上巴结他人之嫌；卖了吧，拿晚辈的人情换钱，怕日后见面不好交代。这竟然成了一件令他烦恼的事。他走得非常安详，并没有给亲人留下什么遗嘱。他对儿女们最常说的一句话就是，多读书，读好书，做个好人。这也是他自己一生的行为准则。即使谈到读书做学问，他也认为自己还不够，总是说："我这辈子学问太浅，让高明人笑话……要是王国维先生评为一级教授，那么二级没人能当之。勉强有几位能评上三级，也轮不上我。"他打从心底里把自己看得普普通通，自道"我乃街头巷尾的常人"。

20世纪50年代，杨沫创作的长篇小说《青春之歌》轰动一时。因张中行与杨沫曾有过一段婚姻，当时，有人认为小说借"余永泽"的形象影射张中行。两人离婚后，杨沫撰文批评张中行负心、落后，张中行则始终保持沉默。杨沫之子、作家老鬼说，"张先生是非常好的人"，"妈妈曾经跟我说，在'文革'中，无论造反派怎么逼问他，张先生都没有揭发过我妈妈。他始终说：'我是不革命的，杨沫是革命的。'这一点让我妈妈非常感动，说这是她没有想到的事情。"张先生的善良、仁义、理智和宽容，也是其"常人"心态的反映。

1992年10月21日下午5时，我向张先生告辞。他拽着我的手，真诚挽留，说刚得到一笔稿费，要请我到附近景山一家饭馆喝二锅头，吃京东肉饼，就小米粥。他说他常请朋友去吃。酒饭家常，但很诱人，无奈我急于赶火车回津，只好与老人依依惜别了。

多年来，我常常想起张先生爱喝的二锅头，爱吃的京东肉饼；同时，也常常想起《论语·雍也》中的那句名言："子曰：'贤哉，回也。一箪食，一瓢饮，在陋巷，人不堪其忧，回也不改其乐。贤哉，回也！'"我敢说，以张中行先生淡泊而高尚的布衣风范，倘若他这次见到了孔老夫子，一定能得到与颜回一样的赞赏。

贤哉，行公！

2006年3月26日

**图书在版编目（CIP）数据**

将谓偷闲学少年 / 罗文华著 . —北京：民主与建
设出版社，2017. 12
（名家散文自选集）
ISBN 978-7-5139-1810-7

Ⅰ . ①将… Ⅱ . ①罗… Ⅲ . ①散文集—中国—当代
Ⅳ . ① I267

中国版本图书馆 CIP 数据核字（2017）第 283694 号

## 将谓偷闲学少年
JIANGWEI TOUXIAN XUE SHAONIAN

| | |
|---|---|
| 出 版 人 | 许久文 |
| 总 策 划 | 李继勇 |
| 著　 者 | 罗文华 |
| 责任编辑 | 刘树民 |
| 封面设计 | 宋双成 |
| 出版发行 | 民主与建设出版社有限责任公司 |
| 电　 话 | （010）59417747　59419778 |
| 社　 址 | 北京市海淀区西三环中路 10 号望海楼 E 座 7 层 |
| 邮　 编 | 100142 |
| 印　 刷 | 三河市腾飞印务有限公司 |
| 版　 次 | 2018 年 1 月第 1 版　2018 年 2 月第 2 次印刷 |
| 开　 本 | 787mm×960mm　1/16 |
| 印　 张 | 25 印张 |
| 字　 数 | 230 千字 |
| 书　 号 | ISBN 978-7-5139-1810-7 |
| 定　 价 | 39.80 元 |

注：如有印、装质量问题，请与出版社联系。